강의실 밖 고전여행

④

강의실 밖 고전여행

이강엽 지음

책 머리에

생각보다 훨씬 늦게 출간하게 된다. 출판사 측에나 독자분께나 미안하기도 하지만, 컴퓨터 한 구석을 5년을 넘게 차지하고 있던 이 녀석을 내보낸다니 우선 속이 시원하다.

애초에 이 시리즈를 낼 때, '강의실 밖'을 강조했다. 강의실 안의 썰렁함을 어떻게든 메워보자는 심산이었다. 그로부터 몇 년이 지나고 보니 고전을 주제로 한 독서물이 많이 쏟아져 나왔고, 그런 것에 심취하는 독자층도 꽤나 두터워진 느낌이다. 그러나 강의실 안의 사정은 훨씬 나빠졌다. 굴지의 대학에서도 고전문학을 전공하겠다는 대학원생을 구하기가 쉽지 않고, 몇몇 대학은 국문과 간판을 내리거나 다른 간판으로 교체하기도 했다.

그렇게 상황이 한참 나빠지는가 싶을 무렵, 오래 전에 내게서 교양국어를 배웠던 제자 하나가 대처 방안을 구한 일이 있다. 모름지기 선생은 정직해야 하지만, 또 학생 앞에서 너무 기가 죽어 있어도 좋지 않은 법이다. 나는 평소에 못 보던 큰소리를 쳤다. "죽을병에 살약을 구하는 게 명의가 아니겠니?" 공교롭게도 그 제자야말로 큰 병

원의 버젓한 의사가 되어 있는 터, 참 기가 막혔을 것이다. 변명 삼아 이야기하자면, 허풍도 때로는 처방이다.

하는 일 없이 큰 기대를 하는 것은 무모하다. 그러나 어떤 방식으로든 몸을 움직여가며 제 운신의 폭을 넓히는 일은 일단 아름답다. 더구나 문학은, 더 넓게 인문학은 삶이 가장 어려울 때 더 큰 빛을 발했다는 점에서 작은 위안을 삼는다. 박지원의 말마따나, 길이 험해서 수레를 쓸 수 없는 게 아니라 수레를 쓰지 않으니까 길이 닦이지 않았던 것뿐이겠다. 그러니 길 좁다고 탓하지만 말고, 어쨌든 수레 몰기에 힘쓸 일이다.

뜻밖에도 길어지는 이 여행에 동참해주시는 독자분들께 감사드리며, 다음 학기 안에 나머지 5권의 집필을 끝내서 이 시리즈를 완간할 것을 약속한다.

2007년 8월
대명동에서 이강엽

차 례

제 1 강

熱河日記

『열하일기』의
새로운 세계관

여기와 저기

학기말쯤에 학생들에게 방학 계획을 물으면 십중 팔구 여행을 꼽곤 한다. 나같이 견문이 좁은 선생으로서야 여행하면 떠오르는 게 제주도나 지리산 정도이지만 요즘 학생들은 크게 다르다. 미국이니 유럽이니 하던 것도 옛말이고, '미국 동부'라느니 '북유럽'이라느니 하면서 제법 구체적인 목적지를 대는 것을 보면 해외여행도 여러 차례 다녀본 솜씨이다. 좋다. 젊은 나이에 세계를 돌겠다는데 무엇이 문제일까. 마음으로나마 축복에 축복을 더할 일이다.

우리가 아무리 돌아다닌다 한들 땅덩이가 넓어질 리는 만무하지만 어딘가를 많이 다녀본 사람은 무엇이 달라도 다르다. 다리품을 판 만큼 견문이 커지고 또 그만큼 세상이 넓어지기 마련이다. 중국을 다녀온 어느 선배는 기차를 타고 몇 시간을 내리 달려도 여전히 보이는 거라고는 옥수수밭뿐이더라고 했고, 로키산맥에 오른 한 친구는 망원렌즈를 준비해왔더니 광각렌즈가 필요하더라는 말로 나를 주눅 들게 했다. 그런가 하면, 동네 노인분들과 홍도를 다녀온 어머니께서는 돌밖에 없는 데를 무엇 하러 돈 내고 갔다 오는지 모르겠다고 불평하셨다. 그도 그럴 것이 우리 외가가 바로 바위산으로 유명한 관광지이니 무엇이 새로웠을까.

우리가 사는 곳이 '여기'라면 여행지는 '저기'이다. 아니, 우리가 여기에 살지 않는다면 저기는 여행지가 될 수 없다. 만일 우리가 여기에 있지 않으면서 저기를 간다면 그것은 여행이 아니라 한갓 떠돌이의 방랑에 지나지 않을 것이기 때문이다. 따라서 저기를 여행한 사람은 필연적으로 여기와 다른 저기의 상황을 이야기하고, 그러다 보면 다소의 과장이 섞이게 마련이다. 별일 아닌 것도 특별한 일처럼 둔갑하고, 사소한 차이도 곧 차등으로 이어지기 일쑤이며, 더 심하게는 여기에서 충분히 보고 느낄 만한 일을 저기에서 보고 느낀 후 감격해하기도 한다.

바야흐로 지구촌 시대를 맞아 박지원(朴趾源, 1737~1805)의 『열하일기』를 살피는 일은 그래서 재미있다. 변방의 작은 나라 조선에서 태어나서 변변한 벼슬 하나 못하던 그에게 펼쳐진 중국은 어떠했을 것인가? '여기'(조선)에 남다른 애착과 관심을 가졌던 그로서는 '저기'(청나라) 역시 남달랐을 것이다. 누구나 아는 대로 이 책은 그가 열하(熱河. 지금의 청더[承德])에 다녀온 경험을 토대로 쓴 견문기인데, 놀랍게도 전체 26권 10책이나 된다. 그가 중국을 여행한 기간이 1780년 5월에서 10월까지 겨우 5개월에 불과했다는 점을

연암 박지원(燕巖 朴趾源, 1737-1805)

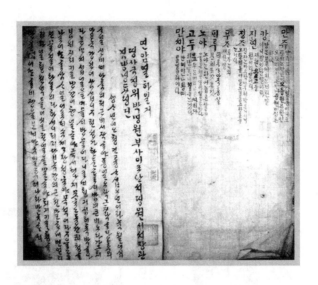

감안하면 도저히 상상하기 어려운 분량이며, 그
활달하고 다양한 필체는 거의 신기(神技)에 가깝
다. 외형만 보더라도 '압록강~북경~열하~북경'
까지의 대목은 일기체로 썼지만, 북경에서 머물면
서 관광하던 시기는 잡록(雜錄)의 형식을 빌리는
등 파격을 보인다. 일기 형식을 취하게 되면 그날
그날의 행적은 잘 알 수 있지만 한 가지 주제를 부
각시키는 데는 장애가 되기 때문에, 주제별로 다
시 묶어 집중 공략하는 방법을 썼던 듯하다.

그 결과, 『열하일기』에는 신기한 문물을 보고
적은 평범한 견문기에서부터, 사상적 단상(斷想),
수필투의 문예물, 소설에 가까운 이야기 등이 아
주 다양하게 실려 있다. 따라서 작품의 한 부분만

보고 이 책의 성격을 속단하는 것은 금물이다. 「강을 건너면서의 기록[渡江錄]」, 「태학관에 머물 때의 기록[太學留館錄]」, 「황교(黃敎, 라마교. 티베트·만주·몽고·네팔 등지에 퍼진 불교의 한 파) 문답」, 「요술 구경[幻戲記]」 등등 그 소제목만 몇 개 훑어보아도 이런 성격을 쉽게 짐작할 수 있다. 『열하일기』에는 중국의 문물 제도 소개, 중국 학자들과의 문답, 중국 주위의 이민족 문제, 종교나 음악 관련 논의 등 거의 백과 사전을 방불케 할 정도의 엄청난 내용이 담겨 있다. 그리고 그 내용들은 사실 조선의 눈으로 본 중국이면서, 또한 중국의 눈에 비친 조선이기도 하다. 시종일관 여기와 저기를 넘나드는 박지원의 묘기를 통해 그가 보여주는 새로운 세상으로 여행할 수 있기를 바란다.

눈감은 조선과 박지원의 눈

『열하일기』를 펼치면 그 시작부터 기이한 일들이 벌어진다. 기행문을 쓰라고 하면 출발 지점에서부터 쓰고, 자기소개를 쓰라고 하면 출생부터 쓰며, 일기를 쓰라고 하면 아침 기상 시각부터 쓰는 보통 사람들로서는 참으로 이해 못할 일이 벌어지는 것이다. 『열하일기』의 첫 기록은 6월 24일로부터 시작하는데, 그 시작부터가 벌써 심상치 않다.

앞서 용만(龍灣)에서 묵은 지 열흘 동안에 방물(方物, 선물용 지방 산물)도 다 들어왔고 떠날 날짜가 매우 촉박하였으나, 장마가 져서 강물이 몹시 부풀어 그동안 쾌청한 지도 벌써 나흘이나 되었는데, 물살은 더욱 거세어 나무와 돌이 함께 굴러 내리며, 진탁한 물결이 하늘과 맞닿았다.

이는 대체로 압록강(鴨綠江)의 발원(發源)이 먼 까닭이다. 『당서(唐書)』를 상고해 보면,

"고려의 마자수(馬訾水)는 말갈의 백산에서 나오는데, 그 물빛이 마치 오리 대가리처럼 푸르다 하여 '압록강'이라고 부른다"고 했다. '백산'은 곧 장백산을 가리킨다. 『산해경』(山海經, 작자·연대 미상인 고대 중국의 지리 책. 뤄양(洛陽)을 중심으로 산맥·하천·산물(産物)·산신(山神)·전설 등이 기록되어 있음)에는 '불함산(不咸山)'이라 하였고, 우리나라에서는 '백두산'이라 한다.

백두산은 여러 강물의 발원지로서 그 서남쪽으로 흐르는 것이 곧 압록강이다.[1]

무엇이 이상한가? 박지원 일행이 서울을 떠난 것은 5월 25일인데 일기의 첫 시작은 6월 24일이다. 정상적인 기행문이었다면 다섯 달 여행 중 한 달치를 고스란히 빼먹을 수는 없었을 것이다. 그러나 그는 과감히 생략해버렸다. 이는 아마도 그의 관심이 오로지 국경 저쪽에 있었기 때문에 국경에 다다를 때까지의 과정은 과감

---

1) 박지원, 『국역 열하일기 I 』, 이가원 옮김, 민족문화추진회, 1985, 18쪽, 이하 번역은 필요에 따라 손질함.

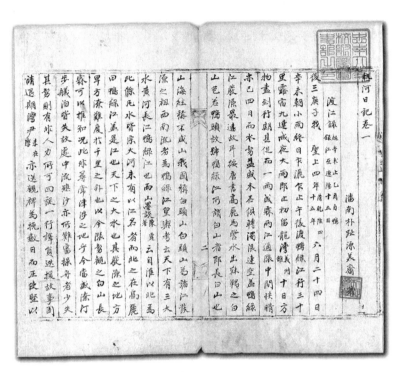

『열하일기』, 卷一, 「渡江錄(강을 건너면서의 기록)」
(충남대학교 도서관 수택본 소장)

하게 없애버린 탓일 것이다. 그리고 그는 필요 이상으로 국경 근처의 모습을 세심하게 묘사하면서 『열하일기』의 맨 앞을 「강을 건너면서의 기록[渡江錄]」으로 시작하고 있다. 그런데 이 부분에서 압록강과 백두산을 전면에 내세우는 것을 예사롭게 보아 넘겨서는 안 된다. 압록강과 백두산은 우리 민족의 근원이며, 그것을 넘어서면 곧바로 중국을 만나게 되는, 곧 우리나라와 중국의 경계점이다.

이처럼 시작부터 한쪽으로는 조선을 생각하면서 다른 한쪽으로는 중국을 생각하는 기묘함이 배어 있다. 그리고 강을 건너자마자 곧바로 중국의 문물에 탄복하게 된다. 강을 건너자마자 곧 만나게 되는 중국이라 봐야 중국으로서는 동쪽 귀퉁이 벽지일 텐데도 그 대단함에 놀라는 것이다. 그러나 그는 곧 그것을 시기하는 마음으로 규정짓고 "아직 그 만분의 일도 못 본 나로서 벌써 이런 그릇된 생각을 하는 까닭이 무엇일까."라며 스스로를 경계한다. 이어서 그는 세상을 두루 잘 살핀다면 온 세상이 평등한 것을 알 것이고, 그렇게 되면 저절로 시기심이나 부러움 같은 것이 사라질 것이라고 생각한다. 그런데 난데없이 다음과 같은 문답이 이어진다.

나는 장복을 돌아보며 물었다.

"장복아, 네가 만일 죽어서 중국에 한번 태어난다면 어떻겠느냐?"

그가 대답했다.

"중국은 되놈의 나라이옵기에 쇤네는 싫습니다요."

그때 마침 한 소경이 어깨에 비단 주머니를 둘러메고 손으로 월금(月琴, 중국에 전해 오는 현악기의 하나)을 타면서 지나갔다. 나는 크게 깨달았다.

'저것이야말로 평등의 눈을 가진 이가 아니겠는가'[2]

장복은 박지원이 데리고 간 하인이다. 천하의 박지원도 중국에 들어서면서부터는 기가 죽었는데, 그 하인은 지금 중국이 오랑캐 땅이라며 폄하하고 있다. 만주족이 다스리는 청(淸)나라를 그렇게 생각한 것인데 실로 난감한 일이다. 그리고는 곧바로 이어지는 것이 맹인 악사 이야기이다. 눈을 뜬 두 사람, 그러니까 박지원과 장복은 지금 무엇엔가 걸려서 사물을 제대로 볼 수 없다. 한 사람은 견문이 넓은 사람이라 중국이 얼마나 대단한지를 알고 있기 때문에 그렇고, 또 한 사람은 청나라를 다스리는 만주족이 오랑캐라는 선입견에 빠져 있기 때문에 그렇다. 그러니 아예 맹인이 더 잘 볼 것 같다는 이야기이고, 그것은 그대로 풍자가 될 수 있다.

또 한편으로 생각한다면, 맹인으로서는 큰 소용이 없을 것 같은 비단 주머니를 차고 악기를 불면서 가는 맹인 악사를 통해, 박지원은 사실 '조선'을 이야기하고 있는 것은 아닐까? 장복이나 맹인 악사는 그러니까 세상이 아무리 변해도 눈을 꾹 감고 있는 조선의 상징일 수도 있겠다. 따라서 여기서 '평등한 눈'이라고 말한 것은 박지원이 염원하던 진정으로 평등한 눈이라기보다는 양극단에 치우쳐서 곡해하느니 아예 눈감아버리는 게 낫겠다는 자탄일 수도 있다. 어느 쪽이 박지원의 본래 의도인지 속단하기는 어렵겠지만,

---

2) 박지원, 같은 책, 39쪽.

이런 식의 판단불가 부분이 많이 있는 것이 박지원 글쓰기의 특색임에는 틀림없다. 제 속을 툭 터놓고 말하기보다 이런 장치를 동원하여 은근하면서도 신랄하게 풍자하는 기법이 예사롭지 않다.

이 점에서 박지원은 『열하일기』를 통해 눈감고 있는 조선의 눈이 되어 조선과 조선인을 일깨워 주는 역할을 자임했다고 보아도 무방하다. 조선은 눈을 감았지만 박지원은 뜬눈으로 그 조선을 살펴본다. 그리고는 '중국/오랑캐'의 변별에 대해 남다른 고민을 하게 된다. 중국은 그 이름부터가 세계의 중심이라는 뜻이고 보면 그 주변 나라는 기껏해야 변방의 소국에 지나지 않을 터이다. 그러나 당대의 중국은 오랑캐로 여겼던 만주족이 지배하는 청나라였으니, 정상적인 사고를 하는 사람이라면 매우 혼란스러울 수밖에 없겠다.

조선은 그런 청나라에 황제의 칠순 생일을 축하하기 위하여 사신을 보냈다. 당시 박지원과 함께 중국에 갔던 사신 일행은 280여 명이었다고 한다. 요즘처럼 교통이 발달하지 않았을 때에 그 정도의 인원이 중국을 다녀온다는 것은 생각만 해도 끔찍한 일이다. 그런데 천신만고 끝에 간신히 북경에 도착하고 보니 그들의 인사를 받아 줄 황제가 피서를 떠나고 없어 사신 일행은 하릴없이 돌아와야 할 처지에 놓이고 만다. 그러나 조선의 사신 일행은 다행히 황제의 '은혜'를 입어 피서지까지 가서 인사를 드릴 수 있는 영광을 얻는다. 그리하여 불과 일주일도 못 되는 사이에 북경에서 만리장성을 거쳐 열하까지 무려 200킬로미터가 넘는 길을 다시 이동했던 것이다.

그 유명한 「일야구도하기(一夜九渡河記)」가 바로 이런 급박한 상

황을 소재로 한 글임을 생각해 두자. 혹시라도 예
민한 사람이라면 이 글의 문학적 우수성 여부를
떠나서 왜 밤중에 강을 아홉 번이나 건너야 했는
지 의아했을 것이다. 글을 보면 목숨이 오락가락
하는 급박한 순간이 많은 듯한데, 왜 밝고 안전한
낮에 건너지 않고 밤을 택했느냐는 의문이 들 법
하지 않은가 말이다. 그러나 황제의 명령을 받고,
있는 힘껏 낮밤 가리지 않고 열하로 내달리던 조
선 사신의 딱한 처지를 헤아려 보는 것도 좋겠다.
아마도 이쯤에서 분통을 터뜨리는 학생들이 있을
지 모르겠다. 아니 고작 생일 축하를 하기 위해 그
런 고생과 수모를 다 겪었단 말인가 하고 말이다.

『열하일기』, 卷之二
十四, 一夜九渡河記
(충남대학교 도서관)

제1강 『열하일기』의 새로운 세계관 • 21

그러나 중국과 조선의 관계를 생각하면 그 정도는 약과다. 당시 국제 정세는 중국이 중화(中華), 즉 세계의 중심에선 가장 화려한 나라이고 나머지 나라는 모두 변방의 오랑캐에 지나지 않았기 때문이다.

그런데 박지원이 열하에서 목격한 광경은 그런 기존 관념을 완전히 뒤엎는 것이었다. 지금도 티베트에 가면 라마교라는 종교가 있고, 이 종교에서는 환생한 부처라는 '달라이 라마'를 최고의 지도자로 삼고 있다. 여기에 나오는 라마는 '판첸 라마'로 박지원이 말한 '반선(班禪)'이 바로 그 사람이다. 그런데 중국 황제가 이 라마를 위해 잔치를 베풀고, 또 그에게 최대한의 경의를 표하고 있었으니 어찌 놀라지 않을 수 있겠는가?

(가) 군기대신이 황제를 모실 적에는 누른 옷을 입었는데 반선을 모실 적에는 나마의 옷을 바꾸어 입었다. 내가 아까 황금 기와가 햇빛에 번쩍이는 것을 보다가 전각(殿閣) 속에 들어가니, 집안은 침침하고 그가 입은 옷은 모두 금실로 짰으므로 살빛은 샛노랗게 되어 마치 황달병에 걸린 사람 같았다. 대체로 금 빛깔로 통통 부어 터질 듯이 꿈틀거리는데 살은 많고 뼈는 적어서 청명하고 영특한 기운이 없었다. 또, 몸뚱이가 방에 가득 찼으나 위엄을 볼 수 없고, 멍청한 것이 무슨 물귀신 그림 같아 보였다.

(나) 황제가 내무관을 시켜서 조서(詔書)를 전달하게 하는데 오색 비단 한 필을 가지고 반선(班禪)을 보게 하였다. 내무관이 손수 비

찰십륜포 전경.('찰십륜포'란 티베트어로 '대승(大僧)이 살고 있는 곳'이라는 뜻으로, 현재 청더(承德)의 피서산장에 가면 '須彌福壽之廟'로 불린다.)

단을 세 쪽으로 나누어 사신에게 주었다. 이것이 '합달' 이란 것으로, 반선이 제 스스로 일컫기를 그의 전신(前身)이 '파사팔' 이라 하고, 파사팔은 그 어머니가 향내 나는 수건을 물고 낳았으므로 반선을 보는 자는 반드시 수건을 가지고 보는 것이 예절로 되어 있어 황제도 반선을 볼 때마다 역시 누런 수건을 가지고 본다고 한다. 처음에 군기 대신의 말로는 황제도 머리를 조아리고 황육자(皇六子)도 머리를 조아리고 부모도 머리를 조아리니 금번에 사신도 응당 가서 머리를 조아리고 뵈어야 한다고 했다.

(다) 사신은 아침에 이미 예부(禮部)에서 이렇게 항의했다.

"머리를 조아리는 예절은 천자가 계신 데에서나 하는 예절인데, 천자에 대한 예절을 오랑캐의 중에게 할 수 있겠소?"

이에 대해 예부의 대답은 이러했다.

"황제도 역시 스승의 예절로 대우하는데, 사신이 황제의 조칙을 받들었을 적에야 같은 예로 대우하는 것이 마땅하지 않겠는가."[3]

「찰십륜포[札什倫佈]」의 일부이다. (가)는 박지원이 본 티베트 종교 지도자의 모습인데 상당히 악의적으로 그려져 있다. 위엄이나 기품은 전혀 찾아볼 데 없는 천박한 인상으로 표현된다. 그런데 (나)에서 보듯이 천하를 호령하는 중국 황제조차도 그에게 깍듯이 예의를 표하고 있어, (가)와 비교할 때 상당히 당혹스러운 느낌을 준다. 중국이 중화(中華)라면 우리는 소중화(小中華)라고 자부하던

---

3) 박지원, 『국역 열하일기 II』, 이가원 옮김, 민족문화추진회, 1985, 18쪽.

조선으로서는 납득하기 곤란한 일이다. 한갓 오 랑캐가 믿는 종교의 지도자에게, 그것도 인간적 으로 하나도 존경스럽지 않은, 게다가 조선에서 는 그토록 무시하는 승려 신분의 인물에게 황제 가 그 정도의 극진한 예를 편다는 것은 있을 수 없는 일이기 때문이다. 그리하여 (다)와 같은 일 이 생기고 만다. 한갓 오랑캐 중에게 머리를 조아 리는 예를 표할 수 없다는 것이며, 황제도 예를 표하는데 황제께 인사드리러 온 사신이 예를 표 하지 않는 것은 결례라는 중국 측과 옥신각신하 는 대목이다.

박지원이 이런 세 부분을 함께 늘어놓은 데는

황제와 반선 : 피서 산장 내의 전시관 에 있는 그림으로 황제와 반선이 만 나는 장면이다.

다 그만한 이유가 있다. 박지원은 중국이 몽고나 티베트 등 변방의 이민족들을 통치하기 위하여 황제가 머리를 쓰고 있음을 알고 있었다. 그는 황제가 피서를 빙자하여 열하에 와서 그들에게 상당한 대우를 하면서, 이른바 '이이제이(以夷制夷, 오랑캐로 오랑캐를 제압함)' 전법을 구사하고 있음을 간파하였다. 그리하여 조선이 그토록 무시하던 오랑캐들이 황제로부터 특별한 대우를 받는 기이한 일이 생기고, 그 현장을 목격한 박지원은 그런 변화를 잘 읽어 내고 있었다. 하지만 사신들은 여전히 중화(華)와 오랑캐(夷)를 명확히 갈라내는 화이관(華夷觀)에서 빠져 나오지 못하고 있다. 국제 정세는 이제 더 이상 중국만이 세계의 중심일 수도 없고 중국 변방의 나라라고 해서 오랑캐로 마냥 폄하할 수만도 없는 지경에 이르렀다. 박지원은 그런 변화를 감지하고 그 변화에 걸맞은 인식의 전환을 촉구하고 있다. 즉 중심과 주변을 고정시켜 놓고 보는 절대주의적 세계관에서 벗어나 어느 곳이나 중심이고 또 주변일 수 있다는 융통성 있는 세계관을 가질 것을 역설한다고 하겠다.

호기심과 과학 정신

그러나 세계관의 변화를 부르짖는 것만으로는 공허한 계몽주의에 그칠 공산이 크다. 우리도 한때 '신지식인' 운동이니 하면서 이전과는 다른 새로운 지식을 찾을 것을 요구하는 분위기가 있기도 했지만, 그것이 고작 텔레비전 공익광고에 그친다면 공염불일 뿐이지 않던가. 아무튼 세계관은 그냥 변하지 않는다. 누구든 주체적으로 나서서 그 일을 감당할 때야 힘겹게 변할 수 있는데, 이 점에서 『열하일기』는 작품 전체가 다 그런 변화를 위한 몸부림이라고 할 만큼 철저하고 집요하다.

> 타는 수레는 태평차(太平車)라 한다. 바퀴 높이가 팔꿈치에 닿으며 바퀴마다 살이 서른 개인데, 대추나무로 둥글게 테를 메우고 쇳조각과 쇠솟을 온 바퀴에 입혔다. 그 위에는 둥근 방을 만들어 세 사람이 들 만하다. 방에는 푸른 베 혹은 공단이나 우단으로 휘장을 치고 더러는 발을 드리워 은 단추로 여닫게 되어 있다. 좌우에는 유리를 붙여서 창구멍을 내고, 앞에 널판을 가로놓아서 마부가 앉게 되었으며, 뒤에도 역시 하인이 앉게 마련이다. 나귀 한 마리가 끌고 갈 수 있으나 먼 길을 가려면 말이나 노새를 더 늘린다. 짐을 싣는 것은 대차(大車)라 한다. 바퀴 높이가 태평차보다 조금 덜한 듯한 바퀴 살은 입(卅)자의 모양으로 되었고, 싣는 수량은 8백근으로 정하여 말 두 필을 달고, 8백 근이 넘을 경우에는 짐을 보아서 말을 늘린다. 짐 위에는 삿자리로 방을 꾸미되 마치 배 안과 같이 하여 그 속에서 자고 눕게 되어 있다. 대체로 말 여섯 필이 끄는데 수레 밑에 커다란 왕방울을 달고 말 목에도 조그만 방울 수백 개를 둘러서 그 댕그랑댕그랑하는 소리로 밤을 경계한다.[4]

---

4) 박지원, 같은 책, 180쪽.

박지원은 이처럼 자신이 본 온갖 수레를 종류별로 늘어놓고 그 것들에 대해 세세히 묘사하고 있다. 그러나 가만히 보면 그 모양이나 느낌을 적어 두는 것이 아니라, 바큇살이 몇 개인지 그 재료로 쓰는 나무가 무엇인지와 같은 극히 실용적인 내용들이다. 색깔이나 인상 같은 것이야 여느 관광객이라도 다 그려 낼 수 있지만, 이런 내용까지 파악하려면 상당한 호기심과 관찰력이 있어야만 한다. 또 필요에 따라서는 그곳 사람들에게 계속 물어 보아야만 하는 것들이다.

그러나 세상일이라는 게 본래 그렇듯이 생각하고 관찰하는 사람의 몫이 되기는 어렵다. 생각은 많아도 실행에 옮기지 못하면 만사가 끝이다. 그래서 그는 이렇게 말한다. "사람들이 늘 하는 말에, '우리나라는 길이 험하여 수레를 쓸 수 없다.' 하니, 이 무슨 말인가. 나라에서 수레를 쓰지 않으니까 길이 닦이지 않았을 뿐이다. 만일 수레가 다니게 된다면 길은 저절로 닦이게 될 테니 어찌하여 길이 좁고 산길의 험준한 것을 걱정하리요……." 과연 박지원이다. 물론 이런 말이 전부터 있어온 것이기는 하지만, 이런 발상의 전환에 실질적인 힘을 실은 것은 박지원의 공이다. 그의 글에서는 생각만 그런 것이 아니라는 느낌을 줄 수 있도록 구체적인 내용들이 펼쳐지기 때문이다.

이제 그의 눈에 잡히는 것이라면 무엇이든지 도마 위에 오르게 된다. 시장, 점보는 집, 연극 무대, 골동품, 교량(橋梁) 등등 무엇이든 관찰하여 그것을 조선의 현실과 연결시킬 수 있게 했다. 여느 사람 같으면 중국에 갔더니 이러저러한 것들이 많이 있더라는 식으로 거명하며 끝낼 만한 것들이겠지만, 박지원의 손에 넘어오면 엄청난 정보를 담은 생생한 그림처럼 변하게 된다. 사실 그런 정도의 내용이란 게 본시 그만한 필력이 아니고서는 재미를 주기 어려운 법이기도 하다.

그런데 이것들이 한갓 호기심을 충족하고 재미나 주려는 것이 아니라는 데에 『열하일기』의 묘미가 있다. 우리 주변에도 호기심 넘치는 사람은 많지만 그것으로 해서 특별한 소득을 얻는 사람은 그리 많지 않기 때문이다. 소득은 고사하고 호기심 때문에 공연히 멀쩡한 기계를 망가뜨린다거나 불필요한 오해를 사는 일도 왕왕 있다. 그러나 박지원은 이른바 과학 정신으로 무장하여 우리의 그런 걱정을 유감없이 씻어 준다.

> 해와 달은 오른쪽으로 수레바퀴처럼 돌고 돌아, 도는 궤도가 해는 크고 달은 작으며, 도는 속도가 늦고 빠름이 없어 한 해와 한 달은 일정한 도수에 맞거늘, 해와 달이 땅을 둘러싸고 왼편으로 돈다는 말은 우물 안 지식이 아닐까. 땅덩이의 본바탕이란 둥글둥글 허공에 걸려, 사방도 없고 위아래도 없이 마치 쐐기 돌듯 돌다가 햇빛을 처음 받은 곳을 날이 샌다고 말하는 것이 아닐까.[5]

행여 박지원을 소설가 정도로 인식하고 있는 사람이 있다면 이 부분은 매우 충격적일 것이다. 현대인은 물리니 지구 과학이니 하는 정규 교과 과목에서 자전과 공전, 천체 물리 등을 배우지만 박

---

5) 박지원, 같은 책, 379쪽.

지원 당시에 이런 지식을 갖는다는 것은 매우 어려운 일이었다. 시대를 앞선 몇몇 지식인들만이 중국을 통해 서양의 자연 과학을 받아들이고서야 겨우 가능했던 일이기 때문이다. 그는 마술을 보면서 그 현란한 눈속임의 실체를 궁금해 했던 것처럼 해와 달을 보면서 천체의 움직임을 궁금해 했다. 박지원에게 있어 호기심과 과학 정신은 사실 별개의 것이 아니라, 객관적이고 합리적인 세계관을 구축하는 밑바탕이었던 셈이다.

그리하여 다음과 같은 말이 자연스럽게 터져 나온다.

> 기공(奇公)이 나를 이끌고 나와서 달을 구경하는데, 이때 달빛이 낮같이 밝았다. 나는 "달 속에 만일 또 하나의 세계가 있다면, 달에서 땅을 바라보는 이 있어서, 그 난간 밑에 비겨 서서 우리와 함께 땅의 빛이 달에 가득함을 구경할 터이죠." 하였더니, 기공이 난간을 치면서 기이한 말이라 하였다.[6]

이 말 앞에 중국이 중심이고 우리나라가 주변이라는 말을 할 필요가 있을까. 이제 이 지구덩이도 달에서 보면 또 다른 객관적인 세계이다. 대체 세상 어디가 중심인가? 만일 중심이 있다고 한다면, 그 중심 역시 다른 중심에서 본다면 주변일 뿐이다. 여기에서 보면 저기가 여기이고, 저기에서 보면 또 여기가 저기일 터이다.

---

6) 박지원, 같은 책, 180쪽.

〈호질〉의 두 목소리

이제 지금까지 이야기한 사실을 토대로 『열하일기』 중에 나오는 한 작품 〈호질(虎叱)〉을 읽어내면서 작가의 생각을 더듬어보자. 〈호질〉에서는 어느 큰선비를 꾸짖고, 그 선비는 못나게도 썩은 내를 폴폴 풍긴다. 우리는 코를 싸쥐고 '에이 더러운 놈!'을 연발한다. 그러나 그것만으로 끝내버리기에는 너무 아까운(?) 작품이다. 그렇다고 속속들이 알기도 어려운 것이, 대부분의 사람들은 그저 교과서를 통해 일부만을 맛보거나, '소설'로 떼어놓은 작품만을 접하기 때문이다. 〈호질〉이 들어 있는 『열하일기(熱河日記)』를 읽어 내려가면서 자연스럽게 만난 사람은 드물다. 그런데 그 둘 사이에는 엄청난 간극이 있다. 똑같은 변기라도 화장실이 아닌 전시장에 있으면 미술 작품이 되는 법이다. 더구나 빈틈없이 잘 짜여진 글쓰기를 주특기로 삼는 박지원이 『열하일기』 속에 〈호질〉을 그냥 슬쩍 끼워 넣었을 리 없다.

이 작품은 「관내정사(關內程史)」라는 편(篇) 속에 끼여 있다. 이 편은 산해관(山海關, 산하이관. 중국 허베이 성(河北省) 동쪽 보하이 만(渤海灣)에 면해 있는 촌락) 안에서의 여행 기록으로, 일기식으로 하루 일정을 기록하면서 중간중간에 독립된 작품을 따로 달아 놓는 방식으로 구성되어 있다. 내용은 매우 잡다한데, 서화(書畵) 이야기, 이제묘(夷齊廟, 백이·숙제의 사당)를 본 이야기, 옛날 시골 학당에서의 일, 여행 도중의 에피소드, 〈호질〉, 동악묘(東嶽廟, 동악의 산신을 모신 사당) 구경 등등이다. 그러니까 〈호질〉은 그런 잡다해 보이는 여러

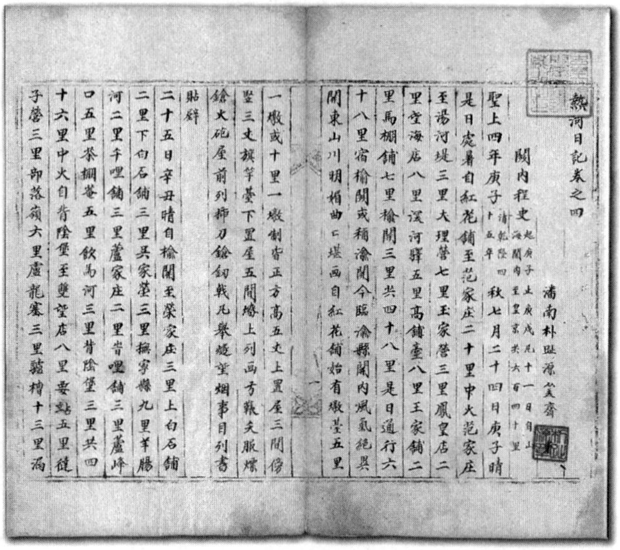

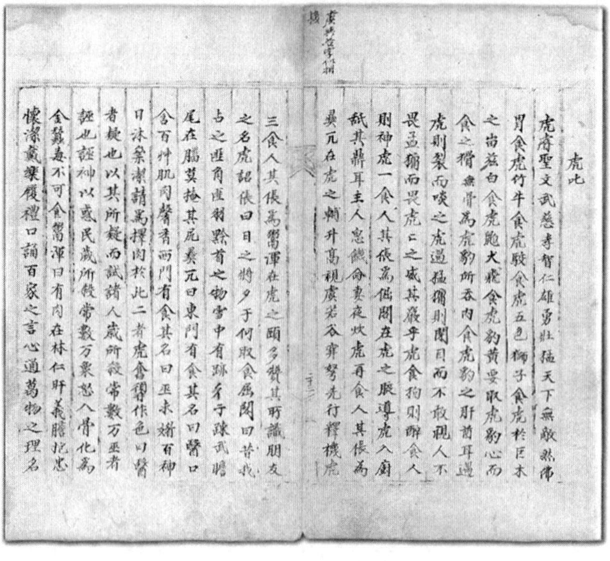

『열하일기』, 卷之四, 「關內程史」(위), 「虎叱」(아래) (충남대학교 도서관)

기록 중의 일부이다. 그렇다면 그것들을 하나로 묶는 내용은 무엇일까?[7]

몇 가지 사례를 들어서 살펴보자. 그는 맨 처음 어느 중국인의 집에 들어가서 그림과 글씨를 구경한다. 그리고 스스로 논평을 붙이기를 조선에서 뛰어난 서예가의 글씨가 청나라 황제의 아들이 쓴 것보다 훨씬 못하다고 했다. 청나라를 통상 오랑캐로 폄하하며 그 문화적인 역량을 얕잡아 보던 처사에 반기(反旗)를 든 것이다. 그러면서도 한편으로는 원작자를 제대로 알 수 없다며 설명을 의뢰해 온 조선의 그림에 대해 설명을 해주며 묘한 자부심을 느끼기도 한다. 무엇보다도 '중화/오랑캐', '명(明)/청(淸)', '중국/조선'의 우열을 떠나 객관적인 시각을 확보하는 데 주력하고 있다.

그런가 하면 이제묘를 지나면서는 다음과 같은 일화를 소개하고 있다.

어제 이제묘(夷齊廟)에서 점심을 먹을 때 고사리나물 닭찜이 나왔는데 맛이 매우 좋았다. 길에서 입맛을 잃은 지 오래였다가 갑자기 맛있는 음식을 먹게 되니 기분 좋게도 입맛에 맞아 그것으로 배가 가득 불렀으나, 구례(舊禮, 옛날부터 내려오는 예법)인 줄은 알지 못했다. 길에서 소낙비를 만나니 겉은 춥고 속은 더부룩하여 먹은 것이 미처 소화되지 않아 가슴에 얹혀서 한 번 트림을 하면 고사리 냄새가 목구멍을 치오르기에 생강차를 마셨지만 속이 편

7) 이하의 내용은 이강엽, 《『관내정사』의 '교직' 기법과 〈호질〉》(『한국학문학연구』 26집, 2000. 10)에서 상론된 것이다.

『삼강행실도』 중의 백이숙제 부분

해지지를 않아서 물었다. "지금이 가을이라 철도 아닌데 주방의 고사리는 어디에서 났소?" 좌우의 사람들이 말하기를, "이제묘에서 점심 참을 대는 것이 전례가 되어 있사오며, 또 사실을 막론하고 여기서는 반드시 고사리를 먹는 법이옵기에 주방이 우리 나라에서 마른 고사리를 미리 준비해 가져와 여기에서 국을 끓여서 일행을 먹이는 것이 이젠 벌써 하나의 고사가 되었답니다. (이하생략)"[8]

오랜 여행에 지쳐 있던 박지원에게 고사리나물 닭찜은 특식(特食)이었을 것이다. 그러나 조선 사신 일행이 그런 특식을 먹은 것은 순전히 백이·숙제의 고사(故事) 때문이었으니 참 아이로니컬한 일이다. 다 아는 대로, 백이와 숙제는 주(周)나라 땅의 곡식을 먹지 않겠다는 일념으로 고사리를 먹었다. 나물 중에서 특히 맛도 없고 영양도 없는 고사리를 택했다는 것은 그만큼 굶주렸음을 뜻한다. 그런 백이와 숙제를 기린답시고 오히려 전에 먹던 것보다 좋은 음식을, 그것도 때 아닌 고사리를 조선에서 가져와 먹고 있다. 참 우습다. 본뜻은 간 곳이 없고, 뱃속이나 채우고 있는 조선 사신들의 모습이 흡사 하급 코미디 같지 않은가.

---

8) 박지원, 『열하일기 Ⅰ』, 앞의 책, 1985, 251-252쪽.

「관내정사」를 그런 식으로 읽어 나가다 보면, 그 안에 있는 〈호질〉의 의미는 또 다르게 다가온다. 「관내정사」에는 '명'과 '청'을 단순히 중화와 오랑캐로 파악하여, 청나라 황제의 생일을 축하하러 갔으면서도 청나라를 멸시하는 이상한 광경이 묻어난다. 또 전란 끝에 중국에 잡혀 와서 뿌리를 내린 동포들을 향해 거드름을 피우는 사신들의 모습까지 나온다. 그들이 어떤 사람들이라고 그 앞에서 자기들이 모국의 동포임을 내세우면서 허세를 떠는가? 이러한 몇 개의 삽화만으로도 조선 양반층의 모순이 적나라하게 드러나는데, 이 모든 사실들이 신기하게도 〈호질〉과 잘 맞아떨어진다.

자, 이제 〈호질〉의 앞부분부터 보자.

> 호랑이는 예지(叡智)롭고 성스러우며, 문채롭고 싸움 잘하며, 인자하고 효성스럽고, 슬기롭고 어질며, 웅장하고 용맹스러우며, 기운 세고 사나워서 천하무적(天下無敵)이다.
>
> 그러나 비위는 호랑이를 잡아먹고, 죽우도 호랑이를 잡아먹고, 박도 호랑이를 잡아먹고 (중략) 호랑이가 맹용을 만나면 눈을 감은 채 감히 뜨질 못한다. 그런데도 사람은 맹용을 두려워하지 않으면서 범은 무서워하지 않을 수 없음을 보아서는 범의 위풍이 몹시 엄함을 알 수 있겠구나.[9]

앞부분은 호랑이의 위대함에 대한 설명이고 뒷부분은 호랑이와 괴수, 인간의 관계에 대한 설명이다. 먼저 호랑이가 지닌 두 가지

---

9) 박지원, 같은 책, 268쪽.

성질을 한껏 치켜세우고 있다. 흔히 '문무겸전(文武兼全, 문무를 다 갖춤)'이라는 말을 많이 쓰지만 실제로 그렇기는 어려운데, 호랑이야말로 그 둘을 온전히 갖고 있어 천하무적이라는 것이다. 문(文)과 무(武)를 적절히 구비하고, 사나울 때 사납고 인자할 때 인자하다면 누가 그에 맞설 것인가? 여기까지는 호랑이에 대한 칭찬 일변도이다. 그런데 그 다음에 이어지는 내용은 전혀 뜻밖이다. 사람들은 그저 호랑이가 최고인 줄로 알지만 비위, 죽우, 박, 맹용 들이 나타나면 호랑이조차 벌벌 떤다고 했다. 여기에 나오는 비위, 죽우, 박, 맹용 등은 모두 중국 전설에 나오는 괴상한 동물들이다.

바로 여기에서 논의의 실마리가 잡힌다. 동물 중 제일 똑똑하다는 사람이 호랑이만 무서워하고 호랑이가 무서워하는 동물들을 무서워할 줄 모른다. 상대적인 힘의 강약만 파악할 줄 알아도 어떻게 처신해야 하는지 훤히 알 텐데 그 쉬운 계산을 못하고 있다. 사실 세상 모든 것은 상대적이며 가변적이다. 절대적인 진리를 부정해서가 아니라, 호랑이처럼 눈에 드러나는 가까이 있는 존재만 무서운 줄 알고, 실제로는 그보다 더 무서워도 직접적으로 와 닿는 존재가 아닌 경우에는 무시하기 일쑤다.

따라서 지금까지의 이야기를 통해 보면, 〈호질〉에서 드러내는 첫째 외침은 이런 것이 아닐까 한다. "사람들아, 제발 정신 좀 차려라. 너희들이 모르는 더 큰 세상이 있고, 그 세상은 한없이 복잡하다. 쉽게 속단하지 말고 전체를 보아라!" 실제로 그 뒤 호랑이가 먹을 것을 구하자 창귀(倀鬼, 호랑이의 앞장을 서서 먹을 것을 찾아 준다는 못된 귀신)들이 음양오행(陰陽五行)의 이치를 아는 선비(儒)를 권하지

김홍도(金弘道) '송하맹호도(松下猛虎圖)', 90.4×43.8Cm (호암미술관 소장)

만 호랑이의 반응은 이러했다.

"아니다. 저 음(陰)과 양(陽)이란 것은 한가운데에서 죽고 삶에
불과하거늘, 그들이 둘로 나뉘었으니 그 고기가 잡될 것이요, 오
행(五行)은 각기 제 바탕이 있어서 애당초 서로 낳는 것은 아니어
늘, 이제 그들은 구태여 자(子)·모(母)로 갈라서 심지어는 짜고 신
맛들에 이르기까지 분배시켰으니 그 맛이 순수하지 않을 것이
요.(이하생략)"10)

그 당시 선비들이 음양이나 오행이라는 개념을 통해 사물의 이
치를 제대로 파악하기보다는, 세상 모든 것을 그 잣대에 맞춰 관념
적으로 배분하는 데만 혈안이 되어 있음을 말하고 있다. 무엇이 무
엇을 낳고 무엇이 무엇을 낳고 하는 식으로 공허하게 따져 대는 폐
단을 비판한다. 이런 생각들이야말로 앞서 살핀 「관내정사」에 두
루 내비쳤던 것이어서 전혀 낯설지가 않다. '중화-오랑캐-조선'
의 상대적 관계와, 정작 그 본뜻은 잊어버리고 고사리를 먹겠다며
설쳐 대는 조선 사신 일행의 행위가 긴밀히 연결되기 때문이다.

지금까지의 내용이 바로 〈호질〉에서 들을 수 있는 첫 번째 목소
리이다. 즉 박지원은 관념적이고 절대적인 세계관에서 벗어나 세
상을 객관적으로 볼 것을 촉구하고 있다. 이는 앞서 내린 결론과
일치하는 대목이다.

그러나 우리 모두가 아는 대로 실제 〈호질〉에 등장하는 주요 인

---

10) 박지원, 같은 책, 270쪽.

물은 대학자로 떠받들어지는 북곽 선생과 정절 높은 과부로 추앙받는 동리자이다. 호랑이가 무엇을 먹어야 좋을지 한참 고민하던 차에 드디어 북곽 선생이 등장한다. 벼슬을 좋아하지 않는 체하는 북곽 선생은 수절 잘하는 과부 동리자와 불륜의 관계를 맺는다. 그런데 사실 동리자에게는 성(姓)이 다른 아들이 다섯이나 있었다. 어느 날 밤 동리자의 다섯 아들들은 그 장면을 목격하고 북곽 선생을 천년 묵은 여우가 변신한 것이라고 생각하여 방안으로 들이닥친다. 다급해진 북곽 선생은 달아나다가 그만 똥통에 빠지고, 호랑이는 이 냄새 나는 북곽 선생과 마주치게 된다.

북곽 선생은 처참한 몰골로 호랑이에게 갖은 아부를 다한다. 호랑이는 그 아부를 듣고 좋아하기는커녕 지독한 독설을 퍼부으며 북곽 선생을 질타한다. 사실 작품의 거의 반 정도가 호랑이가 꾸짖는 내용으로 이루어져 있어서, 왜 제목이 '호질(虎叱, 호랑이의 꾸짖음)'인지를 금방 알 수 있게 한다. 그런데 그 내용은 사실상 인류에 대한 비판이며, 유자(儒者)에 대한 비판이다. 겉으로는 윤리 도덕을 내세우지만 실제로는 가장 못된 말종이 바로 인간이라고 질타한다.

"가까이 오지 말아라. 앞서 내가 들으니, '유(儒, 선비)'라는 게 '유(諛, 아첨함)'라더니 과연 그렇다. 네가 평소에는 온 천하의 나쁜 이름들을 모아다가 내게 갖다 붙이더니, 이제 다급해지니까 낯간지럽게 아첨하는 것을 그 뉘라서 곧이듣겠느냐. 대체로 천하의 이치야말로 하나인 만큼 호랑이가 진실로 못되었다면 사람의 성품 역시 못되었을 것이요, 사람의 성품이 착하다면 호랑이의 성품 역시 착할 것이다. (중략) 그러나 서로 잡아먹음이 많기야 어찌 저 춘추전국시대만 하였으랴. 춘추 그때엔 명색이나마 정의를 위해서 싸운다는 난리가 열 일곱 번이요, 원수를 갚는다고 일으킨 싸움이 서른 번에 그들의 피는 천리를 물들였고 죽어 자빠진 시체는 백만이나 되었던 것이다. (이하생략)"[11]

여기에는 잘못된 것을 바로잡는다는 미명 아래 무고한 백성들을 전쟁터로 내모는 인간들의 역사에 대한 통렬한 비판이 담겨 있다. 호랑이는 같은 겨레인 표범을 먹지 않는 정도의 미덕을 갖추고 있는 데 비해, 인간은 저희들끼리 못 잡아먹어서 안달이고, 온갖 무기들을 개발해서 사람들을 쳐 죽일 궁리만 한다. 실리적이기는커녕 사사건건 대의명분을 내세우며 온갖 비리를 저지르면서도 제 잘못이 무엇인지 모르는 인간에 대한 비난이다. 이 대목을 흔히 '썩은 선비'에 대한 비판으로 여기지만, 좀 더 넓게 보면 인류 문명에 대한 비판으로도 볼 수 있다. 윤리 도덕을 내세우며 인간과 인간 사이의 정욕조차 통제했지만 실제로는 가장 학식이 높은 선비와 가장 정절을 잘 지킨다는 여자가 남몰래 만나고 있다. 잘못된 것을 바로잡겠다는 명분으로 출정한 병사들 때문에 도리어 아무런 잘못이 없는 사람들이 무참하게 죽어 가야만 했다.

북곽 선생은 호랑이의 질책을 들으며 반성할 생각은 안 하고 어떻게 해서든 목숨만 구하려고 땅에 엎드려 머리만 조아린다. 호랑이가 간 줄도 모르고 그저 땅바닥에 코를 박고 있던 이 학자는 마

---

11) 박지원, 같은 책, 273-275쪽.

침내 이른 아침 밭 갈러 온 농부에게 발견되고야 마는데, 북곽 선생은 전혀 당황하지 않고 이렇게 읊어 댄다. "하늘이 높다 하되 / 머리 어찌 안 굽히며 / 땅이 두텁단들 / 얇디디지 않을소냐." 『시경』의 한 대목으로 멋지게 위기를 모면한 듯하지만 바로 거기에서 문제의 핵심을 찾을 수 있다. 마치 하늘과 땅의 이치를 다 알아서 그렇게 하고 있다고 둘러대면서 무식한 농부를 속여 넘기는 그 폭력성을 폭로하고 있는 것이다. 이 이야기를 읽으며, 만리 타국에서 불쌍하게 살아가는 동포들을 향해 거드름을 피우는 조선 사신들의 이야기가 자꾸만 겹쳐 보이는 것은 결코 우연이 아니다.

지금까지의 내용으로 볼 때, 〈호질〉의 스케일은 매우 크다. 여기에는 썩은 선비에 대한 질타가 있고, 문명 내지는 문화에 잠재한 맹점을 파헤치며 강자에게는 비굴하면서 약자에게는 군림하려는 인간의 허세를 폭로하고 있다. 이것이 바로 〈호질〉의 두 번째 목소리이다. 한 작품을 통하여 절묘하게도 두 가지 이야기를 해대는 것인데, 이 점은 박지원의 특장이라 할 만하다.

마무리를 대신하여

『열하일기』는 워낙 방대한 내용인데다 소설처럼 줄거리를 가지고 있는 것도 아니어서 사실상 짧은 요약이 불가능하다. 따라서 제한된 짧은 지면에 그 내용을 모조리 압

피서산장 안에 있는 열하(熱河)의 발원지. 열하는 겨울에도 얼지 않는 물이라는 뜻이다.

축해 담을 수 없는 일이어서 우선 아쉬운 대로 세계관의 변화라는 측면에 중점을 두고 그 내용을 살펴보았다. 혹시라도 이것이 『열하일기』의 전부라거나 핵심이라고 생각하는 독자들이 있을까 걱정스럽다. 제일 좋은 것은 『열하일기』를 직접 읽어 보는 것이겠지만, 그러기 전에 궁금해 하는 사람들을 위해서 전체 내용을 간단하게 줄여서 보여 주고 글을 끝맺는다.[12]

- 도강록(渡江錄) ── 압록강~랴오양[遼陽]의 15일 간. 성(城), 벽돌 사용 등에 대한 이야기
- 성경잡록(盛京雜錄) ── 십리하~소흑산의 5일 간
- 일신수필(馹迅隨筆) ── 신광녕~산하이관[山海關]의 병참지(兵站地) 중심

12) 이 순서는 책마다 다소 다른데, 여기에서는 이 책에서 인용한 『국역 열하일기』에 쓴 이가원 소장본에 따른다.

- 관내정사(關內程史) — 산하이관~연경(燕京)까지로 여기에 〈호질(虎叱)〉이 있음
- 막북행정록(漠北行程錄) — 연경~열하의 5일 간
- 태학유관록(太學留館錄) — 열하의 태학에 머물면서 지전설(地轉說) 등을 토론
- 환연도중록(還燕途中錄) — 열하~연경의 6일 간으로 교통 제도 등에 대한 이야기
- 경개록(傾蓋錄) — 열하에서 머무는 동안 중국 학자와 담소한 내용
- 황교문답(黃教問答) — 세계 정세를 논하면서 각 이민족의 종교에 대한 논의
- 반선시말(班禪始末) — 청나라 고종이 반선에게 취한 정책
- 찰십륜포(札什倫布) — 찰십륜포(판첸 라마의 사원)의 견문
- 행재잡록(行在雜錄) — 열하 행재소(임금이 거둥할 때 일시 머무는 곳)에서 있었던 일
- 심세편(審世編) — 조선과 중국의 난제(難題)에 대한 중국 학자와의 토론
- 망양록(忘羊錄) — 음악에 대한 중국 학자와의 토론
- 곡정필담(鵠汀筆談) — 천문 관련 기록
- 산장잡기(山莊雜記) — 열하 산장의 견문으로 여기에 〈일야구도하기〉가 있음
- 희본명목(戲本名目) — 청나라 고종의 만수절(萬壽節, 임금의 생일)에 행하는 연극 놀이의 대본과 종류를 기록
- 환희기(幻戲記) — 요술 구경을 한 소감을 적은 이야기
- 피서록(避暑錄) — 조선과 중국 두 나라의 시문에 대한 논평

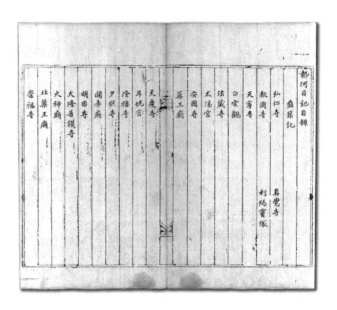

『열하일기』, 目錄, 卷之十三 (충남대학교 도서관)

- 구외이문(口外異聞) — 고북구(古北口) 밖에서 들은 60여 종의 이야기를 담고 있음

- 옥갑야화(玉匣夜話) — 밤에 여러 사람들이 주고받은 이야기 모음, 이 가운데 〈허생전〉이 있음

- 황도기략(黃圖紀略) — 북경의 궁궐 등 명소 견문기

- 알성퇴술(謁聖退述) — 공자묘를 참배한 이야기

- 앙엽기(盎葉記) — 명소 20군데 순례

- 동란섭필(銅蘭涉筆) — 음악에 관한 이야기

- 금료소초(金蓼小抄) — 의술에 관한 이야기

제 2 강

평범한 삶, 그 쓸쓸함에 대하여—
〈조신의 꿈〉,〈우렁각시〉,〈나무꾼과 선녀〉

평범 속에 묻힌 꿈

사람들은 누구나 한때 비범을 꿈꾼다. 돌아보면 누구에게든 청춘의 한때 평범을 용납할 수 없는 시절이 있었을 것 같다. 그것은 꼭 출세나 성공을 말하는 것이 아니라 어떤 분야든 어떤 장기든 자기만의 비범한 영역을 꿈꿔보는 것이다. 하다못해 남과 같은 헤어스타일이나 남과 똑같은 재킷이라도 거부해보는 것 또한 그런 데에서 기인한다고도 할 수 있겠다. 그러나 살다 보면 또 누구나 남들처럼 되어 가는 것을 느낀다. 겉으로는 잘나가 보이는 사람이거나 세칭 대박이 터졌다는 사람들조차도 어쩌면 평범함을 벗어날 수 없는 것이 인생살이이다.

여기저기서 실패하고 속고 당하고 또 망하다 보면 참 허망하다는 생각이 들 때가 많다. 만일 살아가면서 승전에서 쟁취한 훈장을 패전에서 얻은 생채기와 바꾼다고 한다면, 훈장이 더 많은 사람이 과연 얼마나 될 것인가? 혹 많다고 자부하는 사람이더라도 사실은 그 훈장을 얻느라 얼마나 많은 생채기를 남겼을 것인지 생각해보면 오싹한 일이다. 또 비록 자기에게는 아무 생채기가 없더라도 남에게 입혔다고 한다면 그것이 성공한 삶일 수 있을까? 하긴 전쟁터에서 훈장을 타는 사람은 가장 많이 적군을 죽인 사람일 터, 더이상 왈가왈부할 필요가 없겠다. 그러나 그도 되지 못한 사람들은 어딘가에 새겨진 숱한 생채기를 훈장처럼 여기며 사는 수밖에 없다. 그래서 가끔씩은 위안이 되는 꿈을 꾸기도 한다.

구전설화 가운데 그런 꿈을 다른 이야기가 제법 많이 있다. 도깨비 방망이처럼 모든 불행을 단번에 해소해주는 꿈이 있는가 하면, 마법의 샘물처럼 늙음을 딛고 즉시로 젊어지게 해주는 그런 꿈도 있다. 그러나 이번 강의에서 다룰 이야기는 그런 달콤한 꿈이 아니다. 꿈은 꿈인데 꾸고 나면 더 쓸쓸해지는 그런 꿈이다. 꿈에서 이루어졌지만 꿈을 깨어보니 현실은 매우 비참하더라는 그런 꿈 이야기이다. 흔히 전설이라고 분류되는 옛이야기에는 그런 꿈 이야기가 무척이나 많은데, 이상하게도 '전설' 하면 공연히 구슬픈 느낌이 드는 까닭도 거기에서 멀지 않을까 한다.

내가 어릴 적에는 〈전설 따라 삼천리〉라는 라디오 드라마가 인기였다. 저녁에 옹기종기 모여 앉아 라디오 연속극을 듣는 재미가 쏠쏠했던 그때, "그런 전설이 전해지고 있습니다그려." 어쩌고 하면서 끝날 무렵, 한없이 슬퍼했던 기억이 난다. 하긴 우리 편 장수가 오랏줄에 묶여 끌려가고, 착한 며느리가 죽어 없어지는 판에 누군들 안 그럴 수 있을까. 세월이 조금 흘러 흑백 TV에 〈전설의 고

금강산 상팔담 : 이곳으로 선녀가 내려와서 목욕을 했다는 전설이 있다.
여덟 개의 못이 차례로 펼쳐진다.

향〉이 등장했을 때, 우리는 그 슬픔에다 공포심을 하나 더 얹어야만 했다. 어찌된 일인지 등장하는 여자 탤런트들마다 회칠이라도 한 듯이 흰 낯빛을 띠고 입가에는 피를 흘리기 일쑤였다. 그리고는 한동안 그런 '유치한' 화면이 사라지는가 싶더니, 눈부신 촬영술과 컴퓨터 그래픽 기법의 발달로 이제 제법 '볼 만한' 전설들이 브라운관과 스크린을 누비고 있다. 그렇다면 대체 이런 이야기는 왜 그렇게 쉼 없이 반복되어 나오는가? 사람들은 그런 뻔한 이야기를 왜 그렇게 열심히 보고 듣는가? 이제부터 우리는 『삼국유사』의 〈조신(調信)의 꿈〉과 구전설화 〈우렁각시〉, 〈나무꾼과 선녀〉를 통해 이런 이야기들의 특징을 살펴보며 그 해답을 찾아보기로 한다.

◀KBS TV 〈전설의 고향〉

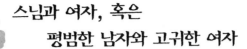

스님과 여자, 혹은
평범한 남자와 고귀한 여자

다들 알고 있겠지만, 〈조신의 꿈(調信夢)〉의 내용은 대략 이렇다.

(가) 옛날 신라의 세달사(世達寺)에 조신이라는 스님이 있었다. 이 스님은 그가 속해 있던 절의 장원(莊園, 봉건 제도 아래에서 귀족이나 절이 소유하던 대규모의 토지) 관리를 위해 장원이 있는 명주(溟州) 날리군(捺李郡)으로 파견을 나가게 된다. 그런데 그곳에서 그는 그 고을 태수의 딸을 한 번 보고는 그만 한눈에 반해 버린다. 아무리 번민해도 제 뜻을 이룰 길은 막막하고, 게다가 그 여자에게는 혼처까지 생기고 말았지 뭔가. 부처님 앞에 가서 남몰래 빌기를 여러 차례, 그러나 허사였다.

(나) 그러던 어느 날, 부처를 원망하다 잠이 들었는데 그때 그녀가 제 발로 조신을 찾아오는 기적이 일어난다. 그뿐인가. 그녀의 고백은 더욱더 조신의 가슴을 벌렁이게 한다. "저는 일찍이 스님을 한 번 뵌 뒤로는 속마음으로 사모하여 한시도 잊지 못했사옵니다. 하지만 부모님의 명령을 어기지 못해서 억지로 다른 사람에게로 시집갔던 것이옵니다. 이제 부부가 되고자 이렇게 왔사옵니다." 세상에 이런 일이 있다니, 조신은 기쁜 마음을 부여안고 그녀와 함께 고향으로 향한다.

(다) 그들은 사십여 년 간 함께 살면서 자식을 다섯이나 두었다. 그러나 그렇게 행복한 삶은 못 되어서, 네 군데 벽이나 간신히 가릴 만한 초라한 집에서 끼니조차 제대로 잇지 못하는 비참한 생활의 연속이었다. 엎친 데 덮친다고 열다섯 살 난 큰자식은 길을 가다 굶어 죽었으며, 열 살 난 딸아이는 구걸하다가 개에게 물려서 자리에 눕는 신세가 되고 만다. 결국 부인은 이별을 선언한다. '우리가 만났을 때는 참으로 좋았지만, 이제 더 이상 이 생활을 유지할 수 없으니 헤어지자.'는 것이 주요 골자이다. 둘은 기쁜 마음에 네 아이를 각각 둘씩 나누어 헤어진다.

(라) 이때 조신이 잠에서 깨어나니, 밤이 이슥히 깊어 가고 있는 참이었다. 이튿날 아침에 보니 그 사이에 눈썹과 머리칼이 하얗게 세어 버렸다. 그는 부끄러운 마음이 들어 반성한 뒤, 꿈속에서 죽은 아이를 파묻은 곳에 가 보았더니, 거기에는 뜻밖에 돌미륵이 하나 있었다. 그는 자기 재산을 털어서 그 돌미륵을 모실 절을 세웠으니, 그 절이 바로 정토사(淨土寺)이다.

어떤가? 슬픔이 전해지는지 모르겠다. 여기에서는 거창한 불교 사상이나, 문학사적 흐름을 이야기하지 않겠다. 그런 것들은 모두 이 작품이 사람들 가슴속 깊이 느껴지는 바가 있고 난 뒤에야 따질 것이지, 처음부터 주워섬길 것이 아니기 때문이다. 이제 사춘기에 막 접어들었거나 스스로 지났다고 믿는 청춘들이라면 알리라. 자신이 열렬히 사랑하는데도 감히 사랑이라는 말조차 붙이지 못할 정도로 마음속으로만 사모하거나, 흠모하는데도 만나기는커녕 좋아한다고 말 한마디 못해 보는 비극을 말이다. 가슴속이 불덩어리 같고 입술이 바싹바싹 마르는, 그야말로 환장할 지경에 이르는 가슴앓이를 누구나 한두 번쯤은 겪는 법.

이 작품의 주인공 조신이 겪는 아픔도 바로 거기에서 멀지 않다. 한 남자가 한 여자를 사랑한다. 그것도 병이 날 정도로 깊이, 아주 진실하게 사랑한다. 그럼에도 불구하고 그 사랑이 이루어지지 않을 때 그것은 한없는 비극이 되고 만다. 게다가 이 이야기 속에는 여느 짝사랑과는 비교가 안 될 정도의 비극성이 내포되어 있다. 조신은 이성(異性)을 향한 욕망을 원천적으로 없애야 하는 불교 승려였으니, 그가 승려의 직분을 다하면서 여자와 혼인할 방법은 없었다. 그뿐인가? 그 여자는 평범한 여자가 아니라 고을 태수의 딸이니, 보통의 남성이라 할지라도 쉽게 다가서기 힘들 만큼 높은 신분의 여자였다.

어쩔 것인가? 사랑을 이룰 것인가, 사랑을 포기할 것인가? 사랑을 이루려면 일단 절을 떠나야 하고, 절을 떠나지 않는다면 사랑을 이룰 수 없다. 또 절을 떠난들 사랑을 이룬다는 보장은 전혀 없으며, 절을 떠나는 일 역시 그리 만만치 않다. 조신의 갈등은 이처럼 이루어질 수 없는 꿈 때문에 생긴 것이다. 꿈이 이루어질 수 없을 때 누구나 좌절하게 마련이다. 가령, 어떤 학생이 커서 유능한 파일럿이 되고 싶은데, 눈이 아주 나빠서 도수 높은 안경을 쓰는 신세라면 어쩔 것인가? 그의 꿈은 그 비극적인 사실을 알게 되는 순간 깨어지고 만다. 이 때 만일 그 사람이 거기에만 매달린다면 그의 삶은

『삼국유사(三國遺事)』, 「탑상(塔像)」, 〈낙산 이대성 관음정취 조신〉 부분

좌절과 절망 속에서 헤어나지 못하고 파탄에 이르게 될 것이다. 이런 맥락에서 〈조신의 꿈〉의 (가) 부분은 확실히 비극적이다. 조신이 합리적으로 제 삶을 수습할 방법이 전혀 없기 때문이다.

그러나 그러한 좌절을 딛고 절망을 희망으로 옮겨 주는 부분이 (나)이다. 비록 꿈이기는 하지만. 사실 이것이 꿈의 미덕이기도 하다. 그는 오매불망 그리던 배필을 만나게 된다. 그러나 다음의 (다)를 보면, 이 (나)가 오히려 그의 삶을 더욱 악화시켰음을 알 수 있다. 둘이 행복하게 살기는커녕, 오히려 일가족이 끼니조차 제대로 연명할 수 없는 최악의 순간을 맞고 말았다. 이로써 조신의 삶은 더 이상 나빠질 게 없는 밑바닥에 이르지만, 이 때문에 그는 그 덧없음을 깨닫고 마침내 (라)의 깨달음을 얻는다. 이 '깨달음'은 불교 승려로서 얻을 수 있는 최상의 가치이기도 하다. 세상이 덧없음

을 알고 정진(精進) 수행하여 해탈의 길을 모색하는, '모범적인' 승려의 길을 택하게 되는 것이다.

이렇게 읽어보면 이 작품은 '절망-희망-절망-희망', '현실-꿈-현실'이 교차하면서 삶의 질을 한 단계씩 높여 가는 꼴을 취한다는 것을 알 수 있다. 맨 처음 조신은 자신이 원하는 것을 전혀 얻을 수 없었기에 더없는 비참함을 느낀다. 그러다가 어떤 방식으로든 그 원하는 것을 조금 얻어내고, 그 다음은 그것이 헛것이었음을 자각하고, 끝으로 가장 진실한 삶이 무엇인가를 깨닫고는 마침내 진실한 삶으로 나아간다. 혹시라도 이런 과정을 '불교'에 국한하여 생각하지 않기 바란다. 불교도이든 기독교도이든, 종교를 말하지 않더라도 이러한 과정은 우리의 삶에서 얻어내야 할 큰 지혜를 준다. 현실의 좌절이 미래의 꿈을 이루기 위한 발판이기도 하며, 또 미래에 대한 헛된 꿈이 현실의 발목을 잡는 족쇄이기도 하다는 이 엄연한 진리를 받아들여야만 한다. 이것은 무엇보다도 현실은 현실이고 꿈은 꿈이라는 단순한 이분법적 도식으로부터 우리를 자유롭게 해준다.

다시 파일럿이 되고 싶은 학생으로 돌아가 보자. 그 학생은 파일럿이 되고 싶지만 현실적으로 파일럿이 될 수 없어서 갈등이 심했다. 그런데 어쩌면 특별한 방법으로 그 꿈을 이룰 수도 있음을 알고 기뻐한다. 하지만 잠시의 기쁨을 지나 절망적인 현실에 이르게 될 때, 그것이 그의 삶에서 꼭 추구해야 할 만한 것이 아님을 알게 되 새로운 길을 모색한다면 어떨까? 이것은 희망을 포기하고 의지박약의 자신을 합리화하라는 말이 아니다. 진정으로 자기 삶의 가치를 깨닫고 또 그것을 현실로 만들 수 있는 최선의 길을 모색하는 자세라면, 절망을 지나 희망으로, 좌절을 지나 용기로 나아갈 수 있는 방법이 얼마든지 있음을 암시한다. 삶은 마치 산과 같아서 높고 험할수록 더 깊고 풍성하기 때문이다.

그러나 아무리 이렇게 설명해 보아도 이 이야기에는 풀리지 않는 답답함이 있다. 제 짝을 못 찾아서 슬피 우는 사람은 많지만 그것으로 깨달음을 얻는 사람은 적기 때문이다. 더욱이 승려가 아닌 바에야 결혼하지 않고 혼자 살면서 절에서 수도하는 삶이 무슨 큰 영화(榮華)이며 성공이겠는가. 생각이 여기에 미치면 왠지 속은 기분이 들지 않을 수 없다. 이 작품에서 '꿈'이라는 장치를 떼어 내고 '불교적 깨달음' 대목을 삭제해 버린다면, 이 이야기는 영락없는 비극이 되고 만다. 비극을 희극이라고 말하는 것은 억지이고 폭력일 뿐이 아니던가 말이다.

하긴 그렇다. 상황은 그렇지 않은데 말로만 그럴 수도 있다고 하는 것은 잠시의 위안이 될망정 진짜 해결책은 아니기 때문이다. 번번이 실연당해서 울고 있는 사람에게, 이 기회에 깨달음을 얻어 도인이 되라고 해본들 무슨 소용이 있겠는가. 하지만 사실이 그렇다 하더라도, 이 이야기는 어디에나 있을 법한 비극적인 사랑 이야기에다 종교적 장치를 겹쳐 놓은 것이다. 단적인 예로, 꿈속에서 자식을 묻었던 자리를 파 보니 돌미륵이 나왔다는 것은 도저히 현실적으로는 설명할 방법이 없다. 이는 이 작품이 인간의 좌절이라는 피할 수 없는 운명을 종교적 설명으로 풀어놓은 것임을 뜻한다.

세상이 과학으로 이루어진 합리밖에 없다고 믿는 사람에게 이 이야기는 사람을 현혹하는 백해무익한 픽션에 지나지 않을 것이다. 그런 사람들까지도 굳이 믿어야 할 부분이 있다면 가슴 아픈 이별까지이겠다. 허나 『삼국유사』를 편찬한 이는 스님이고 그는 스님답게 거기에 새로운 의미를 입혀두었다. 인간은 누구나 한 개인의 힘으로는 어쩔 수 없는 엄청나게 커 보이는 세상을 만나게 된다. 과학이 아무리 발달하고 현대문명이 극에 달한다고 해도 그 사실만큼은 변할 리가 없다. 이 괴물같이 버티고 선 세상 앞에서 그 커다란 불행을 어떻게 이해하고 어떻게 대처할 것인가가 고민이 될 때, 새로운 이야기가 생겨난다.

한편에서는 도깨비 방망이 같은 것을 동원하여 그 불행을 단번에 뒤집어서 행복으로 만들어 버리는 이야기가 만들어지는가 하면, 또 다른 한편에서는 그 알 수 없는 불행을 거역하지 못하고 받아들이는 이야기도 생겨나는 법이다. 흔히 앞의 것을 민담, 뒤의 것을 전설이라고 하는데, 〈조신의 꿈〉이 바로 후자의 대표적인 예이다. 이렇게 보면 조신이 굶주린 가족을 이끌고 방황하다가 갈라서는 대목이나 〈전설의 고향〉에 나온 피 흘리는 처녀 귀신의 울부짖음은 같은 맥락으로 이해할 수 있다. 다만 그 쓸쓸함과 비애를 종교의 이념으로 최대한 씻어내고 합리화했다는 점이 〈조신의 꿈〉의 독자성이라 하겠다. 여기에 한 가지 덧보탠다면, 이 작품에 집중적으로 드러나는 '꿈'은 여기에서 그치지 않고 나중에 김만중의 『구운몽』이나 이광수의 『꿈』에 이르기까지 줄기차게 이어진다는 사실이다. 더욱이 이 작품에서는 꿈이 단순히 이야기를 전달하는 장치에 그치지 않고, 작품의 주제와 직접적으로 연관된다는 점을

영화 〈꿈〉(1990)의 포스터

지적해 두고 싶다.

이것은 몽유록계 소설 등이 그렇듯이 "깨어 보니 꿈이었더라."고 하면서 꿈을 액자 소설처럼 단순히 이야기를 담는 틀로만 쓰는 것을 의미하지 않는다. 주인공이 꿈속의 사건들을 부질없고 공허한 것, 나아가서 딛고 일어서야 할 것으로 여긴다는 뜻이다. 이 점에서 볼 때, '돌미륵'의 예처럼 꿈속에서 있었던 일이 실제 현실과 연결되는 점등도 범상하게 보아 넘겨서는 안 된다. 여기서 돌미륵은 조신이 꿈을 통해 자신의 부질없고 공허한 생각을 반성할 수 있도록 도와주는 부처의 깊은 뜻이 담긴 사물이다. 세상의 난제를 만날 때마다 격파해서 이길 수 있다고 믿는 이들에게 이 이야기는 깊이 있게 다가올 수 없다.

소박한, 그러나 이룰 수 없는 소망

세상살이가 힘들고 어려워지는 것은 꼭 실현하기 어려운 일을 꿈꾸기 때문만은 아니다. 천하를 평정한다거나 세상 이치를 깨치겠다는 대단한 포부가 아니더라도, 때로는 아주 소박한 소망조차도 이루어내기 버거울 때가 적지 않은 법이다. 착하게 살고 또 열심히 일하지만 여전히 고달플 때, 우리는 또 다른 세상을 꿈꾸게 된다. 〈우렁각시〉가 그런 예일 것이다. 지금도 어디선가에서는 혼자 사는 노총각이 퇴근 무렵이면 "어디 우렁각시 하나 없나?"를 외칠 법하다.

우렁각시 이야기는 한국인에게 그처럼 퍽이나 익숙한 설화여서, 어느 지방의 토속 음식점에서는 된장찌개에 우렁이를 집어넣어 '우렁각시 백반'이라는 이름을 붙일 정도이다. 하지만 정작 그 이야기에 담긴 의미가 무엇인지에 대해서는 선뜻 말하기 어렵다. 기껏해야 재미있는 변신담이나 슬픈 전설의 한 꼭지 정도로 이해하고 말뿐이다. 그러나 꼼꼼하게 살펴보면, 한 총각이 짝을 찾지 못하다가 논두렁의 우렁이를 각시로 맞는다는 설정에서부터 그 뒤에 벌어지는 갖가지 이야기들은 만만찮은 의미를 담고 있다는 사실을 알 수 있다.

이 설화의 결말은 지역에 따라 아주 다르지만, 시작만큼은 대개 엇비슷하다. 한 총각이 논에 물을 보러 갔다가 "이 농사를 져다 누구하고 먹나?"라고 혼잣말을 한다. 이 부분은 문장 끝의 부호를 물음표로 해야 할지 느낌표로 해야 할지 무척이나 고민이 될 정도로, 주인공의 모든 것이 녹아들어 있다 해도 지나치지 않다. 그는 일은 열심히 하지만 한 가정을 이룰 나이가 되도록 총각 신세를 면치 못한 딱한 처지의 인물이다. 지금도 농촌 총각이 결혼하기 어렵다는 사정을 감안한다면 이해가 못 될 바도 아니겠는데, 문제는 이런 푸념이 푸념으로 그치지 않고 어디선가 응답이 들려 왔다는 점이다.

땅 밑에서 "나하고 먹지 누구하고 먹어."라는 말이 들렸던 것. 총각이 소리나는 쪽을 살펴보니 우렁이가 하나 있었고, 이것이 바로 순박한 농촌 총각이 우렁각시를 얻게 된 사연이다. 그런데 바로 이 대목에서 〈우렁각시〉는 여느 이야기들과 뚜렷한 차이점을 보인다. 여느 이야기와 달리 총각은 그런 행운을 얻을 만한 어떤 선행도 하지 않았다. 하다못해 불쌍한 사슴을 구해 주었다거나 시장에서 사 온 잉어를 놓아주었다는 식의 상투적인 선행조차 드러나지 않는다. 그저 한번 투덜댔더니 하늘이 응답하더라는 식이다. 아무리 보아도 뜻밖의 행운이라 아니할 수 없다.

불행은 계속 불행을 불러오기도 하지만, 간혹 계속되는 불행 끝에 행운이 찾아오기도 한다. 끝간 데를 모르고 불행으로 치닫다가, 뜻하지 않게 행운으로 반전되는 일은 일상생활에서도 왕왕 벌어지는 터이다. 이 이야기의 주인공이 바로 그랬다. 그날 이후, 그가 힘든 일을 마치고 귀가하면 누군가가 멋진 밥상을 차려 놓곤 했다. 그는 너무도 궁금해서 어느 날 일을 나가는 척하면서 집안을 몰래 엿보았다. 그랬더니, 천하절색의 한 미녀가 우렁이 껍질 속에서 나와서는 집을 깨끗이 청소하고 식사를 준비하는 것이 아닌가!

어떤 여자하고든 결혼만 한다면 더 이상 바랄 것이 없을 것만 같던 총각 앞에, 기가 막힌 살림 솜씨에다 미모까지 갖춘 여자가 나타났으니 그 다음은 말할 것도 없겠다. 그러나 이 여자는 총각의 속도 모르고 "조금만 기다리세요."라고 말한다. 하늘에서 귀양을 왔는데 아직 때가 아니니 조금만 기다려 준다면 정말 훌륭한 아내가 되겠다는 말이다. 그러나 총각은 기다리지 못하고 즉시 여자를 아내로 삼아 버린다. 그리고 그것으로 인해 불행이 시작된다. 우렁 각시를 아내로 맞으면서 더 큰 행운으로 이어지는 듯하지만, 실은 거기에 모든 불행이 예비되어 있었다.

통상적으로 옛이야기에서 "무엇을 하지 말라!"고 하는 것을 우리는 '금기(禁忌)'라고 한다. 그런데 신기하게도 그 금기를 지켜서 무엇을 성취했다는 옛이야기는 거의 찾을 수 없고 금기를 어겨서 생기는 파탄에 대해서만 이야기한다. 가령 〈장자못 전설〉*에서 뒤를 돌아보지 말라고 했는데 돌아보았다가 돌이 되었다든가, 〈나무꾼과 선녀〉에서 애를 셋 낳을 때까지는 날개옷을 주지 말라고 했는데 둘만 낳고 주는 바람에 여자가 하늘로 날아갔다는 이야기 등이 그런 예이다. 이 이야기 역시 그런 금기를 어긴 것에 모든 책임을 돌리고 있는 것처럼 보인다.

하지만 금기를 어기는 일이야말로 인간이 살아 있다는 한 증표기도 하다. 하지 말라는 일은 꼭 하고 싶었던 어린 시절의 일을 기억해 보면 쉽게 알 수 있듯이, 대개의 금기란 하지 않으면 못 배길일일 경우가 많다. 여자를 간절히 원하던 총각 앞에 무엇 하나 부족함이 없는 여자가 나타났는데 어찌 참을 수 있을 것인가? 정말이지 거부할 수 있는 유혹은 유혹이 아니다. 앞서 살핀 대로 행운의 시작은 "누구하고 먹나?"였고, 불행의 시작은 '조금만 기다리세요.'를 어긴 것이었다. 그 둘 사이에서 공통점을 찾아내기란 쉽지 않지만, 그것들이 모두 '인간적'인 무엇이었음에 유념해 보면 문제는 의외로 쉽게 풀린다. 힘들게 일을 하고 나서 집에 가 봤자 아내가 없다고 투덜대는 것이나, 반대로 그토록 염원하던 신붓감이 눈앞에 나타났는데 오래도록 기다릴 수 없는 것 모두 '인간적인 약점'이다. 목석 같은 냉혈한이나 사리에 통달한 도인이라면 느끼지 않아도 될 법한 지극히 인간적인 결함이다. 아니, 결함이라기보다는 하나의 특성이라고 보는 편이 옳을성싶다. 이 말이 잘 이해가 안 된다면 그 다음에 벌어지는 일들을 한번 살펴보자.

주인공은 이제 더 없는 행복을 누리고, 아무런 문제없이 잘살아야 정상이다. 그러나 쉽게 온 행복이 쉽게 가는 것은 자명한 이치. 어쩔 수 없는 유혹이 가중되면서 이 남녀의 행복한 생활은 흔들리게 된다. 이 장면이 실제 구연현장에서는 이렇게 그려진다.

그래, 인제 있는데, 참 얼마나 이쁜지 당최 나무도 못하러 가고, 뭐 오금을 못 떼 놔. 나무를 하러 가도 곁에다 갖다 세워 놓고는 나무를 하고……. 그래, 하도 그러니까는, 하루는 화상(畵像)을 그려 주며 가는 거여. 나무에다, 화상 그려 준 걸 나무에다 걸고서는 나무를 좀 깎다 보니까 난데없는 회오리바람이 불면서, 아 그걸 훌떡 걷어 갔단 말여.

그래 가지곤 어느 나라에 갖다 던졌는지, 그 나라 임금이 그 화상을 주워 가지고, "아 요 사람, 어서 가 찾아오라."고.[1]

얼마나 예뻤으면 그랬을까 짐작이 간다. 지금도 신혼의 단꿈에 빠진 신랑은 신부의 고운 모습을 아예 컴퓨터 바탕 화면에 깔아 놓

---

1) 박계홍, 『한국구비문학대계 4-2』(충청남도 대덕군 편), 한국정신문화연구원, 1981, 526쪽.

三國史列傳八

室人朱喜遂約異日相會與之偕老
都彌百濟人也雖編戶小民而頗知義理其妻
美麗亦有節行為時人所稱蓋妻王聞之召都
彌與語曰凡婦人之德雖以貞潔為先若在幽
昏無人之處誘之以巧言則能不動心者鮮矣
乎對曰人之情不可測也而若臣之妻者雖死
無貳者也王欲試之留都彌以事使一近臣假
王衣服馬從夜抵其家使人先報王來謂其婦
曰我久聞爾好與都彌博得之來日入爾為宮

『삼국사기도미』열전의
〈도미〉 부분

三國史記 卷第四十九

人自興後爾身吾所有也遂將亂之婦曰國王
無妄語吾敢不順請大王先入室吾更衣乃進
退而雜餙一婢子薦之王後知見欺大怒誣都
彌以罪矐其兩眸子使人牽出之置小船泛之
河上遂引其婦強欲淫之婦曰今良人已失單
獨一身不能自持況為王御豈敢相違今以月
經污穢請俟他日薰浴而後來王信而許
之婦便逃至江口不能渡呼天慟哭忽見孤舟
隨波而至乘至泉城島遇其夫未死掘草根以
哭遂與同舟至髙句麗蒜山之下麗人哀之
以衣食遂苟活終於羈旅

三國史記卷第四十八

고 있지 않은가 말이다. 그러나 우렁각시가 말했던 "조금만 기다리세요."를 생각하면 이런 행위야말로 금기를 어겨도 아주 크게 어긴 것이다. 작품에 따라서는 들밥을 내갔다가 원님에게 발각되는 등 여러 가지 변형이 있지만, 그들의 공통점은 특수한 사정상 집에만 숨어 있어야 하는 아내가 밖에 알려지게 되면서 불행이 현실화된다는 데 있다. 다른 남자에게 모습을 보여 주면 안 되는 여자가 집을 벗어나 외부에 알려진다면 그 다음에 어떤 일이 벌어질지 참으로 뻔하다.

그런데 그들이 맞설 외부 세력이 거대한 권력일 경우, 일개 미천한 농부로서는 피할 재간이 없다. 〈도미의 처(都彌)〉*에서 볼 수 있듯이, 평범한 사내와 함께 사는 비범한 여자를 세상이 가만두려 하지 않기 때문이다. 아닌게아니라 바로 이 부분에서 이 이야기에는 사회적인 의미가 보태지게 된다. 이것을 흔히 '관탈 민녀(官奪民女)형' 이야기라고 하는데, 결국 여기에서 인간이 불행해지는 두 번째 이유, 곧 '사회적 억압' 이 드러난다. 인간적인 욕망, 인간적인 약점을 참지 못해서 불행해지고, 거기에다 사회적인 지배 관계에 의한 억압이 겹쳐지면서 더욱 불행해지는 것이다. 전자가 인간으로서는 피할 수 없는 연약함 때문이라면, 후자는 잘못된 제도가 빚어 낸 억압 구조 때문이다.

이쯤에서 우리는 우렁이가 가지고 있는 또 다른 의미를 되새겨 볼 수 있다. 우렁이가 여성 성기를 상징한다는 설명이 일반적이지만, 그보다는 달팽이류가 일반적으로 가지고 있는 '집' 의 의미를 따져 보는 편이 좀더 설득력이 있지 않을까 한다. 모름지기 달팽이류라 하면 그 집 속에 있을 때에만 외부의 위해로부터 보호받고 또 행복한 법이다. 단단한 집을 벗어나 세상으로 나온 달팽이에게는 가혹한 시련과 죽음만이 기다리고 있을 뿐이다. 사실 달팽이류에게는 그 껍질말고는 어떠한 공격 수단도 어떠한 방어 수단도 없지 않은가. 밖으로 나온 우렁각시는 부도덕한 사회에서 최소한의 인간 생존권 내지는 존엄성에 타격을 받는다. 이것이 〈우렁각시〉의 사회적 의미를 키워 주는 한 요소이다.

파랑새, 장닭, 돌미륵

그렇다면, 이런 이야기의 끝은 어떻게 되는가? 〈조신의 꿈〉이 비극적으로 마무리되면서 그것을 깨침의 출발점으로 삼았다는 점은 앞서 설명한 바와 같다. 불행 끝, 행복 시작이었던 셈이다. 그런데 〈우렁각시〉는 특이하게도 극 결말이 크게 두 갈래로 갈라져 나타난다. 그것도 최고의 행복과 최고의 불행이라는 양극으로 말이다.

한 계통의 이야기를 보면, 임금이 그림을 보고 홀딱 반해서 우렁각시를 잡아간다. 그러나 우렁각시는 전혀 웃지 않고 늘 화나고 슬픈 사람처럼 말없이 있었다. 그래서 임금이 어떻게 하면 좋겠느냐고 하자 우렁각시는 걸인 잔치를 열어 줄 것을 부탁한다. 이리하여 남편이 그 잔치에 참여하는데 우렁각시는 비로소 웃음을 보이고,

이를 본 임금은 그녀를 즐겁게 할 생각으로 우렁각시 남편과 옷을 바꿔 입는다. 그러자 그 순간 우렁각시는 "저 거지를 잡아 내쫓으라."고 하여 임금을 몰아내고 남편을 왕으로 세운다. 한마디로 얼토당토않은 설정이지만, 거기에는 이야기를 향유하는 사람들의 간절한 염원이 들어 있다. 번번이 빼앗기고만 사는 사람들이지만, 이야기를 빌려서 속 시원히 원풀이를 해보자는 심산이다.

또 다른 한 계통은, 들에 나갔던 우렁각시가 높은 벼슬아치의 눈에 띄어 잡혀가고 그 벼슬아치의 요구를 거절한 대가로 죽임을 당한다. 그리고 이 사실을 안 남편 역시 슬픔을 못 이기고 죽어 버리는데, 그 뒤 우렁각시는 참빗이 되고 남편은 파랑새가 되었다. 참빗은 여자가 단장할 때 쓰는 도구이고 파랑새는 푸른 산, 푸른 숲을 날아다니며 슬피 우는 새이다. 이들은 사랑하는 임을 잃고 더 이상 단장할 필요를 느끼지 못하는 여성의 한(恨)과, 역시 사랑하는 임을 잃고 슬픈 울음을 싣고 정처 없이 떠돌아다니는 남성의 한을 상징한다. 이것은 역설적이게도, 죽어서라도 임을 위해 단장하고 싶고 죽어서라도 자유롭게 날고 싶은 염원을 담고 있는 것이기도 하다.

이처럼 하나는 미천한 농부에서 지고의 임금님이 되었고 또 하나는 사람이 아닌 동물로 환생했지만, 그 둘이 보여 주는 의미는 크게 다르지 않다. 전자가 꿈이라면 후자는 현실이기 때문이다. 그 두 갈래의 결말에는, 묵묵히 일하면서 불만을 토로하기도 하고 그 덕에 뜻밖의 행운을 거머쥐지만 또 조급함 때문에 잃게 되는 현실과, 그 현실을 뒤집어서 모든 것을 일거에 얻었으면 하는 소망이 드러나 있다. 누구도 피할 수 없는 유혹에 빠져서 고생하는 인간의 이야기인 동시에, 천에 하나 만에 하나 있을까 말까 한 기적을 희구하는 이야기인 것이다. 또 그런가 하면 우연히 만난 작은 행운, 곧 짝짓고 소박하게 살아가는 소박한 꿈조차 가차없이 앗아가는 포악한 사회에 대한 고발이기도 하다.

우리가 이 이야기를 들으면서 그 속의 불쌍한 남녀를 연민하다가도 문득 자기 이야기처럼 생각되어 가슴이 뭉클하기도 하고, 임금이 되었다는 황당한 결말에 마치 제 일인 양 환호하게 되는 것은 아마도 그때문일 것이다. 한 가지 더 덧붙인다면, 이 이야기는 비극적 결말의 '전설'과 해피엔딩의 '민담', 그리고 '관탈민녀형 설화'와 '변신담', '동물 배우자 이야기', 심지어는 〈심청전〉의 '걸인 잔치 이야기' 등이 두루 섞여 있는, 매우 특이한 복합형 설화이다. '우렁이가 각시가 되었다.'는 매우 간단한 줄거리에다 설화 구연층의 다양한 요구를 수용하여 생겨난 결과이다.

〈나무꾼과 선녀〉역시 그 결말의 의미는 매우 심각하다. 이본마다 넘나듦이 있기는 하지만, 다음과 같은 대목이 발견된다는 점에서는 대체로 일치한다.[2]

이렇게 히서 총각은 하늘서 살고 있는디 세월이 지내다 봉게 지상으 고향 생각이 나서 한번 지상에 내레가 보고 싶었다. 선녀보고 지상에 가 보고 싶다고 형께 가지 말라고 힜다. 그런디도 총각

---

2) 이렇게 나무꾼이 닭이 되는 유형 외에도, 나무꾼이 하늘로 승천하고 끝나는 유형, 나무꾼과 선녀가 다시 지상으로 내려오는 유형, 나무꾼이 하늘의 장인이 내린 시험을 받고 시련을 극복하는 유형 등등이 있다.

은 가고 싶은 마음이 더욱 간절히서 선녀보고 지상에 꼭 가 보고 싶다고 힜다. 그렇께 선녀는 정 그렇다면 가 보라 험서 말 한 마리를 내줌서 이것을 타고 지상에 내레가되 이 말에서 절대로 내레서 땅을 밟지 말고 또 지상에서 음석을 먹지 말라고 일러 주었다.

총각은 그 말을 타고 순식간에 지상에 내려와서 그 전에 살든 데를 여그저그 돌아댕김서 봤다. 그때는 가을철이 돼서 집집마다 박을 해서 박속으로 국을 끓여서 먹고 있는디 한 집이 강게 박속국을 먹으라고 한 사발 주었다. 총각은 그 박속국을 받어각고 먹을라고 하는디 박속국 그럭을 그만 엎질렀더니 그 뜨거운 국물이 말으 등에가 쏟아징게 말이 놀래서 훌떡 뛰었다. 그 바람에 총각은 하늘로 가지 못하게 돼서 하늘에다 대고 꼬끼요 박속으르르르 하고 소리 질렀는디 그 순간 장닭이 돼서, 꼬끼요 박속으르르 박속국 땜이 하늘 못 올라간다고 한탄하는 소리를 지른다고 헌다.[3]

결말의 내용은 크게 세 부분으로 정리된다. 하나는 천상에서 잘 살다가 다시 지상 생각이 나서 땅으로 내려왔다는 것이고, 또 하나는 박속국을 먹다가 다시 천상으로 갈 기회를 놓쳤다는 것이며, 나머지 하나는 그것이 한이 되어 닭이 되었다는 것이다. 이 셋을 차례로 살펴보면 이야기의 핵심에 닿을 수 있을 듯하다.

우리들 마음속에서, 천상은 언제나 유토피아였다. 옛이야기에서는 대개 우리가 살아가는 현실로서 지상이 있고, 그보다 훨씬 더 이상적인 천상이 있으며, 또 그보다 훨씬 더 열악한 지하 세계가

3) 임석재 채록, 『한국구전설화(전라북도 편 I)』, 평민사, 1990, 175쪽.

북한의 전래동화 『금강선녀』 중의 나무꾼과 선녀

있곤 했다. 그렇다면 이 나무꾼 총각의 행보는 몹시도 이상한 일이
아닐까. 천상은 유토피아이며, 또 그처럼 그리던 처자식이 있는 곳
이었다. 무엇 하나 부러울 것이 없는 세상인데 왜 또다시 지상을
기웃거리는가 말이다. 이유는 바로 '고향 생각'이다. 천상을 그리
워하는 것이 현실의 고단함을 씻고자 하는 것이었다면, 고향을 생
각하는 것은 그 과거의 고단함에 대한 동경인지도 모른다. 누구에
게나 고생스럽게만 여겨지던 시절이 있지만, 이상하게도 그 시절
의 공간에 대해서는 우호적이다. 한마디로 인지상정이다.

그런데, 선녀는 또 이렇게 일러둔다. '지상의 음식을 먹지 마시
라.'고. 그런데 상식적으로 생각해보자. 천상의 좋은 음식을 맛보
았을 나무꾼에게 지상의 음식이 무슨 대단한 유혹이겠는가. 하지

만 대부분의 이야기들에서는 '어머니'와 '박속국'이라는 이중 장치를 걸어두어서 나무꾼을 꼼짝달싹 못하게 만든다. 하긴 고향과 어머니는 뗄래야 뗄 수가 없다. 고향이 그립다면 십중팔구 거기에 계셨던 어머니가 그리운 법이다. '모국'이니 '모교'니 하는 말들은 그래서 힘을 받는 것이리라. 선녀가 일러준 금기를 어길 수밖에 없었던 이유 역시 그 어머니, 혹은 위의 이야기처럼 고향의 이웃을 뿌리칠 수 없었기 때문이다.[4] 더구나 그가 먹은 음식이 박속국이라는 데 있어서는 기가 찰 노릇이다. 박속 자체는 별 맛이 없다. 워낙 먹을 게 귀하던 시절이니까 바가지로 쓰려고 속을 파낸 그것을 먹었을 뿐이다.

나무꾼의 낭패는 사실 그렇게 사소한 데에서 시작된다. 그깟 사소한 것들을 뿌리치고 매몰차게 정진하지 못하는 그 지극히 인간적인 데에서 모든 것이 어긋나고 말았다. 나쁘게 말하면 나약함이고 좋게 말하면 인정이랄 수 있는 그 심성이 이쪽과 저쪽을 떠돌게 만들었다. 그 결과, '닭'이 되는 변이를 보인다. 여기저기를 떠돌며 구슬피 우는 파랑새가 아니라, 날기는 날아도 지붕 위까지밖에 이를 수 없는 슬픈 운명의 장닭이 되고 말았다. 그는 여전히 하늘을 보며 슬피 운다. 한때 그가 갔던 곳, 영원히 살 수도 있었던 곳, 그래서 꿈에도 그리는 곳, 하지만 이제는 영원히 갈 수 없는 그곳을 보며 슬피 운다. 그리고 그 모습은 바로 중년을 넘긴 보통사람들의 자화상이기도 하다. 한때 이상을 향해 매진했고 또 잘 되던 시절이 없었던 것은 아니지만 인간적인 정에 이끌리어 혹은 작은

---

4) 이런 해석은 이부영, 『한국민담의 심층분석』, 집문당, 1995, 참조.

유혹에 빠져들어서 어쩔 수 없이 평범한 삶을 감내해야 했던 보통 사람들의 보통 삶이 이 이야기속에 너무도 잘 녹아들어 있다.

이 이야기들에서는 현실과 꿈이라는 대립요소가 선명하게 부각되고 있다. 조신이 꿈속에서 여자를 찾고, 농부가 우렁각시를 만나며, 나무꾼이 선녀와 사는 것이 꿈이라면, 함께 살아본들 단란한 가정을 꾸려나가기가 어렵고, 행복을 방해하는 무리가 있거나, 결혼할 여자가 없는 것이 현실이겠다. 그리고 그 꿈과 현실 사이를 오가며 애환을 함께 하는 주인공들에게서, 때로는 슬프게 때로는 발랄하게 삶을 다독거려나갔던 사람들의 모습이 오버랩된다. 꿈처럼 되지 않는 것이 현실이지만, 꿈처럼 살고 싶은 마음을 버려서는 안 되는 것도 현실이다. 누가 그랬던가, 희망을 갖기에는 너무 절망적이지만, 절망을 하기에는 너무 이른, 그 숙명적인 지점에 우리들의 삶이 놓여있는 것이 아닐까. 때로는 아이를 버린 그 자리에서 돌미륵을 얻어 그 비극을 겪지 않고서는 깨칠 수 없었던 도를 깨닫기도 하고, 때로는 뜻밖의 행운이 종내 큰 비극을 불러일으키기도 하며, 또 때로는 참으로 작은 인정 때문에 큰일을 그르치기도 하지만, 그것이 바로 가감 없는 인생이다.

사람이기 때문에 이쪽에 살면서 저쪽을 꿈꾸고, 또 그렇기 때문에 피안의 언덕에 이르기도 하며, 세상의 시련이나 사소한 유혹 때문에 저쪽으로 가는 길이 막히기도 한다. 참 쓸쓸하다.

＊ 〈장자못 전설〉 ＊

인색한 장자(長者, 큰 부자를 점잖게 이르는 말)가
살았는데, 어느날 중이 시주를 권하자 쌀 대신
쇠똥을 잔뜩 자루에 담아 주었다. 때마침 그
광경을 본 그의 부인이 중을 불러 쌀을 주면서
남편의 잘못을 빌었고, 그러자 중은 내일 아침
그 집을 피해 뒷산으로 달아나되 무슨 소리가
나도 뒤돌아보지 말라고 당부하였다. 이튿날
어린아이를 업고 뒷산으로 올라가던 부인은
천지가 진동하는 소리에 뒤를 돌아보았는데,
이미 집은 황톳빛 물 속으로 잠기고 보이지 않
았다. 그리고 부인은 금기를 어긴 벌로 바위로
변해 버리고 말았다.

* 〈도미의 처〉 *

백제의 개루왕이 도미라는 사람의 아내가 아름답고 품행이 얌전하다는 이야기를 듣고, 그 말이 진실인지 알아보기 위해 도미를 궁에 머무르게 하고 자신이 도미의 집으로 가서 밤을 지냈다. 도미의 처는 자기 대신 계집종을 잘 꾸며 들여보냈고, 이를 안 개루왕은 도미의 눈을 뺀 뒤 작은 배에 태워 강에 띄워 보냈다. 하지만 도미의 처는 갖은 어려움 끝에 남편을 찾았고, 그 뒤 고구려에서 구차한 생활을 하다가 나그네로 삶을 마쳤다.

제 3 강

〈박타령〉, 한타령, 흥타령

돈타령에서 가난타령까지

아침 밥상머리에서 저녁 잠들 때까지 "돈, 돈, 돈……" 하며 지내보자. 아마도 십중팔구 누군가가 나서서 제발 그 '돈타령' 좀 그만 하라고 할 것이다. 열 살짜리 꼬마 아이는 먹을 것 타령에 엄마를 들볶고, 실연에 빠진 스무 살 청춘은 사랑타령으로 친구들을 괴롭히며, 실직한 가장은 술타령으로 세월을 보내고, 중년에 접어든 여인네는 나이타령으로 더 늙어버린다. 이래저래 온 세상이 타령에 빠진 것만도 같다. 본래 이 '타령'은 음악 곡조의 한 가지이다. 우리나라 사람이라면 〈새타령〉, 〈군밤타령〉, 〈도라지타령〉 같은 노래를 한번쯤 들어 본 일이 있을 것이다. 그러나 '돈타령'이나 '사랑타령'의 '타령'이다. 한마디로, 자꾸 이야기하는 것을 타령이라고 한다.

그런데 판소리 작품에도 이 타령이라는 말이 쓰이는데, 신기하게도 모든 작품에 일률적으로 통용되지는 않는다. 여섯 마당* 가운데도 〈흥보가〉, 〈변강쇠가〉, 〈수궁가〉 등에는 '박타령', '가루지기타령', '토끼타령'이라는 별칭이 붙기도 하지만, 〈춘향가〉, 〈심청가〉, 〈적벽가〉에는 '춘향타령'이니 '심청타령'이니 하고 부르는 예가 없다. 그렇다면 이 세 작품에만 '-타령'이 붙는 이유는 무엇일까? 아마도 크게 갈라 보면 음악적 수준이 높으냐 낮으냐의 차이가 아닐까 한다. 음악적 세련도를 갖춘 고품격의 작품에는 '-가(歌)'라는 제명만을 고수하는 반면, 그렇지 못한 작품의 경우는 '-타령'을 같이 쓴다고 할 수 있다.[1] 또, '배비장타령', '장끼타령'처럼 판소리로의 전승이 끊어진 경우 역시 '배비장가', '장끼가' 등의 명명이 통용되지 않는 것을 보면 고급취향과는 거리가 있는 듯하다.

더욱이 이렇게 '-타령'으로 명명되는 판소리 작품의 경우, 음악만 그런 것이 아니라 문학적으로도 상당히 서민적인 냄새가 짙다. 실제 판소리에 익숙지 않은 청중들이 공연장에 간다고 할 때, 가장 많이 웃으면서 즐겁게 들을 수 있는 작품이 바로 그 셋이며, 그 중에서 가장 부담 없이 즐길 만한 작품이 바로 〈흥보가〉이다. 착한 흥부와 못된 놀부가 벌이는 해프닝 같은 이야기를 들으며 청중들은 마냥 신나게 웃는다. 그러나 〈흥보가〉가 무슨 내용이던가. 배고파서 서럽고, 쫓겨나 집이 없어 서럽고, 또 숱한 식구들이 입을 옷이 없어 서러운 내용이 아니던가. 가히 의식주의 총체적 결핍이 드러나는 것인데, 그리고도 웃어넘기는 것은 또 무슨 까닭일까.

1) 이에 대해서 서종문, 『판소리사설연구』(형설, 1984), 115-126쪽에 자세히 고찰되어 있다.

이제, 신재효본 〈박타령〉을 통해 그렇게 된 사연을 파고들어가 볼까 한다. 물론 이 작품은 형제간의 우애를 강조한 것이지만, 그 주제를 구현하는 데 있어 부(富)의 이동이라는 방식을 택하고 있음에 주의를 요한다. 이런 모티프는 여느 민담이나 야담 등등에서 흔히 볼 수 있는 것이니 대수롭지 않을 수도 있다. 그러나 이 작품의 생성시기가 19세기 후반임을 생각한다면 이 이

활자본 『흥부전』(박문서관, 1917) *

전의 어떤 작품에서보다도 이 문제는 중요한 관심거리가 될 수 있다. 이 시기는 우리 나라에서 근대의식을 수용하려는 의지가 강화되던 시기였으며, 작가 신재효는 그 와중에 상하층 기류를 몸소 체험할 수 있는 인물이었다. 따라서 대략 다음 두 가지를 눈여겨볼 수 있겠다. 그 하나는, 신재효가 〈박타령〉에서 창출한 인물의 문제이다. 흥부는 착하고 놀부는 악하기 때문에 복(福)과 화(禍)를 받는다는 식의 인물구성이라면 이 작품이라고 별반 새로울 것이 없을 테지만, 작품의 디테일을 살펴보면 분명 그 이상의 심도 있는 인간 탐구가 이루어지고 있다. 또 다른 하나는, 흥부의 가난이 갖는 사회적 의미이다. 흥부는 두 번이나 쫓겨나면서 경제적 고통을 겪는다. 가난은 어찌 보면 문학의 보편적 소재이지만 이 시기의 특수성은 색다른 의미를 불어넣을 수 있을 것이다.

흥부의 한(恨), 놀부의 한(恨)

놀부가 착하냐 흥부가 착하냐는 논쟁이 되지 않지
만, 놀부가 옳으냐 흥부가 옳으냐는 가끔 논쟁이 되
는 모양이다. 경제 발전을 무슨 국시(國是)처럼 여기는 세상이고 보
니 놀부처럼 악한 인간이더라도 돈만 잘 번다면 그도 좋을 것 같으
니까 그럴 게다. 더욱이 흥부는 착하다는 것 말고는 별로 내세울 게
없지 않느냐며 제법 어른(?) 같은 소리를 하는 학생까지 있을 정도
이다. 그러나 누가 뭐래도 흥부가 착하고 흥부가 옳다는 기본 전제
까지 무너뜨리면서 문학을 뜯어볼 필요가 있을까 싶다. 초등학교
교과서처럼 놀부가 동생에게 "야, 이놈아."라고 하는 속된 말이 문
제라며 나무라는 것도 문학교육으로서는 퍽이나 이상하지만, 가난
한 동생을 내쫓은 사람을 옳은 사람이라고 해서는 더더욱 이상한
일이다. 다만 우리는 여기에서 흥부와 놀부가 왜 그렇게 되었는지
속사정을 짚어 볼 필요가 있을 뿐이다.

흥보의 마음씨는 저의 형과 아주 달라 부모에게 효도하고, 어
른에게 존경하며, 이웃간에 화목하고, 친구에게 신의 있어 굶어
서 죽게 된 사람에게 먹던 밥을 덜어 주고, 얼어서 병든 사람 입
었던 옷 벗어주기, 늙은이의 짊어진 짐 자청하여 져다주고, 장마
때 큰물가에 삯 안 받고 월천(越川, 냇물을 건넘)하기, 남의 집에 불
이 나면 세간살이 지켜주고, 길에 보물이 빠졌으면 지켜섰다 임
자 주기, 청산에 백골(白骨)을 보면 깊이 파고 묻어 주며, 수절과

부 보쌈하면 쫓아가서 빼어놓기, 어진 사람 모함하면 대(代)로 나서 발명(發明: 무죄를 변명함)하기, 애잔한 놈 횡액 보면 달려들어 구원하기, 길 잃은 어린아이 저의 부모를 찾아 주고, 주막에서 병든 사람 본가에 기별하기, 계칩불살(啓蟄不殺: 경칩에 깨어난 벌레를 죽이지 않음), 방장부절(方長不折: 막 자라나는 초목을 꺾지 않음), 남의 일만 하느라고 한푼 돈도 못 버니 놀보 오죽 미워하랴.[2]

〈흥보가〉의 시작은, 어느 본이든 간단한 인물소개가 끝나고 난후 저 유명한 '심술타령'이 이어진다. 그래서 놀부가 얼마나 심술궂은지에 대해서는 누구나 알지만 흥부의 심성에 대해서는 별로 아는 것이 없는 듯하다. 그저 아주 마음씨 고운 사람이라고만 아는 정도이다. 하긴 다른 이본들을 뒤져보면 그럴 법도 하다. 실제로 놀부의 심술 끝에 "그 놈이 심사가 이러한데 형제 윤기(倫紀) 있을쏘냐. 부모의 분재전답(分財田畓) 저 혼자 차지하고"[3] 정도로 슬쩍 넘어가면서 흥부를 내치면 그뿐이기 때문이다. 그러나 신재효본에서는 그렇게 얼렁뚱땅 넘어가는 방식을 택하지 않았다. 흥부의 마음씨가 착한 것은 십분 인정하면서도 어딘가 개운찮은 구석을 남겨두었다.

그가 하는 선행은 대체로 본받음직한 일이나 이상하게도 생산성이 떨어지는 일들뿐이다. 선행을 두고 생산성 운운하는 게 벌써 불경스럽지만, 세상을 살다보면 '마당 쓸고 돈 줍고' 하는 일도 제법

---

2) 강한영 교주, 『신재효 판소리 사설집(全)』, (보성문화사, 1978), 326~328쪽.
3) 〈박흥보전〉(임형택 소장), 김진영·김현주 역주, 『흥보전』(박이정, 1997), 173쪽.

있는 법이다. 그런데 묘하게도 흥부의 선행은 철저하게 잇속 없는 일들로 점철되어 있다. 그러니 놀부의 입장에서 보자면 동생이라고 하나 있는 것이 밑줄친 부분대로 남의 일만 하느라고 돈 한푼 못 버는 위인으로 치부되는 것도 이해됨직하지 않은가. 그러나 아무리 그래도 흥부의 선행이 사회통념상의 윤리적 잣대에 비추어 찬양의 대상일망정 비난의 대상이 될 수는 없다. 그래서 또, 다음과 같은 장치가 뒤따르게 된다.

가련한 흥보 신세 지성으로 비는 말이, "비나이다 비나이다. 형님 전에 비나이다. 형제는 일신(一身)이라 한 조각을 베면 둘 다 병신 될 것이니 외어기모(外禦其侮: 외부의 수모를 막음)를 어이하리. 동생 신세 고사하고 젊은 아내 어린 자식 뉘 집에 의탁하여, 무엇으로 먹여 살리리까. 장공예(張公藝: 唐나라 壽張 사람)는 어떤 사람인고 하니 구세(九世) 동거하였는데, 아우 하나 있는 것을 나가라 하나이까. 척령(鶺鴒: 할미새)은 짐승이나 금란지의(金蘭之誼: 친구 간의 정의가 두터움)를 알았고, 상체(常棣: 산매자)는 꽃이로되 담락지정(湛樂之情: 오래도록 즐기는 깊은 정)을 품었으니 형님 어찌 모르시오. 오륜지의(五倫之義)를 생각하여 십분 통촉하옵소서."

놀보가 분이 상투 끝까지 치밀어 그런 야단이 없구나.

"아버지 계실 적에 나는 생판 일만 시키고서 작은 아들이 사랑옵다 글 공부만 시키더니, 너 매우 유식하다. 당 태종(598?~649, 중국 당나라 제2대 황제)은 성주(聖主, 성스러운 임금)로되 천하를 다투어서 그 동생을 죽였으며 조비(186~226, 중국 후한 말의 영웅인 조조의 큰아들. 위나라의 제1대 왕)는 영웅이나 재조(才操)를 시기하여 그 아우를 죽였으니, 나 같은 초야 농부가 우애지정을 알겠느냐?"[4]

집을 나가라고 호통을 치는 형에게 답하는 동생의 대답이 걸작이다. 우리네 같으면 나가서는 먹고살 길이 없다는 둥 시간을 좀 달라는 둥 애걸하련만, 흥부는 '형제는 일신'이라는 논리를 내세운다. 흥부의 관심은 오로지 윤리적인 데에만 있다. '처자식은 의복 같고 부모형제는 수족 같다'는 속언을 연상시키지만 그 뒤에 따라오는 유식한 문자로 보자면 그것이 얼마나 관념화된 것인지 짐작이 간다. 지금의 절박성을 몸으로 느껴서 읍소한다기보다는 대체로 『시경』 같은 전적(典籍)에 나오는 글귀를 채용하여 자신의 심사를 대변하고 있다. 놀부의 "너 매우 유식하다~"는 비아냥은 그래서 더 힘을 얻는다. 집 나가라고 등 떠민 형을 잘했다고 하자는 게 아니라, 자기보다 무식한 형 앞에서 현란한 식자를 늘어놓는 일은 아무래도 좀 이상하다.

그리고 그 결정타는 아버지의 이상한 자식교육방법에 있었다. 놀부가 자기 합리화를 위해 다소 윤색했다 하더라도, 밑줄친 대목에 있는 대로 형에게는 일만 시키고 동생에게는 공부만 시킨 것이 얼마간은 사실이겠다. 지금도 이런 집이 항용 있는데 혹시 공부를 시킨 형제가 잘 되어서 우애 있게 지낸다면 집안으로 봐서는 성공일 수 있으나, 뜻밖에 실패하는 경우거나 공부를 시키지 않은 형제에게 깊은 상처를 남긴다면 어차피 이상적인 가정이 되기는 글렀

---

4) 강한영 교주, 같은 책, 328-330쪽.

다. 똑같은 부모 밑에서 나서 자랐기 때문에 흥부가 '형제는 일신'임을 강조했지만, 이상하게도 한 사람은 공부밖에 몰랐고 한 사람은 일밖에 몰랐다. 지금 벌어지고 있는 형제간의 대립은 흥부가 근원적 동일성에 초점을 두고 있다면 놀부는 성장과정에서의 차별성에 초점을 두고 있기 때문이다.

어차피 이 형제는 절름발이일 수밖에 없다. 흥부의 모든 관심은 윤리에만 있고, 놀부의 모든 관심은 경제에만 있다. 그리고 이것을 뒤집어 본다면, 흥부는 윤리를 쌓느라 경제를 잃었고, 놀부는 경제를 쌓느라 윤리를 잃은 셈이다. 그러니 둘 다 온전한 인간이 될 수 없었다. 당연히 그것이 곧바로 그들의 한(恨)이 됨은 물론이다. 사람이 무언가에 매진하면 바로 그때문에 무언가를 이루기도 하지만 또 그때문에 다른 무언가를 잃는 것이 당연지사이다. 세상이 둥글다는 것은 바로 그런 이치를 빗댄 말이겠다. 그런데, 우리가 선과 악의 2분법에 빠져 있는 한, 그런 이치가 잘 보일 리가 없다. 어쩌면 〈흥부전〉을 입에서 입으로 전하던 많은 사람들이 실제로 그랬는지도 모른다.

그러나 신재효는 달랐다. 그는 확실히, 그 피할 수 없는 양면성을 알았던 듯하다. 경제와 윤리가 인간이 살아가면서 피할 수 없는 두 축이라고 한다면, 흥부는 놀부의 그림자이고 놀부는 흥부의 그림자이다. 경제에다만 햇빛을 쏘이고 나면 그 뒤편으로 윤리는 강한 그림자로 남고, 반대로 윤리에다만 햇빛을 쏘이고 나면 그 뒤편으로 경제는 강한 그림자로 남게 되지 않을까 한다. 물론, 전면만을 부각시킨다면 드러나지 않는 반대 면은 무시하고 또 무시

당하기 일쑤이다. 형제는 수족 같다는 흥부의 말을 굳이 끌어들이지 않더라도, 빛과 그림자로 이루어진 이 이상한 관계는 서로가 서로에게 깊은 한으로 남고, 그것을 풀어내는 것이 이 작품의 과제가 된다.

흥부·놀부 사람 만들기

흥부와 놀부가 정말 불구적인 인간이던가? 혹 놀부는 그럴지 몰라도 흥부는 괜찮은 사람이 아니던가? 간혹 의심이 들 수 있겠는데, 적어도 신재효본 〈박타령〉에서만큼은 그런 의심을 거두어도 좋다.

이곳 저곳 빌어먹어 한두 달이 지나가니, 발바닥이 단단하여 부르틀 법 아예 없고, 낯가죽이 두꺼워서 부끄러움 하나 없네. 일년 이년 넘어가니 빌어먹기 수가 터져 흥보는 읍내에 가면 객사(客舍: 관아에 있던 관사)에나 사정(射亭: 활터의 한량들이 모이는 정자)에나 좌기(坐起: 관아의 우두머리가 일을 처결함)를 높이 하고, 외촌(外村)을 갈 양이면 물방아집이든지 당산(堂山) 정자 밑에든지 사처(下處: 점잖은 손님이 유숙하는 집)를 정하고서 어린것을 옆에 놓고, 긴 담뱃대에 붙여 물고 솔솔을 매든지, 또아리를 겯든지, 냇가에 방죽이나 가까우면 낚시질을 앉아할 제, 흥보의 마누라는 어린 것을 등에

붙여 새끼로 꽉 동이고 바가지엔 밥을 빌고 호박잎에 건건이(반찬)
얻어 허위허위 찾아오면, 염치 없는 흥보 소견에 가장태(家長態)를
하느라고 가속(家屬)이 늦게 왔다고 짚었던 지팡이로 매질도 하여
보고, 입에 맞는 반찬 없다 앉았던 물방아집에 불도 놓아 보려 하
고. 별 수를 매양 부려 하루는 이 식구가 양달 쪽에 늘어앉아 헌
옷에 이 잡으며 흥보가 하는 말이 "우리 신세 이리 되어 이왕 빌어
먹을 테면 전곡(錢穀)이 많은 데로 가 볼밖에 수 없으니 포구(浦口)
도방(道傍, 길가) 찾아가세."[5]

　흥부가 놀부에게 쫓겨나서 살아가는 모습을 보여주는 대목인데,
작가의 시선이 그대로 느껴진다. 상식적으로는 형에게 쫓겨나 유
리걸식하게 된 처지를 동정해야 마땅할 텐데 신재효는 싸늘한 시
선을 보내고 있다. 발바닥과 낯가죽이 두꺼워져서 걸인으로 정착
해 가는 모습을 빈정대고, 동리 한량들 틈에서 허세를 부리는 것을
두고 '좌기를 높이 하고'로 야유한다. 여기에서의 흥부는 무언가
생산적인 일을 할 궁리를 못하고 그저 예전의 양반 모습에 연연해
하는 구제불능의 인간에 다름 아니다. 자기는 그저 방죽에 앉아 낚
싯대나 드리우고 앉아서는 수모를 무릅쓰고 음식을 구걸해온 아내
더러 늦게 왔다는 트집으로 매질을 해대는 딱한 위인이다.
　이쯤에서 우리는 흥부가 애지중지 사수해온 윤리의 실체가 궁금
해진다. 윤리란 게 본시 인간이 인간답게 살기 위해 지켜야할 도리
라고 본다면, 사실은 가장 가까이에 함께 사는 가족간의 윤리가 최

5) 강한영 교주, 같은 책, 330-332쪽.

우선이 되어야 함은 두말할 나위가 없다. 그래서 유교윤리에서는 집 안에서 부모에게 효도하는 것을 미루어서 나라에서 임금에게 충성하고, 집 안에서 형을 공경하는 것을 미루어서 집 밖의 어른을 공경하는 식으로 윤리의 폭을 확대해나간다. 그러나 이 경우는 어떠한가? 밖에서는 온갖 착한 일을 일삼던 흥부가 졸지에 파렴치한 불한당처럼 보이는 이 사실을 어떻게 해석할 수 있을지 난감하다. 도에 지나칠 만큼 윤리관념에 투철한 인간과 가장 구실을 못하고서도 아내에게 몹쓸 짓을 하는 인간이 동일인이라는 사실에 적잖이 놀랄수밖에 없다.

신재효 〈박타령〉(박홍보가), (연세대학교 인문과학연구원 편, 『신재효 판소리 전집』(영인본), 연세대학교 출판부, 1969)

더욱 더 놀라운 일은 이 인용부의 맨 마지막이다. 이왕 빌어먹을 작정이면 사람들이 많은 도회지로 나가보자는 말인데, 그가 택한 유일한 해결책이 구걸임에 유념할 필요가 있다. 애당초 놀부가 흥부를 내쫓은 표면적 논리는 아우가 경제활동은 등한시한 채 남 좋은 일만 골라서 한다는 데 있었다. 그래서 놀부가 아우를 축출하면서 내뱉은 변(辯)은 이러하다. "사람이라 하는 것이 믿는 것이 있으면은 아무 일도 아니 된다. 너도 나이 장성하여 계집자식 있는 놈이 사람 생애 어려운 줄 조금도 모르고서 나 하나만 바라보고 유의유식(遊衣遊食, 하는 일 없이 놀며 먹고입기만 함)하는 거동 보기 싫어 못하겠다."[6] 놀부의 말이 제아무리 그르다 해도 놀고먹는 일이 정당화될 수는 없다. 어떤 경우든 생업의 어려움을 알아야 성숙한 인간일 텐데, 흥부는 그것이 안 되었다. 그러나 어쨌거나 그러한 이유로 내쫓겨난 흥부가 택한 길은 빌어먹는 일이었음에 유의하자. 흥부에게 경제행위는 아주 하찮은 일로 여겨졌을 것이고, 그러니 전처럼 잘 살 수 없는 일만이 야속했을 터이다.

어떤 문제든 근본적인 해결책이 없으면 점점 커지는 게 상례이다. 흥부 역시 그랬다. 많은 식솔들을 거느리고 구걸만으로 생계를 해결하려 했을 때, 흥부의 문제는 더욱 더 증폭되어 나타난다. 급기야 흥부는 다시 놀부를 찾아가게 된다. 흥부의 아내가 견디다 못해 흥부를 형님 댁으로 몰아세운 것이다. 흥부는 놀부 앞에 가서 최대한 몸을 굽힌다. 형님이 자기를 사람 만들려고 그랬던 것을 어찌 모르겠냐고 운을 뗀 후에, 열심히 노력하여 돈을 모아 답례하려

---

6) 강한영 교주, 같은 책, 329쪽.

하였으나 여의치 못했다고 빌어댄다. 그러나 복이 없어 돈을 못 모으고 자식만 늘어서 스물일곱 식구나 되니 어쩔 도리가 없다는 것이 주요 골자이다. 그러나 독한 놀부는 거기에 아랑곳하지 않고 다시 흥부를 내친다. 자칫 잘못하면 얻으러 오는 버릇만 들일 수 있다는 생각이 들었기 때문이다.

여기에서 놀부의 인색함에 대한 공박이야 입 아프게 말할 필요조차 없다. 동생 식구들이 다 굶어죽겠다고 하는데 두드려 패는 심사를 놓고 두둔할 인사는 없을 터이다. 다만, 아직도 어떠한 적극적인 노력도 없이 '복이 없어서'만을 입에 달고 사는 딱한 처신이 문제일 뿐이다. 그렇지만 이렇게 놀부가 흥부를 다시 쫓아냄으로 해서 흥부는 제2의 인생을 시작할 수 있었다. 비록 땅이 없어 농사를 제대로 지을 수는 없었지만 온갖 날품팔이판을 전전하며 생업의 어려움을 몸소 겪는다. 김매기, 풀베기, 가마메기, 짐지기, 자갈 줍기, 모내기, 부고 전하기, 편지 전하기 등 닥치는 대로 일을 해나간다. 요즈음으로 하자면 품삯 받는 막노동에 심부름 대행업까지 종횡무진 나선 것인데, 그 일이 제대로 안 되는 데서 작품의 심각성이 부각된다. 잘 알려진 대로, 병영에 나가 매품까지 팔려 해도 일이 어그러지느라고 그 역시 빈손으로 돌아오는 신세가 되기도 한다.

이제 생활력 강한 흥부의 아내가 나설 차례이다. 그녀는 밭매기, 김장하기, 벼 훑기, 방아 찧기, 삼 삼기, 물레질, 베 짜기, 헌 옷 짓기, 빨래하기, 장 달이기, 쌀 까불기, 풀 뜯기, 절구질 등을 하여 품을 팔며, 아이 낳고 첫국밥을 손수 해먹으면서까지 한 때도 쉬지 않고 밤낮으로 돈벌이에 나선다. 그러나 결과는 허사였다. 그렇게 살아도 생계를 이어나갈 일이 막막하자 급기야 치마끈으로 목을 매어 자살하려고까지 한다. 그제야 흥부는 비로소 가장으로서의 책임을 통감하며 아내를 만류하고, 여기에서 가난의 참상이 극에 이른다. 흥부가 처음 쫓겨났을 때 보여준 행태에서는 그의 개인적인 게으름과 무능함이 드러났다면 두 번째 쫓겨나면서는 사회적인 문제가 대두된다 하겠다. 그가 도외시했던 경제의 문제가 그렇게 만만한 게 아니었다.

반면, 놀부는 어떠한가. 그 역시 윤리도덕이 밥 먹여주냐는 식의 도도함을 지녔던 인물이다. 그러나, 그가 그렇게 믿어 의심치 않던 경제 역시 사실은 지극히 허망한 것임을 어렵지 않게 깨닫게 된다. 신재효본 〈박타령〉에서, 놀부는 아무래도 자수성가한 인물로 그려진다. 물론 아버지로부터 물려받은 재산이 없었더라면 그만한 부자가 될 수 없었겠지만, 또 그만큼의 부를 축적하는 데 자신의 노력이 상당히 투입되었음도 사실이다. 그런데, 우리가 현실에서 만나는 자수성가형 인물이 대개 그렇듯이, 놀부 역시 그 노력이 자기 자신에 의해 과대평가되어 드러난다. 그가 동생을 구박하며 내쫓을 때 동원하는 논리 역시 세간살이를 저 혼자 장만했을 뿐만 아니라, 하늘이 사람 낼 제 정한 분복이 각기 있어 잘난 놈은 부자 되고 못난 놈은 가난하다는 것이다. 부자로서 가져야 할 윤리의식이라고는 전혀 없다.

그런 사람에게 인간됨의 의미가 무엇이니 윤리의식이 어떠하니 노블리스 오블리주가 어쩌니 해보아야 아무 쓸모가 없다. 미친개에게는 몽둥이가 약이더라고, 자신이 가장 내세우던 그것이 사실은 아주 하찮은 것임을 일러주는 게 가장 좋은 방법일 듯싶다. 신재효 역시, 두 번의 박타기를 통해 놀부의 속물근성을 여지없이 까뭉갠다. 첫 번째 박은 흥부네 박이다. 흥부가 박을 타서 부자가 되었다는 말을 듣고 놀부가 흥부집에 가보니 생전 보도 듣도 못한 물건들투성이였다. 중국 강남의 호화로운 기물(器物)에 주눅이 든 놀부는 평생 멸시하던 제수에게까지 하오체를 쓰게 된다. 거기에다 박 속에서 나온 미인 양귀비를 만나서는 정신을 놓고 벌벌 떠는 작태를 연출한다. 자신의 경제력이라는 게, 만만한 동생을 멸시하는 데는 힘을 발휘했지만 저보다 월등한 사람 앞에서는 재벌 앞의 졸부처럼 초라하기 그지없다. "놀보는 제 생전 처음 보는 미색(美色)이요 처음 듣는 옥음(玉音)이라 넉넉잖은 제 언사(言辭)에 어찌 대답할 수 없"[7]어 쭈뼛댄다.

그러나 그 정도만으로 재물이 허망하다는 걸 깨닫기는 어려운 법이다. 비록 지금은 좀 부족한 듯 해도 제 눈앞에 펼쳐진 남의 것들을 제것으로만 할 수 있다면 더욱 더 큰 힘을 얻게 된다고 생각하는 게 이런 부류의 인간들이 가진 공통속성이다. 그래서 흥부에게 이야기해서 가득 채운 돈궤에다 불에도 타지 않는 비단까지 가져왔지만 돈꿰미는 어느새 구렁이로 변해 있었다. 급기야 자신이 직접 박을 타기로 하여, 제비 다리를 고의로 분질러서는 복을 빌게된다. 그 결과는 누구나 아는 대로 아주 폭삭 망하는 것인데, 신재효 본 〈박타령〉은 몇 단계로 체계화(?)되어 있다는 데 묘미가 있

---

7) 강한영 교주, 같은 책, 395쪽.

다. 놀부는 여섯 통의 박을 타는데 그것들을 간단하게 요약 정리하면 이렇다.

첫 번째 박 — 자칭 옛날 상전이라고 하는 노인이 나와서, 놀부 집안이 대대로 자기 집 종이었다고 하며 속량(贖良)하려거든 돈을 내라고 한다.

두 번째 박 — 걸인패들이 들이닥쳐서 놀부 할아버지의 채무를 갚지 않으면 놀부 집에서 기식하겠다고 을러댄다.

세 번째 박 — 사당패들이 나와서는 놀아주는 대가로 많은 돈을 요구한다.

네 번째 박 — 검무(劍舞)잡이, 풍각쟁이, 각설이패 등 온갖 잡색꾼들이 와서 돈을 뜯어간다.

다섯 번째 박 — 장례 행렬이 나와서는 첫 번째 박에 나왔던 상전의 초상을 치르겠다며 재물을 갈취한다.

여섯 번째 박 — 장비(張飛)가 나타나서 놀부의 개과천선을 종용한다.

첫 번째 박은 놀부의 정체성에 관한 것이다. 놀부는 자신의 부(富)를 과신하면서도 한편으로는 자신의 혈통이 정통 양반임을 자부하는 터였다. 그래서 상전이라는 정체불명의 노인이 나타났을 때 그를 내칠 생각보다는 동네에서 조롱거리가 되지 않을까 하는 걱정이 더 컸다. 본래 양반은 아니지만 집안이 부유한 까닭에 양반 행세를 하고 살았으니 돈으로 대신할 테니 제발 좀 조용히 물러나

마당극. 〈흥부네박
터졌네〉 중에서, 진
주 큰들문화예술센
터(http://blog.empas.
mrsein)

달라는 것이 그가 말할 수 있는 전부였다. 그런데
그 상전이라는 자가 내놓은 작은 주머니는 요즘말
로 하면 요술주머니여서 아무리 돈을 집어넣어도
한도 끝도 없이 들어가는 것이었다. 여기에서 대
략 두 가지 의미를 끄집어낼 수 있겠다. 돈만 있으
면 된다고 생각했던 놀부에게도 양반이라는 간판
이 필요했던 것이고, 그가 자랑하던 재물도 작은
주머니 하나를 채워 넣지 못할 만큼이라는 사실
말이다.

두 번째 박에서는 온갖 걸인들이 다 등장한다.
대체로 불구자들이다. "줄봉사 오륙백 명이 그 줄
들을 서로 잡고 꾸역꾸역 나오더니, 그 뒤에 나오

경판 〈흥부전〉 (국
립중앙도서관 소장)

는 놈 곰배팔이, 앉은뱅이, 새앙손이, 반신불수……"⁸⁾ 대구 약령시
만큼 넓은 데를 가득 채웠다고 했다. 그런데 왜 이리 많은 불구 걸
인들이 왔는가? 활인서(活人署) 마름으로 있던 놀부의 할아버지가
3천냥을 빌려서는 줄행랑을 쳤기 때문이다. 활인서는 이름 그대로
사람을 살리는 관청으로, 가난한 환자들의 병도 고치고 빈민을 구
휼(救恤)하는 곳이다. 그런데 그런 곳의 돈을 떼어먹고 달아났으니
그 빚을 받아야겠다는 게 그 걸인들의 주장이다. 이 말이 맞다면
놀부가 떠벌리는 재산의 근원은 활인(活人)을 위한 몫이다. 그런데
빈민 구제는커녕 동생마저 내쫓았으니 놀부의 행실에 대해서는 두
말할 필요가 없다. 셋째 박에서 다섯째 박까지는 이 두 번째 박의

---

8) 강한영 교주, 같은 책, 418쪽.

변주로 보인다.

이처럼 윤리를 등한시한 채 경제에만 전념하면 된다고 믿던 놀부에게 박통 속에서 나온 인물들은 의외의 사실을 일러준다. 그만한 부를 이루게 된 데에는 여러 가지 사연이 있었으며, 그 부 역시 그리 단단한 것이 못 됨을 일깨워준 것이다. 박을 타면 탈수록 재산이 줄어들고, 그때마다 거기에서 나온 사람들이 놀부를 힐난하며, 박을 타는 사람들도 경계의 말을 아끼지 않는다. 그러나 놀부는 요지부동이었고, 마침내 여섯 번째 박을 타려 했을 때는 그 못된 자기 처까지 들고 나서서 말려댄다. "간신히 모은 세간 편한 꼴도 못 보고서 잡것들께 다 뜯기니 이럴 줄 알았더면 시아제 굶을 적에 구완 아니 하였을까"⁹⁾라는 후회까지 할 정도이다. 그러나 놀부의 처보다 한수 위의 악인인 놀부는 끝내 뜻을 굽히지 않고, 마지막 박에서 장비를 만나 혼이 난 뒤에야 정신을 차리고 참회한다. "장군 분부 들사오니, 소인의 전후 죄상 금수만도 못하오니 목숨 살려 주옵시면 전 허물을 다 고치고 군자의 본을 받아 형제간에 우애하고, 인리(隣里, 이웃 마을)에 화목하여 사람 노릇 하올 테니 제발 덕분 살려주오."¹⁰⁾

흥부가 두 번이나 쫓겨나고서야 제 힘으로 살아갈 도리를 모색하고, 놀부가 여러 박에서 나온 손님들을 치르고서야 제 잘못을 뉘우치는 것은 흡사한 면이 있다. 자신의 한편만을 과도하게 비추면서 그 탓에 감추어진 그림자를 도외시할 때, 누구나 불구적인 삶을

---

9) 강한영 교주, 같은 책, 438-440쪽.
10) 강한영 교주, 같은 책, 444쪽.

살 수밖에 없다. 신재효는 그 두 인물의 문제점을 직시하고 모두 균형을 갖춘 온전한 인물로 거듭나도록 했다 하겠다.

어디 '완전한 사람'이 있으랴

정말 놀부와 흥부가 둘 다 그렇게 불구적인 인물이 라면 그 둘 중 어느 한쪽만이 긍정적인, 그러니까 완 전한 인물인 것처럼 보이지 않도록 하는 것이 참으로 중요한 관건 이다. 흥부는 착하기만 하고 놀부는 악하기만 해서는 안 된다는 말 이다. 설령 그렇게 하더라도 흥부와 놀부의 그런 성격에 어떤 치명 적인 결함이 읽히도록 배치하여야 형제간의 상보성을 일궈낼 수 있을 것이다. 물론, 흥부 착하고 놀부는 악하다는 기본 전제를 해 치지 않는 범위 내에서, 그들이 균형을 이룰 수 있도록 해주어야만 한다.

이 시리즈의 제1권에서 이미 써놓은 대로, 놀부의 '심술타령'은 그 단적인 예이다. 신재효본 〈박타령〉의 경우, 60가지가 넘는 온 갖 심술이 동원되는데, 이상하게도 심술이 많아지면 많아질수록 사실감이 떨어진다. 한 서너 가지 정도의 심술을 늘어놓으며 놀부 가 그렇게 나쁜 사람이라고 한다면 쉽게 수긍이 가겠지만, 이렇게 많이 늘어놓으면 어차피 그런 사람은 없을 것이고 한바탕 재미있 게 들어나 보자는 생각이 커지기 때문이다.

놀부의 심술만 그런 것이 아니라, 흥부의 가난을 묘사하는 대목
도 그렇다. 흥부는 '한 해에 한 배씩 한 배에 두셋씩' 아이를 낳는
다. 그래서 어떻게 되었는가?

> 이 집 자식 기르는 법은 멍석을 짤 때에 세 줄로 구멍을 내어 한
> 줄에 열 구멍씩 첫 구멍은 조그맣고 차차 구멍이 커 간다. 한 배에
> 낳은 자식 둘이 되나 셋이 되나 앉혀 보아 앉으며는 첫 구멍에 목
> 을 넣고, 하루 몇 때씩을 암죽(곡식·밤 등의 가루를 밥물에 타서 끓이
> 는 묽은 죽)만 떠 넣으면 불쌍한 이것들이 울어도 앉아 울고, 자도
> 앉아 자고, 똥오줌이 마려우면 멍석 쓴 채 앉아 누워, 세상에 난
> 연후에 실오라기 하나라도 몸에 걸쳐 본 일 없고, 한 번도 문턱 밖
> 에 발 디뎌 본 일 없고, 다른 사람의 얼굴 보아 소리 들어 본 일 없
> 고, 그저 앉아 큰 것이라 때 묻은 여윈 낯이 터럭이 꺼칠꺼칠.[11]

이 이야기를 읽으면서 혹시 슬픈가? 허나 만일 이 대목에서 눈
물을 떨구는 사람이 있다면 아마도 감수성이 지나치게 풍부하거나
약간 모자란 사람일 게다. 철저하게 웃자고 만든 이야기일 뿐이기
때문이다. 일년에 두셋씩 해마다 아이를 낳는 사람이 어디 있으며,
옷이 없다고 멍석에 구멍을 내서 목만 빼놓는 것이 어떻게 가능하
며, 문턱 밖에 나서지 않고 30명의 자식이(구멍이 30개인 점에 유의하
라) 한 방안에 어떻게 있을 수 있는가? 어차피 현실로는 불가능한
이야기이다. 그러니 웃는다. 비참한 가난을 오히려 심하게 과장해

---

11) 강한영 교주, 같은 책, 344-346쪽.

서 도리어 흥겹게 만든다. 한마디로 가난이라는 한을 흥에 담아낸
것이다. 이런 웃음은, 흥부는 참 착한 사람인데 안 됐다라는 감정
을 차단시켜준다.

흥부뿐인가. 착하기로 말하자면 흥부 뺨을 치고도 남을 위인인
흥부의 아내 역시 그렇게 그려진다. 흥부가 탄 박에서 밥도 나고
옷도 나자 신바람 난 그녀는 목청껏 노랫소리를 메겨댄다.

"여보소 세상 사람, 내 노래 들어보소.
세상에 좋은 것이 부부밖에 또 있는가."

"어기여라 톱질이야."

"우리 부부 만난 후에 서런 고생 많이 했네.
여러 날 밥을 굶고 엄동에 옷이 없어
신세를 생각하면 벌써 아니 죽었을까."

"어기여라 톱질이야."

"가장 하나 못 잊어서 이 때까지 살았더니
천신이 감동하사 박통 속에 옷밥 났네.
만복 좋은 우리 부부 호의호식 즐겨 보세."

"어기여라 톱질이야."

"한 상에 밥을 먹고, 한 방에 잠을 잘 제,

부자 서방 좋다 하고 욕심 낼 년 많으리라.

암캐라도 얼른하면 내 손에 결단 나지."

"어기여라 톱질이야."[12]

바로 이 순간, 가장 신나는 사람은 흥부의 아내이다. 못난 지아비 탓에 궁상을 떨며 지내야 했던 지난날의 한이 일순간에 씻겨 내려갔다. 먹을 것, 입을 것이 넘쳐나는데야 무슨 걱정이 있을 것인가. 그러나 돈 걱정을 벗어나면 새로운 걱정이 생기는 것이 또 인지상정이다. 그래서 옛 어른들은 "돈 걱정이 제일 작은 걱정이다."고 하시곤 했다. 정말 그렇다. 돈 걱정은 사람들을 고통스럽게 하지만 또 한편 다른 모든 걱정들을 일시에 잠재워버리는 재주를 가지고 있다.

굶어죽기 일보 직전의 흥부에게 바람기 같은 걱정은 아예 발붙일 틈이 없을 터였다. 그러나 보다시피 흥부의 아내는 이제 자못 비장하게 '암캐라도' 얼쩡댔다가는 끝장이라는 선포를 한다.

흥부가 실제 그런 제스처라도 써보았다면 모르겠지만, 지금 이 상황에서 신바람에 실어 보내는 흥부 아내의 경고는 순후한 아내의 행실은 아니다. 조선조 여느 양반가의 부덕(婦德)에 비추어 본다면 더더욱 그렇다. 그런데 이 노래가 끝나자 아니나 다를까 양귀비가 튀어나오자 흥부 아내는 잔뜩 분이 올라, "열 끼 곧 굶어도 시

---

12) 강한영 교주, 같은 책, 384-386쪽.

앗꼴은 못 보겠다. 나는 지금 곧 나가니 양귀비와 잘 살아라."[13]라며 을러댄다. 착한 아내는 남편이 아무리 박대를 해도 꾹 참는다는 고정관념이 여기에서는 통하지 않는다. 흥부 부부가 비록 착한 사람의 전형처럼 등장해도 그 둘 역시 인간임을 놓치지 않고 있는 것이다. 숨 막힐 듯 착하기만 한, 그래서 사실 같지 않은 고소설의 인물들에 비하자면 이 인물은 확실히 진보한 느낌이 든다. 가난에 찌든 흥부의 못나빠진 허세, 부자가 되어서는 도리어 굶는 게 낫다며 시앗을 시샘하는 흥부 아내의 이유 있는 앙탈은 살아있는 사람의 핏줄이고 숨소리이다.

못돼먹었다는 놀부에 대해서도 마찬가지이다. 앞서 본 대로, 비록 불순한 의도를 아주 감출 수는 없었으나, 놀부는 제 나름대로의 논리를 갖추고 있다. 이는 가령 경판 25장본처럼 "놀부 심사 무거(無據, 터무니 없음)하여 부모 생전 분재(分財) 전답을 홀로 차지하고, 흥부 같은 어진 동생을 구박하여 건넛산 언덕 밑에 내떠리고 나가며 조롱하고 들어가며 비양하니 어찌 아니 무지하리."[14] 같은 작품과 비교하면 그 차이는 분명하다. 그렇게 서술할 경우, 놀부의 개과천선 가능성은 거의 희박해진다. 기껏해야 강압적인 협박에 의해 백기를 드는 정도밖에 되지 않을 것이기 때문이다. 그러나 신재효본에서는 놀부의 맨 마지막 박에서 나온 장비의 입을 통해 "누가 허물이 없으리오."로 반문함으로써 놀부의 짐을 덜어준다. 착하다는 흥부에게도 착하지 않은 구석이 있고 악하다는 놀부에게도

---

13) 강한영 교주, 같은 책, 388쪽.
14) 경판 25장본 〈흥부전〉 1장.

악하지 않은 구석이 있다고 할 때, 변화의 가능성이 열린다.

선과 악이 시종일관 평행선으로만 달리는 여느 고소설에 비해 볼 때, 신재효본의 〈박타령〉에는 순전한 선도 순전한 악도 없다는 지극히 단순한 진리를 전해준다. 오래 묵은 그릇에 때가 끼듯이 세월을 비껴가는 재주가 없을 바에야 어느 정도의 악은 피할 수 없다. 마찬가지로, 선하다고 하는 인간 역시 대체로 그 선함을 내세우느라 어느 한 쪽은 큰 구멍이 생기기 마련이다. 무엇인가 거대한 담론을 부르짖고 거창한 이데올로기를 내세우는 순간에도 인간은 먹고 마시고 떠들고 싸우는 행위를 멈출 수 없다. 본의 아니게 자신이 주창하는 구호와 다른 삶을 살게 되는 것 역시 인지상정이다. 흥부도 놀부도 완전하지 못했지만, 이 세상 어디에 완전한 인간이 있겠는가? 그래서 한이 맺히고 또 그래서 그것을 풀어낼 빌미가 제공되어 흥으로 되새김되는 것이 아닐까 한다.

관용과 화해, 그 빛과 그림자

이 작품의 결말은 공동의 승리로 귀결되었다. 놀부에게 부족한 윤리 의식과 흥보에게 부족한 경제 관념을 모두 채우고 서로 화합하여 잘살아 간다는 이야기이다. 이처럼 경제와 윤리의 균형을 문제 삼았다는 점에서 〈박타령〉은 확실히 근대적인 성과를 보인 작품이다. 복잡하게 하부구조니 상부구조니 하는 케케묵은 도식을 내세우지 않더라도, 적어도 고전문학의 영역에서 이만큼 진지하게 그 둘을 맞붙여서 다룬 작품을 여간해서는 찾기 어렵다. 게다가 흥(興)과 한(恨)의 교체라든지, 화해의 결말 등 우리 문화적 독자성이 두드러진다는 점이 작품의 가치를 더욱 돋보이게 한다.

그러나 이는 흥부와 놀부가 서로에게 그림자가 되었듯이, 작품으로 볼 때에도 그림자가 되기도 한다. 사회에서 벌어지는 지극히 현실적인 문제를 선행이나 선행의 보답, 반성과 관용 등으로 해결하려 했다는 점에서 전대의 설화가 가지고 있는 한계를 그대로 드러내고 있기 때문이다. 특히 제비가 물어 온 박씨와, 박통 속에서 나온 여러 인물들에 의해 이야기가 급전하는 부분은 환상을 넘어 황당함을 느끼게까지 한다. 아쉽지만 이런 문제들은 아무래도 박지원의 소설 같은, 한 개인에 의한 치열한 문제의식이 담긴 작품에서 극복될 만한 것이며, 적층성(積層性)이 강하게 드러나는 판소리 작품에서 바랄 것은 못 된다.

이 문제를 명확히 하기 위해서 다른 판소리 작품과 비교해 생각해보자. 이를테면 〈춘향가〉나 〈심청가〉에서도 견디기 힘든 고통이 나온다. 춘향이 수청을 강요받고 옥중에서 고생하는 것이나 심청이 어린 나이에 아버지 밥을 빌러 다니며 또 몸까지 내던져야 했던 것이 흥부의 가난에 견주어 결코 작다고 할 수는 없다. 그런데 춘향이나 심청이는 상당 부분 현실적인 해결책을 구하고 있음에 반하여, 흥부에게서는 그럴 소지가 상당히 약화된다. 물론 이몽룡이 삽시간에 어사가 되어 돌아오는 이야기나 심청이가 인당수에 빠지고도 환생하는 이야기 역시 현실성이 없기는 마찬가지이다. 그러나, 명확한 사실은 그 둘의 궁극적인 해결이 어디까지나 인간에 의한 것이었음을 유념할 필요가 있다. 굳이 어사와 황제라는 권력을 빌려야 했던가는 차치하더라도 중간의 비현실적 과정 등만 눈감아 준다면 사람에 의한 해결이라는 점이 분명하다.

그런데, 〈흥부전〉의 문제해결은 전혀 다른 데서 일어난다. 사람처럼 생각하는 제비가 있어야 하고, 또 제비들이 살면서 나라를 이루고 있는 제비나라가 있어야 하며, 그 제비가 물어다준 박씨가 무궁무진하게 자라야 하고, 또 매달린 박통에서 사람들이 수백, 수천 명쯤이 나와야만 한다. 환상적인 내용을 담은 동화가 아니고서야 선뜻 믿기지 않을 내용들로 점철되어 있다. 더구나, 신재효본 〈박타령〉 같은 경우, 작품의 대부분을 두 형제가 박 타는 데 할애하고 있다고 해도 과언이 아닐 정도로 그 박통으로 인해 벌어진 신이(神異)한 내용이 서술의 중핵을 차지한다. 흥부 덕에 목숨을 구한 제비가 제비나라 장수에게 제 사연을 이야기해서 박씨를 물고 오는 데에서부터 두 형제의 박 소동이 끝나기까지가 어림잡아도 전체의 2/3를 넘는다. 중간 중간의 스토리 전개상 필요한 대목을 제외하고 생각해도, 암행어사 출도 대목이나 심봉사 눈뜨는 대목과는 비교도 안 될 만큼의 엄청난 비중이다.

작품의 재미로야 그 덕에 얻는 것이 많겠지만, 현실성의 확보라는 측면에서는 그 탓에 잃은 것이 많은 작품인 듯도 하다. 그런데 우리는 여기에서 다시 한 번 '타령'의 의미를 되새겨볼 수 있지 않을까 한다. 공교롭게도, '토끼타령'으로 명명되는 〈수궁가〉나 '가루지기타령'으로 명명되는 〈변강쇠가〉에서도 그런 비현실적이고 기괴한 요소들이 많다. 음악적 세련도를 떠나, 이들 작품에는 현실적 문제의 비현실적 해결이라는 공통적인 스토리 라인을 보인다. 그렇다면, 박통 속에서 난데없이 등장한 장비의 존재를 어떻게 인식해야 할 것인가? 장비는 원래 중국 역사상의

무서운 이미지의 장비

인물로 우리들에게는 『삼국지연의』를 통해 잘 알려져 있다. 아무래도 그의 트레이드 마크는 힘과 용맹이다. 장판교 전투에서 "내가 장익덕이다!"를 외치며 대적하는 그 기세를 우리는 기억하지 않는가. 화자의 목소리에 실리는 "악한 놈의 어진 마음, 무서워야 나는구나."[15]라는 서술은 그래서 힘을 받는다.

장비가 박에서 나오는 것은 있을 법하지 않은 일이다. 사람 하나 들어 있지 않을 공간에서 옛날 장수가 병사들을 이끌고 올 수 있을까. 그러나 찔러도 피 한 방울 나올 것 같지 않은 놀부를 개심시키려 할 때 어떤 인물이 등장하는 게 좋을까라고만 생각한다면 장비는 참으로 적절한 인물이다. 등장하는 방식은 황당하지만 등장의 이유로는 나무랄 데가 없다는 말이다. 놀부의 악행에도 나름대로의 이유를 대서 변화의 여지를 남기고, 또 그 변화를 다그치기에

15) 강한영 교주, 같은 책, 444쪽.

적절한 인물을 끌어옴으로써 개과천선은 완성된다. 이러한 변화의 원동력에 관용과 화해가 있었음은 두말할 나위가 없다. 흥부가 놀부를 용서하듯이, 작가 신재효는 대승적인 견지에서 놀부를 포용하고 있다.

사실 이 작품처럼 두 인물이 등장하여 한 인물을 모방하다 망하는 이야기는 동서고금에 아주 흔하다. 잘 알려진 〈혹부리 영감〉이나 〈방이설화〉* 등이 그런 예이다. 또, 몽고에 전해지는 민담 가운데에도 흥부 이야기와 아주 흡사한 것이 있다. 어느 처녀가 제비를 구해주었는데 나중에 박씨를 물어다주고 그 박에서 금은보화가 잔뜩 나왔다. 이웃 집 처녀는 그 이야기를 듣고 고의로 제비를 상하게 해서 구해주는 체했다가 역시 박씨를 하나 받았는데 박속에서 독사가 나와서 처녀를 물어죽였다고 한다. 이처럼 모방담의 핵심은 역시 한 사람의 실패로서 선과 악에 대한 분명한 대비를 보여주는 데 있다.

〈박타령〉역시 놀부가 망하는 데서 끝났다면 여느 모방담과 크게 다르지 않은 작품이 되었을 텐데, 보다시피 여러 가지 장치를 사용하여 놀부마저 완전한 인간으로 만들어낸다. 거기에는 여러 이유가 있겠지만, 무엇보다 '우애'의 강조라는 중심주제 때문이 아닐까 한다. 고소설 중에도 〈적성의전〉 같은 것이 있어서 악한 형제를 죽음으로 응징하는 사례가 있기는 하지만, 그럴 경우 권선징악(勸善懲惡)이라는 주제는 살지언정 우애를 살릴 길은 없다. "부모형제는 수족 같고 처자식은 의복 같다."는 속언이 어찌 옛말에 그칠 것인가. 한 동네의 못된 영감이라거나 이웃집 처녀라면 그 사람이 악인이라는 전제하에 죽든 살든 큰 대수일까마는 같은 기운을 타고 나서 '동기(同氣)'라 칭하는 형제간에야 그럴 수 없는 일이다.

독자 편에서 보자면, 악에 대한 응징을 바라는 마음도 클 터이고 형제간의 우애라는 인간 본연의 윤리를 추구하는 마음 역시 적지 않을 터이다. 어쩌면 그 둘을 어떻게 조화롭게 펼쳐가느냐가 이 작품을 제대로 세우는 관건이겠고, 신재효는 절묘한 절충을 이루어 낸 것이 아닐까 한다. 응징이 단순한 보복 차원에 머물지 않고 그 것을 통해 참된 인간으로 거듭나게 하면서, 선하다고 하는 이들에게도 제 속에 드리운 그림자를 제대로 볼 수 있게 하는 것, 그것이 어쩌면 참된 인간을 일구어내는 요체이지 않을까. 〈박타령〉을 읽으면서 자신의 삶을 되돌아보게 되는 것은 바로 그때문이다.

＊[여섯 마당]＊

조선 고종 때 신재효가 판소리 열두 마당 가운데 여섯 작품을 골라 정리한 것. 〈춘향가〉, 〈심청가〉, 〈흥보가〉, 〈수궁가〉, 〈적벽가〉, 〈변강쇠가〉 등이다. 열두 마당이란 이 여섯 작품과 〈배비장타령〉, 〈강릉매화타령〉, 〈옹고집타령〉, 〈장끼타령〉, 〈왈자타령〉, 〈가짜신선타령〉을 가리킨다. 학자에 따라서 〈왈자타령〉과 〈가짜신선타령〉 대신에 〈무숙이타령〉과 〈숙영낭자타령〉을 넣기도 한다.

[방이 설화]

가난한 방이가 부자인 아우에게 씨앗을 얻으러
갔는데, 심술궂은 아우는 쪄서 못 쓰게 된 씨앗
을 준다. 밭에서 겨우 이삭이 패어 크게 자랐는
데, 어느 날 새가 그 이삭을 물고 산속으로 날
아간다. 새를 쫓아간 방이는 숲 속에서 살고 있
는 붉은 옷을 입은 아이들을 만나고, 이들에게
서 무엇이나 원하는 대로 나오는 방망이를 훔
쳐 와 큰 부자가 된다. 이 이야기를 전해들은
아우는 산에 갔다가 그 아이들에게 잡혀 코만
뽑히고 돌아온다.

제 4 강

전란 후의 인간군상

『어우야담』

전란과 삶, 그리고 문학

가끔 영화를 보다 보면 이상한 생각이 들곤 한다. 왜 이리 전쟁 영화가 많은가. 세상에 정말 전쟁이 그처럼 많아서인가, 아니면 그것이 영화로 만들기 쉬운 소재여서인가? 세상은 전쟁판이 아닌데도 전쟁물은 고전적인 위치를 차지한다. 제2차 세계대전이나 한국전쟁 같은 것은 말할 것도 없고 급기야 삼국시대의 각축전까지 영상화하기에 이르렀다. 그러나 한편 생각하면 꼭 전쟁만 그런 것도 아니다. 세상이 사랑놀음만은 아닐 텐데도 대중문화의 반 이상은 그 사랑에 스포트라이트를 보내고 있다. 하긴 싸우고 사랑하는 것 말고 인간이 관심 가질 게 또 무엇이 있으랴. 그렇게 생각하면 그리 이해하기 어려운 일도 아니다.

전쟁은 모든 것을 바꾼다. 전쟁에는 어떤 고정된 규칙이 없기 때문이다. 눈앞에 떨어지는 폭탄 앞에서 고상한 이념을 외쳐 본들 무슨 소용이 있을까. 전쟁에서 예의를 차리는 일을 기대할 수 없고, 전쟁에서 정의를 찾아본들 제대로 된 정의가 나올 수 없다. 전쟁은 평상시의 모든 것을 깨부수기 때문에 삶 역시 거기에 맞추어서 변할 수밖에 없다. 그래서 전쟁을 한 번이라도 겪은 세대와 그렇지 않은 세대 사이에는 어쩔 수 없는 틈이 생기게 마련이다. 일반사회의 윤리나 상식은 전쟁은커녕 군대에만 가도 통하지 않는 것이 일반적이다. 그렇다면 전쟁이 만든 문학은 무엇이 달라도 달라야 마땅하다.

그것은 전쟁이 바꾼 세상 때문이기도 하고, 전쟁 통에 들어온 문화의 뒤섞임 때문이기도 하다. 전쟁의 소용돌이 속에서 그전까지는 하늘같이 떠받들어졌던 계층이 허약함을 보기도 하고, 하찮고 힘없는 계층이 오히려 새로운 힘을 얻기도 한다. 그런가 하면 다른 나라의 문학이 유입되는 계기가 되기도 하며, 상하층의 문학이 뒤섞이기도 할 터이다. 고전 문학의 견지에서 이런 변화가 가장 잘 드러난 전란을 들라면 아무래도 임진왜란을 빼놓을 수 없다. 이 전쟁은 조선 전기와 후기를 가르는 분수령이 되었고, 그대로 조선 전기 문학과 조선 후기 문학을 가르는 잣대가 되기도 한다.

조선 중기의 문인 유몽인(柳夢寅, 1559~1623)이 쓴 『어우야담(於于野譚)』이야말로 그 변혁기의 문학을 대표하는 작품이다. 대체로 여러 사람들의 기이한 행적을 중심으로 하고 있지만, 찬찬히 뜯어보면 전란이 남기고 간 삶의 변화상을 엿볼 수 있는 귀중한 자료이다. 물론, 그 시대를 가장 잘 아는 방법 중에 역사를 살펴보는 일을 빼놓을 수 없다. 가령, 『조선왕조실록』 같은 역사 문헌에는 당시의

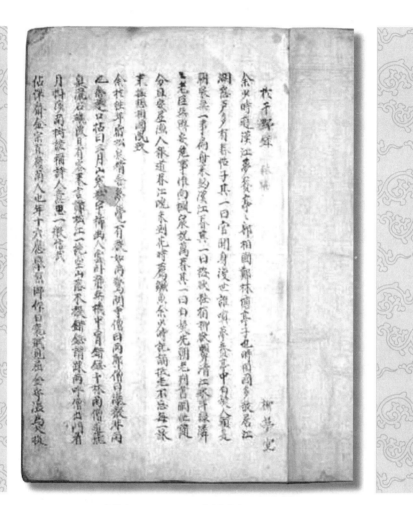

유몽인(柳夢寅, 1559~1623), 『어우야담(於于野譚)』
(국립중앙도서관 소장)

삶이 잘 기록되어 있다. 그러나 그런 역사책에는 언제나 궁중 중심의 정치사가 기록되어 있을 뿐이다. 결국, 우리가 거기에 집중하는 순간, 왕실과 조정 대신이 아닌 뭇백성들의 행적을 놓쳐버리는 것은 아닌지 의심해볼 필요가 있다.

이런 맥락에서 야담은 매우 귀중한 자료이다. 야담은 역사와 이야기가 결합된 독특한 문학 양식이다. 정통 역사서가 아니기 때문에 일반인의 삶이 대폭 수용될 수 있고, 또한 있을 것 같지 않은 비현실적 이야기까지 걸러지지 않은 채 그대로 전해지기도 한다. 여기에는 역사책에는 크게 남지 않았지만 전란 통에 나라를 위해 목숨을 바친 한 가족의 이야기도 있고, 벼슬을 가벼이 여기고 세상을 등진 이인(異人)의 이야기도 있다. 그리고 그런 이야기들이, 띄엄띄엄 큰 선을 그으며 지나간 역사서의 공백을 메워주면서 인간의 삶을 더 생동감 있게 그려낼 수 있다는 사실에 주목할 필요가 있다.

이제 우리나라 최초의 야담집이라고 할 수 있는 유몽인의 『어우야담』을 통해, 조선 시대 민중들의 삶 속으로 한 걸음 다가가 보기로 한다. 공교롭게도 유몽인이 주로 활동한 시기가 임진왜란이라는 큰 전란 직후여서, 전란을 뒤로 한 이야기들이 제법 들어 있다. 그러나 사족처럼 달아둘 것은, 그렇다고 이 책이 『난중일기』*나 『징비록』* 같은 책은 아니므로, 전란과는 관계없는 일상적 내용이 더 많다는 점이다. 하긴 전란 중에도 먹고 자고 사랑하는 일이 있음을 생각한다면 그 역시 조금도 이상한 일은 아니겠다.

전란의 참화, 기구한 이야기

우리가 역사책으로 아는 전란의 이야기는 대체로 충무공이 왜군을 대파했다거나 명나라 원병이 조선에 와서 어떻게 했더라는 식의 굵직한 것들이지만 실제의 전란은 그것만은 아니었을 것이다. 몇 해 전 이라크 전쟁에서 미국의 여군 한 명이 적진에서 '용감하게' 살아나와 일약 영웅이 되었지만, 그녀는 그 사실을 극구 부인했다. 무용담(武勇談)을 만들어내기는 쉽지만 실제로 무용을 펼쳐 보이기는 어려운 법이다. 어려운 여건 가운데 적은 병사를 이끌고 나서서 대적을 격파했다는 내용은 퍽이나 멋져 보이지만 그만큼 사실에서 멀어진 이야기일 수 있다. 실제로 『임진록』이나 『박씨전』 같은 소설에서는 왜군을 대파하는 이야기가 주종이라고는 해도, 전략도 준비도 없이 얻어지는 통쾌한 승리는 허구 속에서나 가능할 뿐이다.

정통 역사서가 아닌 야담의 묘미라면 그런 역사책이나 소설책에서 놓친 자잘한 이야기들을 보통 사람의 시각에서 읽게 해주는 것이겠다. 일반인에게는 그리 잘 알려지지 않은 인물 가운데 곽준(郭䞭, 1550-1597)이라는 사람이 있는데 『어우야담』에는 그 인물에 대한 이야기가 실려 있다.

현풍 사람 곽준(郭䞭)은 자(字)가 양정(養靜)이다. 학문에 독실하고 행실에 힘썼으며 효성과 우애가 아울러 극진했기에 아끼고 공경하지 않는 사람이 없었다. 임진년의 난리에 동지들과 더불어 창

의(倡義, 의병을 일으킴)하여 적을 토벌하니, 조정에서 특별히 안음(安陰) 현감(縣監)을 제수하였다.[1]

첫 대목의 두 문장인데 어딘가 이상한 구석이 있다. 곽준은 공부 열심히 하고 품행이 바른 사람이라고만 나와 있는데 임진왜란이 났을 때 동지들을 모아 적을 토벌하였다고 했으니 말이다. 하다못해 평소에 근력이 남보다 셌다거나 의협심이 뛰어났다는 식의 서술도 없이 전형적인 선비로 나와 있는데 적을 토벌했다고 하니 참 이상한 일이다. 정규 군대를 이끈 것이 아니라 의병을 모았을 것이며, 그 공으로 벼슬을 제수 받았다. 그런데, 유몽인이 만약 그 사실을 높이 사서 책에 실었다면 병사를 모으고 전투를 수행하는 과정이 나와야 할 텐데 그 부분은 그냥 간단하게 넘어가고 있다. 핵심이 다른 데 있었기 때문이다. 그는 안음 현감 자격으로 김해 부사 백사림, 함양 군수 조종도 등과 황석산성의 수비 임무를 맡게 된다. 그가 유생이라는 점을 감안하여 백사림을 장수로 삼아 곽준 등이 따르게 한 것인데, 문제는 이때부터이다.

적에게 포위당하기에 이르자 백사림 휘하의 백성들은 일찍이 적을 도왔던 자들이라 모두 은밀히 적과 내통하여 밤을 틈타 몰래 도망쳤다. 왜적이 마음대로 성 안으로 난입하자 군사와 백성들이 놀라며 무너졌다. 곽준과 조종도는 단정히 앉은 채 움직이지 않았

---

1) 『어우야담』은 여러 이본이 있고, 이본들 간에 차이가 심하다. 이 글에서는 여러 이본들 가운데 이야기 수가 가장 많은 만종재본을 근간으로 하여 종합 정리한 유몽인, 『어우야담』(신익철 외 옮김, 돌베개, 2006)을 따르며, 번역은 필요에 따라 다소 수정한다. 유몽인, 같은 책, 60쪽.

충렬공 곽준 신도
비(대구 달성군 유가
면 소재)

고, 곽준의 두 아들 이상과 이후 또한 달아나지
않고 함께 해를 입었다.

　곽준의 딸은 남편을 따라 성 밖으로 나갔으나
서로 떨어지게 되었다. 그녀는 남편이 이미 죽
은 것으로 생각하고 문득 다리(머리숱이 많아 보
이도록 덧넣는 땋은 머리)를 풀어 계집종에게 주면
서 말했다.

　"내가 여기까지 이른 것은 모두 하늘같은 남
편을 위해서였다. 지금 문득 남편과 서로 헤어
졌으니 차마 어지러운 전란 가운데 몸을 던져
구차히 살 수가 없다. 너는 살아 돌아가 시부모

곽준_ 1592년(선조
25) 임진왜란 때 공
을 세우고, 1597년
정유재란 때 황석
산성을 지키던 중
가토 기요마사 휘
하의 왜군과 끝까
지 싸우다가 아들
이상·이후와 함께
전사함.

님께 이를 고하도록 하거라.”

그리고는 곧바로 목을 매달아 죽었다. 곽이상의 아
내는 단성에 있다가 남편 집안이 모두 죽었다는 소식
을 듣고, 역시 목매달아 죽었다.

아버지는 충에 죽고 아들은 효에 죽고 딸과 부인 또
한 절개에 죽었다. 일가 다섯 사람이 모두 절의를 지켜
죽었으니, 고금을 통틀어도 찾아보기 드문 일이다. 곽
준은 예조참의에 증직(贈職, 국가에 공로가 있는 사람에게
죽은 뒤에 품계·관직을 추증(追贈)하여 영예를 누리게 한 일)
되었고, 곽이상과 곽이후는 예조정랑에 증직되었다.[2]

---

2) 유몽인, 같은 책, 60-61쪽.

간단하게 설명하자면, 전란통에 일가족이 모두 죽은 이야기이다. 외적에 죽든, 아버지의 뜻에 따르느라 죽든, 남편의 죽음을 따라죽든 모두 죽었고, 그 일 때문에 국가에서 기특하게 생각해서 벼슬을 추증했다는 내용이다. 유교에서 숭상하는 충과 효와 열이 한 집안에서 한시에 이루어진 것은 매우 장한 일이지만, 읽는 이로 하여금 비감함이 들게 한다. 아버지가 혹 죽더라도 아들은 살 방법을 강구할 수는 없었는지, 아들이 혹 죽더라도 며느리는 살아서 다른 방책을 찾을 수 없었는지 아쉬운 마음이 든다. 저자인 유몽인은 그런 사실을 아주 장한 행실로 기록하고 있으나, 전쟁 중에는 잘 알려지지 않은 그런 고통이 있었다는 점이 더 도드라진다. 표면적으로 드러낸 이념의 이면에는 그런 아픈 사연이 숨어 있었던 것이다.

이렇게 딱한 사연은 이뿐이 아니다. 전란 중에 온 가족이 몰살당하고, 뿔뿔이 흩어지는 이야기는 『어우야담』 곳곳에 널려있다. 그 중에서 가장 중요한 이야기를 하나 꼽으라면 단연코 홍도의 이야기이다. 워낙 길어서 단편소설이라고 해도 손색이 없을 정도인데 줄거리는 이렇다 :

남원에 사는 정생은 퉁소를 잘 불고 노랫말을 잘짓는 풍류객이었으나 학문에 게을렀다. 같은 마을의 홍도라는 여자와 혼인을 정했지만, 홍랑의 부모는 그가 게으르다는 이유로 파혼하려 했다. 홍도는 정혼한 남자를 배반할 수 없다며 결혼을 고집하여 성사시킨다.

둘은 결혼 후 2년만에 아들을 낳고 잘 지내는 듯했으나, 정생이 임진왜란에 병사로 차출되어 남원성을 지키게 되었다. 그녀는 남자 옷을 입고 같이 종군한다. 이러던 와중에 아들과 시아버지는 지리산에 숨어 전쟁을 피하고, 온가족이 뿔뿔이 흩어지는 비운을 겪는다. 거기다가 성이 일본군에게 함락되자 남편은 명나라 병사를 따라 명나라로 들어가서 구걸하는 신세가 되고 만다. 그들은 나중에 중국 절강성에서 다시 만나게 된다. 정생이 배를 타고 통소를 불자 아내 홍도가 아니고서는 도저히 이 곡조를 알 사람이 없다고 여긴 그가 그 목소리의 임자를 찾아보니 과연 아내 홍도였다. 아내는 왜병에게 포로로 잡혀 일본에 들어갔다가 일본 장사치 배의 일꾼이 되어 중국에 와 있었던 것이다.

이렇게 가까스로 재회한 부부는 중국에서 둘째 아들을 낳고 잘 사는 듯했지만, 남편이 오랑캐를 정벌하러 나가는 군사에 편입되면서 또 한 번의 전란을 치르게 된다. 또 중국에서 낳은 아들 몽진이 나이 열일곱이 되었을 때, 중국인 여자가 신부를 자청하고 나서는데 그 연유 역시 가슴 아프다. 그녀의 아버지가 임진왜란 때 조선으로 원정을 갔다가 소식이 없기 때문에, 조선인 남편을 얻어 그 소식을 알아보기 위함이었다. 어쨌거나 다시 전장에 나간 정생은 오랑캐에 잡혀 포로가 되지만, 중국 사람이 아니라고 통사정하여 간신히 풀려 나 천신만고 끝에 조선의 남원 땅에 도착한다. 마침 종기로 고생을 하다가 침술사를 하나 만났는데 그가 바로 중국인 며느리의 아버지였다.

한편, 홍도는 전 재산을 팔아 배를 하나 구해서 목숨을 건 항해 끝에 조선으로 돌아오고 온 가족은 감격스러운 상봉을 한다. 이리

하여 조선과 중국, 일본으로 흩어졌던 모든 가족이 극적인 국제적 상봉을 경험한다.[3]

대체 어떤 소설이 이보다 더 기구할까 싶다. 홍도가 가족을 찾아 조선으로 가는 배에 몸을 실을 때 중국, 일본, 조선 옷 각각 한 벌씩을 준비했다고 한다. 『어우야담』의 저자 유몽인은 조선의 한 여자가 남자로 변장하여 일본과 중국을 떠돌아야 했던 이 이야기를 통해, 임진왜란, 아니 그 당시 동아시아 전란의 참상을 고스란히 포착해냈다. 간단한 일화 한 편으로 역사책보다 더 생동감 있고, 논설보다 더 설득력 있는 명작을 하나 탄생시켰다 하겠다. 이 이야기는 정황으로 미루어 실화로 여겨지지만, 실화를 이렇게 짜임새 있고 요령 있게 서술할 수 있었던 것은 확실히 문인 유몽인의 탁월한 능력 덕분이다. 마무리가 비록 해피엔딩이기는 하나, 전쟁 뒤편에 숨겨져 있는, 힘없는 백성들이 희생되어 가는 현장에 카메라를 들이대고 있다고 할 수 있다.

홍도라는 인물은 참으로 매력적이다. 그 시절에 집안 반대를 무릅쓰고 결혼하고 남편이 전장에 나간다고 남장을 하고 따라나선 것도 그렇지만, 왜군에게 잡혀가서 그가 몸을 빼내는 과정 역시 드라마틱하다. 이 대목에 대해 유몽인은 다음과 같이 적고 있다.

남원이 함락될 때 홍도는 왜적에게 붙잡혀 일본으로 들어갔으며, 일본인들은 남자 복색인 그녀가 아녀자라는 것을 알아채지 못

---

3) 유몽인, 같은 책, 37-41쪽.

만인의총(萬人義塚) : 왜병의 침입에 맞서 남원성을 지키다가 순절한 민·관군을 합장한 무덤으로 전라남도 남원시 소재.

하고 남자 장정 틈에 넣어 다시 팔아 장삿배를 따르게 되었다. 남자가 할 일을 하는데, 잘하는 것도 있고 못하는 것도 있었으니 그 중 잘하는 것이 노젓기를 돕는 일이었다. 남만에서 절강으로 온 것은 이를 기회 삼아 조선으로 돌아가고자 생각했기 때문이다. 정생은 홍도와 함께 그대로 절강 땅에 눌러 살았는데, 절강 사람들이 모두 가엾게 여겨 저마다 은전(銀錢)과 곡식을 주어 입에 풀칠은 할 수 있었다.[4]

---

4) 유몽인, 같은 책, 39쪽.

왜적을 만나 이런 봉변을 당한 일은 『어우야담』에 부지기수이다. 어떤 사람이 왜적에게 목이 찔려 목덜미만 붙어 있었는데 자꾸 목이 가슴 쪽으로 떨어져서 자기 손으로 목을 받치고 다녔다는 끔찍한 이야기에서부터, 다른 곳으로 시집갔던 자매가 왜적을 피하다가 언니는 목을 매 자결하고 동생은 벼랑에 떨어져 죽었다는 이야기 등등이 속출한다. 우리가 잘 아는 의기(義妓) 논개(論介) 이야기 역시 『어우야담』이 그 최초의 기록이다. 전쟁의 정치학적 의미나 전투의 승패와는 상관없이 그렇게 죄 없는 사람들이 짓밟혀간 상황을 '야담'의 이름으로 잘 드러냈다.

이 일을 어떻게 믿을까?

그러나 전란과 관련된 이야기는 사실 『어우야담』 전체를 놓고 보면 예외적인 경우라 할 수 있다. 『어우야담』의 상당 부분이 세상에 전해 오는 재미있는 이야기들로 구성되어 있다. 여느 야담집이 그러하듯 이 책 역시 예전부터 전해 내려오는 특이한 사람 이야기, 별난 이야기들이 담겨 있다. 가령 다음과 같은 이야기를 보자.

김담령이 흡곡현(翕谷縣, 강원도 간성의 고을 이름)의 원님이 되어 일찍이 봄놀이를 하다가 바닷가 어부의 집에서 묵은 적이 있었다.

어부에게 무슨 고기를 잡았느냐고 물었더니, 어부가 대답했다.

"제가 고기잡이를 나가서 인어(人魚) 여섯 마리를 잡았는데, 그 중 둘은 창에 찔려 죽었고 나머지 넷은 아직 살아 있습니다."

나가서 살펴보니, 모두 네 살 난 아이만 했고, 얼굴이 아름답고 고왔으며 콧대가 우뚝 솟아 있었다. 귓바퀴가 뚜렷했으며 수염은 누렇고 검은 머리털이 이마를 덮었다. 흑백의 눈은 빛났으나 눈동 자는 노랬다. 몸뚱이의 어떤 부분은 엷은 적색이고, 어떤 부분은 온통 백색이었으며, 등에 희미하게 검은 무늬가 있었다. 남녀의 음경(陰莖, 남성 성기)과 음호(陰戶, 여성 성기) 또한 사람과 똑같았으 며, 손가락과 발가락이 있고 그 가운데에는 주름 무늬가 있었다.

이에 무릎에 껴안고 앉히자 모두 사람과 다름이 없었으며, 사람 을 대하여서도 별다른 소리를 내지 않고 하얀 눈물만 비 오듯 흘 렸다. 김담령이 가련하게 여겨 어부에게 놓아주라고 하자, 어부가 매우 애석해 하며 말했다.

"인어는 그 기름을 취하면 매우 좋아 오래되어도 상하지 않습 니다. 오래 되면 부패해 냄새를 풍기는 고래 기름과는 비할 바가 아니지요." 김담령이 빼앗아 바다로 돌려보내니 마치 거북이처럼 헤엄쳐 갔다. 김담령이 무척 기이하게 여기자, 어부가 말했다.

"인어 중에 커다란 것은 크기가 사람만 한데 이것들은 작은 새 끼일 뿐이지요."[5]

우리가 기억하는 인어는 안데르센 동화에 나오는 인어공주뿐이

---

5) 유몽인, 같은 책, 765쪽.

○金宗瑞之間六鎭爲國任懇北民性素悍易變而宗瑞冒死
以身當之方其張燭夜間有飛箭貫於壁宗瑞色不變每食以
虫毒亂之宗瑞先飮再燒之酒三四杯而後食之不得逞其毒
及其六鎭已成邊事已完民始樂爲之用
○論介者晉州官妓之當萬曆癸巳之歲金千鎰倡義之師入
援晉州以抗倭城陷軍敗人民俱死論介凝粧靚服立于矗石
樓下峭巖之巓其下萬丈即入波心羣倭見而悅之皆莫敢近
獨一倭挺然直追論介笑而迎之倭將誘而引之論介遂抱持
其腰直投于潭俱死壬辰之亂官妓之遇倭不見辱而死者不
可勝記非止一論介而多失其名役官妓皆淫倡也不可以貞
烈稱而視死如歸不汚於賊渠亦聖化中一物不肯背國從賊

『어우야담』에 소개되어 있는 '논개' 대목
(진주시 논개 사이버 박물관)

지만, 그 동화보다 200여 년이나 먼저 탄생한 『어우야담』에 이미 인어가 등장한다. 인어가 하도 애처로워서 보내 주도록 했다는 미 담까지 담고 있어서, 이 이야기를 읽으면 자기도 모르게 환상 속으로 빠져 들게 된다. 그뿐인가. 별난 재주를 가진 사람, 키가 스무 길이 넘는 거인이 사는 거인국 이야기 등등 온갖 재미있을 법한 이야기를 쭉 늘어놓고 있다. 때로는 귀신이 어느 집에 붙어살면서 그 집주인을 상전 섬기듯이 하다가 주인이 준 들쥐 고기를 먹고 죽었더라는 식의 황당하기 그지없는 이야기가 나오기도 한다. 이런 것들은 모두 한 편의 설화로, 이 때문에 『어우야담』은 설화집으로 구분되기도 한다.

그렇다면 그렇게 기괴한 이야기는 현실을 완전히 벗어난 허풍이나 허구인가? 물론 많은 이야기들이 그럴 수 있고, 야담이라는 게 그런 것들이 빠지면 정사(正史)와 구분되기 어렵기도 하겠다. 그렇지만 꼼꼼하게 살펴보면 이런 괴상한 이야기들에도 현실 맥락을 찾아볼 만한 것이 적잖이 있다.

　　임진왜란 때 병조좌랑(兵曹佐郞) 이경류(李慶流)가 방어사(防禦使)의 종사관(從事官)이 되었는데, 싸움에서 패하여 적에게 죽임을 당했다. 그의 형 이경준(李慶濬)은 무장(武將)이었는데, 바야흐로 적이 평양에 있어서 대군을 거느리고 순안(順安, 평안도 평원군의 지명)을 방어하여 지켰다. 때마침 제삿날을 만나 깨끗이 재계하고 혼자 앉아 있었다. 여러 군사들에게 물러나 제각기 자신의 대오로 나아가게 했는데, 홀연히 장막을 친 벽 사이에서 웬 곡성이 들려왔다. 그

곳을 바라보았으나 아무것도 없어서 이경준은 괴이하게 생각했다.

조금 뒤에 홀연히 휘파람 부는 듯한 사람 소리가 들렸다.

"형님! 제가 왔습니다."

살펴보니 이경류의 혼령이었다.

이경준이 울면서 물었다. "네가 어디에서 온 것이냐?" 경류가 대답했다. "내가 죽은 뒤에 형님이 거처하는 곳을 찾고자 했으나, 병사들의 호위가 매우 엄하여 두려워서 감히 나아갈 수 없었습니다. 지금 병사들이 물러나고 형님 또한 고요히 계시는 틈을 타서 온 것입니다." 이경준이 말했다. "네가 어디에서 죽었으며 시체는 또한 어디에 있느냐? 하나하나 가르쳐 주어 남은 시신을 수습해 장사 지내도록 할 수 있겠느냐?"[6]

더 볼 것도 없이 귀신 이야기이다. 요즘처럼 귀신을 믿지 않는 때라면 귀신의 등장만으로도 허황된 이야기임에 틀림없다. 그러나 한 발 물러서 보면, 귀신이 공연히 나온 것이 아니다. 형제가 참전하여 동생이 먼저 죽었고, 형은 여전히 전투 중이다. 동생의 시신이 어디 있는지 알 수도 없었고, 죽은 날짜조차도 제대로 모르는 상황이었다. 이런 상황에서 죽은 동생이 나타난 것이다. 여기에는 '그럴법함'이 있다. 동생은 죽어서도 저승으로 갈 수가 없었다. 싸움에 졌기 때문이기도 하고 부모님이 계신데 먼저 죽었기 때문이기도 하다. 그래서 형은 동생의 혼령에게 간곡하게 부탁한다. "네가 우리 형제 사이를 왕래하는 것은 좋으나, 부모님이 계시는 곳에

6) 유몽인, 같은 책, 235-236쪽.

는 가지 말아라. 부모님의 마음을 더욱 상하게 할까 두렵다."고 말이다. 이런 귀신 이야기는 무섭지가 않고 들으면 눈시울이 뜨거워진다. 오죽했으면 죽어서도 편히 가지 못하고 귀신으로 나타났고, 오죽했으면 형제가 다시 모여서 그런 이야기를 할까싶다.

믿을 수 없을 것 같은 일도 그렇게 의미가 부여되면 믿음이 가게 된다. 『어유야담』의 귀신이 기괴스럽기보다 생동감 있게 느껴지는 것은 그런 이유로 보인다. 가령, 박엽(朴燁)이 만난 처녀귀신 이야기가 그렇다. 이야기의 시작은 '만력 갑오년(1594년)은 (1592년과 1593년에 있던) 전란의 이듬해이다. 온 나라에 기근이 들어서 굶어 죽은 시체가 길에 널려 있었다.' 이다. 하필이면 전란이 난 다음임을 강조할까 궁금하겠지만 곧바로 그 실체가 드러난다. 박엽이 전란을 피했다가 서울로 돌아오니 옛집은 쑥대밭이 되어 있었다. 그가 친척을 방문하고 밤에 돌아오는 길에 웬 처녀를 만났는데 범상한 여인이 아니었다. 박엽은 그 처녀가 이끄는 대로 따라가서 함께 술을 마시고 취해 잠이 들었는데, 아침에 일어나보니 그녀의 몸은 차디찬 시체였다. 박엽이 가까스로 정신을 수습하고 그 처녀의 집을 찾아보니 이랬다.

그 집은 선비 집안으로 장성한 처녀가 굶주림으로 병들어 죽었으며, 온 집안 사람들 또한 굶어 죽어서 엎어진 시체가 가득했다. 박엽은 비통해 하며 관을 갖추고 수레를 세내어 서쪽 교외에 장사 지내고, 제문을 지어 제사도 지내주었다.[7]

---

7) 유몽인, 같은 책, 254쪽.

여기에서 '선비 집안'에 유념해 보자. 그 처녀는 전쟁만 없었다면 여느 사대부 집안의 규수처럼 좋은 교육을 받다가 적당한 선비를 만나서 결혼했을 것이 틀림없다. 그러나 전란 후의 궁핍한 생활은 그런 평범한 행복을 허락하지 않았다. 그녀뿐만 아니라 온 집안 식구들이 모두 주려 죽어서 서로 베고 나자빠져있다고 했으니 그 참상은 더 말할 것이 없겠다. 그렇다면, 그 처녀야말로 원통함이 사무쳐서 고이 저승으로 가기 어려웠음에 틀림없다. 박엽은 나중에 과거에 급제하여 벼슬을 한 사람이고 보면, 그런 선비가 지나는 데 모습을 나타내서 함께 했다는 사실은 그 처녀의 한이 무엇인지를 분명히 밝혀준다. 유몽인은 이야기의 앞부분에서 사람이 사람을 먹을 정도의 참혹한 현실을 이야기하고, 또 맨 뒤에서는 그 굶어죽은 귀신이 평민도 아닌 사대부 집 규수임을 밝힌다. 따라서 이 이야기는 "자고 보니 귀신이더라."는 식의 흥미 위주의 설화와는 확실히 다른 면이 있다.

더구나 등장인물이 아주 유명한 경우라면 그 신빙성은 더해지기 마련이다. 다음 이야기를 보자.

임진왜란 때 통제사 이순신이 전함을 만들려고 했다. 수군을 징발하여 한산도에서 재목을 채벌하는데, 나무 위에서 귀신의 휘파람 소리에 실려 말소리가 들려왔다. "원컨대 이 골짜기의 나무를 베지 마소서. 전란으로 죽은 많은 귀신들이 이 골짜기의 나무에 의탁하고 있소. 지금 당신들이 나무를 벤다면, 우리들은 다른 나무로 옮겨야 할 것이오. 원컨대 이 골짜기의 나무를 베지 마소서."

군졸들이 물었다. "당신은 누구요?", "나는 전
라도 유생(儒生) 송 아무개인데, 집안 남녀
가 모두 전란으로 죽어 지금은 이 나무
에 와 의탁하고 있는 것이오." 이에 수
군들은 다른 골짜기로 옮겨갔다.[8]

거북선(해군사관학교)

우리네 보통사람들의 정서로 보자면, '이순신'의 등장 앞에 허
접한 이야깃거리는 스러지고 만다. 그가 등장하면 웅장한 역사요,
역사가 아니라면 신화일 뿐이다. 그런데 지금 이 이야기는 이순신
이 전선을 만들려 해도 되지 않는 일이 있음을 보여주고 있다.

유생이라면 선비인데, 선비의 일족이 몰살한 사연은 굳이 듣지
않아도 될 일이다. 이 가엾은 혼령은 온 가족이 비명횡사하고 그
원한을 달랠 길이 없어 겨우 나무에 붙어 지내는 처지이다. 이 이
야기는 천하의 이순신도 그런 하소연 앞에서는 수 없이 다른 길을
갔다는 것이 골자이다. 어떻게 그런 일이 있겠느냐고 따져 묻는다
면, 그 절실함을 믿지 않기 때문이고 그 당대의 서사문법을 잘 모
르기 때문이다.

전쟁에 죽고 다친 사람들을 달래고 어루만져주는 일은 전쟁에
이기는 것만큼이나 중요했고, 그보다 더욱 어려웠는지도 모른다.
어쩌면, 유몽인이 그런 일들을 이렇게 옮겨놓은 것만으로도 원통
하게 죽은 원혼을 달래주는 일이 된다.

---

8) 유몽인, 같은 책, 253-254쪽.

날카로운 비판과 따스한 시선

이렇게 적어놓고 보면, 『어우야담』이 무슨 전란 관련 보고서처럼 비추어지겠지만 실제 내용은 그렇지 않다. 많은 부분들이 시와 관련된 이야기인 시화(詩話)이고, 또 여러 인물들에 관한 일화(逸話)들이다. 전쟁이 나면 모든 일이 다 멈추고 전투에만 열중할 것 같지만, 그 가운데에도 사랑하는 사람들이 있고 돈을 모으는 사람들도 있는 법이다. 지독한 고통은 얼마간의 낭만을 동반하는 법이니, 야담집에서까지 세미나 자료집처럼 진지한 이야기 일색일 필요는 없겠다. 세상에 산적한 문제를 풀어놓더라도 직설적인 방법 대신 에둘러가는 방법이 충분히 구사될 여지가 있다.

명종 대에 궁궐 잔치에서 인기를 모았던 귀석이라는 광대 이야기를 보자.

그는 풀을 묶어 꾸러미 네 개를 만들었는데, 큰 것이 둘, 중간 것이 하나, 작은 것이 하나였다. 스스로 수령이라 칭하면서, 동헌(東軒, 고을 원님 등이 공무를 처리하던 대청)에 앉고는 진봉색리(進奉色吏, 물건을 바치는 담당 아전)를 불렀다. 한 배우가 나타나 스스로 진봉색리라 칭하면서 무릎걸음으로 기어 앞으로 나왔다. 귀석은 큰 꾸러미 한 개를 들어 그에게 주면서 낮은 목소리로 말했다. "이것은 이조판서께 드려라." 또 큰 꾸러미 하나를 들어 주면서 말했다. "이것은 병조판서께 드려라." 또 그 중간 꾸러미 하나를 들어 주면

영화 〈왕의 남자〉의 한 장면

서 말했다. "이것은 대사헌께 드려라." 그런 후에 작은 꾸러미를
주면서 말했다. "이것으로 임금님께 진상하여라."[9]

　최근 〈왕의 남자〉라는 영화에서 왕을 풍자하는 웃음을 선사하는
광대가 나오는데, 이런 일들이 실제 역사에서 있었던 모양이다. 고
을 원님이 진상할 물건을 챙기면서 이조판서나 대사헌에게는 큰
것으로 하면서, 임금에게는 작은 것을 했다는 내용이다. 임금 앞에
서도 버젓하게 내보일 정도였다면 현실에서는 얼마나 심했을지 짐
작이 간다. 명종은 12세에 즉위하여 그 어머니 문성왕후의 수렴청
정을 받아야했던 인물이고, 문성왕후의 동생 윤원형이 득세하면서
사화(士禍)가 일어나는 등 편치 않은 이력을 보인 왕이다. 이 짧은
우스개 속에는 그런 어려운 처지에 놓인 임금의 위치가 적나라하

---

9) 유몽인, 같은 책, 131쪽.

게 드러난다. 그리고 이를 통해 '교화'에 도달하려는 의도 역시 엿보인다.

그런가 하면 같은 광대의 이야기이지만, 유몽인의 따스한 시선이 엿보이는 이야기도 있다. 어떤 배우가 나무로 만든 귀신 가면을 쓰고 한강 가에서 걸식을 하는데, 그만 봄에 한강 얼음 위를 건너다가 변을 당하고 만다. 아내가 얼음 밑에 빠져서 허우적이고 남편은 경황이 없어 귀신 가면을 벗지 못한 채 발을 구르는데 사람들은 목이 쉬도록 웃었다고 한다. 이런 이야기에서는 삶의 비애가 묻어난다. 어떤 경우이든 남을 웃기는 일을 직업으로 택한 이상, 생명이 오락가락하는 상황에서도 상대는 오로지 자신을 통해 웃음을 구할 뿐이다. 세상 인심이 매정하다고 말하기에 앞서서, 어쩔 수 없이 그런 상황에 빠져 있는 딱한 삶에 대한 안타까운 눈길이 돋보인다.

이런 이야기 역시 『어우야담』의 도처에 있다. 서울 선비 한 사람이 쌀을 한 바리(말이나 소에 잔뜩 실은 짐) 싣고 가는데, 어느 고개에서 한 사람이 칼을 차고 나타나 절을 하며 양식을 달라고 했다. 호위하던 노비가 반 바리를 주자고 했더니 선비는 오히려 반 바리로는 부족하다며 한 바리를 다 주었다. 그러자 칼을 찬 사람은 이번에는 싣고 갈 수 없으니 말을 달라고 했다. 선비가 말까지 내어 주고 산 하나를 돌아가자 아까 본 그 사람이 말을 가지고 다시 나타나서는 자기가 그 선비를 호위하겠노라고 했다. 도적의 대장이 그 선비의 마음씨를 고맙게 여겨 위험하지 않게 호위해 주도록 해주었다. 그리하여 그 선비는 무사히 산을 넘을 수 있었다. 어떻게 이런 선비, 이런 도둑이 있을 수 있을까? 거기에 대해서 『어우야담』에서는 "대개 해[歲] 주리고 백성이 간난(艱難)하여 양민이 다 도적이 되는 고로 사람은 해치 아니하고 다만 짐만 취하니라."고 적고 있다.

굳이 유몽인의 입을 빌리지 않아도, 어려운 현실 속에도 인정 있고 좋은 사람이 있다는 것은 누구나 아는 사실이다. 작가가 포착한 조선의 현실은 매우 비극적이지만, 그 비극적인 상황은 사람의 천성이 나빠서가 아니라 전란 때문이었으며, 그렇기 때문에 희망을 잃지 않게 된다. 이렇게 볼 때 『어우야담』 여기저기에 등장하는 욕심꾸러기나 미련퉁이들의 실패담 역시 탐욕과 무지에 대한 경계와 함께, 인간의 선한 천성을 회복하라는 촉구인 셈이다.

그러한 시선이 가능하다면 굳이 전란이 아니더라도 세상이 옭아매려는 온갖 가면들에서 벗어나올 방법이 있게 된다. 유몽인 역시 선비로 유교 윤리의 영향을 벗어나기 어려운 사람이지만, 그러한 윤리 때문에 빚어지는 비합리적인 희생에 대해서는 강하게 부정하는 용기를 보인다. 아니, 용기 이전에 상식적인 지혜, 바로 그것이다.

> 나의 선친(先親, 돌아가신 아버지)께서는 소상(小祥, 사람이 죽은 다음에 한 돌만에 지내는 제사) 전에는 채소나 과일도 들지 않다가 소상이 지난 후에야 수척해져서 채소를 드시기 시작했다. 내 사위 최아는 기력이 약한 사람인데, 모친상을 당해 묽은 죽 몇 홉만으로 배를 채우다가 불과 몇 개월만에 병으로 몸을 훼손하여 구제할 수

가 없었다. 이로써 보건대, 누군들 효자가 아니겠는가만 단지 기체(氣體)의 강약으로 인하여 생사가 나누어지는 것이다. 상국(相國, 재상) 정광필이 말하기를 "우리 집안에서는 효자를 원치 않는다."라고 했는데, 당시 많은 사람들은 정광필의 말이 비속하여 성현께 죄를 지었다고 여겼다. 이는 자식된 사람으로서는 차마 듣지 못할 말이지만 부모 된 사람은 이 말을 안 할 수가 없는 것이다. 나는 사위 최아의 죽음을 직접 목도하고 자제들을 위해 이 기록을 남겨 둔다.[10]

유교관념이 지배하던 시절 '효도'에 대해 왈가왈부하는 것은 거의 미친 짓이나 다름없었다. 인간이라면 효도를 하고, 효도를 못하면 인간이 아니라고 판단하던 시절이었기 때문이다. 그러나 추상적인 윤리관념으로서의 효도가 아니라 구체적인 실천으로서의 효행으로 가면 좀더 복잡한 문제가 있었다. 3년상을 다하도록 육식을 금하고 소식(素食, 고기반찬이 없는 음식)을 한다고 할 때, 젊고 튼튼한 자식은 괜찮겠지만 늙고 병약한 자식에게는 죽음에 버금가는 고통이었을 것이다. 실제로 『어우야담』에 실린 기록만 보더라도 여러 사람이 그때문에 죽었던 것 같다. 그래서 아예 노부모가 계신 경우는 미리부터 기름진 음식을 먹지 않는 연습을 할 정도였다니 참 심각한 일이다. 유몽인은 바로 거기에 쐐기를 박는다. 정광필의 입을 빌려서, 3년상을 옛날 법도대로 지키는 효자를 원치 않는다고 선언하고 있다. 사실, 부모가 돌아가셨으니 고기를 먹은들 무슨

---

10) 유몽인, 같은 책, 35쪽.

맛이 있으며, 부모 돌아가시게 한 죄인이 어찌 좋은 음식을 먹겠느냐는 그 생각만큼은 훌륭하다 해도, 3년상을 제대로 치렀다는 말을 듣기 위해서 겉치레로 따라하는 행위까지 그렇게 볼 수 있을지는 의문이다.

유몽인의 세상 보는 눈은 그렇게 자유롭다. 그래서 그런지 『어우야담』 속에는 우스개라고 할 만한 이야기들이 제법 많다. 예를 들어 다음과 같은 공처가 이야기가 그렇다.

예로부터 교화시키기 어려운 것이 부인이다. 남자 중에 강심장인 사람이라도 몇이나 능히 부인을 두려워하지 않을 수 있으랴?

옛날에 한 장군이 십만 병사를 이끌고 넓고 아득한 들판에 진을 쳤다. 동서로 나누어 큰 깃발을 세웠으니, 한 깃발은 푸른 색이고 한 깃발은 붉은 색이었다. 장군은 드디어 군사들에게 거듭 타일러 말했다.

"아내를 두려워하는 자는 붉은 깃발 아래 서고, 두려워하지 않는 자는 푸른 깃발 아래 서거라."

십만 군사가 모두 붉은 깃발 아래로 모여 섰는데, 한 사내만이 홀로 푸른 깃발 아래 서 있었다. 장군이 전령(傳令, 명령을 전하는 병사)을 시켜 그 이유를 물으니, 다음과 같이 대답했다. "제 처가 항상 저에게 경계하여 말하기를, '남자들 셋이 모이면 반드시 여색(女色)을 논하니, 남자 셋이 모인 곳에 당신은 일절 가지 마시오.' 라고 하였습니다. 하물며 지금 십만의 남자가 모여 있지 않습니까? 이에 감히 아내의 명을 어길 수 없어서 혼자 푸른 깃발 아

효(孝) 문자도 : 문자도는 민화의 한 종류로 문자와 그림을 결합시킨 것. 효(孝)·제(悌)·충(忠)·
신(信)·예(禮)·의(義)·염(廉)·치(恥)-8자를 소재로 각각의 한자 자획 속에 해당 글자의 의미와
관련된 고사나 설화의 내용을 대표하는 상징물을 그려넣음을 것이다. 여기에서 "孝"자는 왕상
이 한겨울에 계모에게 얼음을 깨고 잉어를 잡아들인 '왕상빙리', 맹종이 한겨울에 노모를 위해
죽순을 따낸 '맹종설순'의 고사를 그린 것이다.

래에 서 있는 것입니다.[11]

나는 이 이야기를 대학 1학년 때 처음 접했는데, 얼마나 우스웠던지 오래도록 기억하고 있다. 그러나 그때는 우습기만 할 뿐 왜 이런 이야기가 나오는지 알 수가 없었다. 이 이야기가 제대로 이해가 된 것은 아마도 결혼하고 10년은 지난 뒤일 것이다. 결혼 전에는 유몽인이 이야기의 앞에다가 굳이 아무리 강심장이라 하더라도 부인을 두려워하지 않을 사람이 몇이나 되겠느냐고 쓴 까닭이 이해될 수 없었기 때문이다. 조선조 사회는 남존여비가 비정상적이며 극단화되어 있다고 생각하기 십상이지만, 유몽인 같은 선비도 이런 우스개를 썼을 정도이니 모르긴 해도 예나 지금이나 공처가의 길은 선택이 아니라 필수인 모양이다.

『어우야담』이 남긴 것

『어우야담』을 이렇게 일별하고 보니, 혹시 오해가 있을까 걱정이다. 이 책은 실제로 어지간히 큰 책으로 세 권 정도는 묶을 수 있을 만큼 만만치 않은 양을 자랑한다. 그러나 양만이 문제라면 축약해서 보여주면 간단하겠지만 내용에 따라서는 그렇게 쉽게 보아 넘길 수 없는 대목이 많아서 여기에서는

11) 유몽인, 같은 책, 106쪽.

많이 건너뛰었다. 특히 시(詩) 등의 문학을 다룬 부분이 그렇다. 어떤 시가 좋은지, 시인에 대한 품평은 어때야 하는지 잘 드러내고 있는데 전문적인 식견이 많이 필요한 부분이라 생략했다. 이런 내용에 있어서도 딱딱하지 않게 쓴 것이 또 『어우야담』의 특성이기도 한데, 한 대목만 예를 들어보자.

채수(蔡壽)에게 손자가 있었는데 이름이 채무일(蔡無逸)이다. 나이 겨우 5, 6세일 때, 채수가 밤에 무일을 안고 누워 먼저 시 한 구를 지었다.
'손자는 밤마다 책을 읽지 않는구나.(孫子夜夜讀書不)'
무일에게 대답하라 했더니, 그가 응대했다.
'할아버지는 아침마다 약주가 과하시네.(祖父朝朝飮酒猛)'
채수가 또 눈 내릴 때 무일을 업고 가다가 시 한 구를 지었다.
'개가 달려가니 매화 꽃잎 떨어지는구나.(犬走梅畵落)'
말이 끝나자마자 무일이 응답했다.
'닭이 지나가니 대나무 잎이 만들어지네.(鷄行竹葉成)'[12]

가히 웃음이 나온다. 이 부분은 내가 한문 수업을 할 때 꼭 **빠지**지 않고 강독하는 부분인데, 등에 업힌 손자와 할아버지의 시 문답이 그럴듯하다. 나도 저런 할아버지를 두었더라면 시인이 되었을 것 같은 아쉬움이 들기도 하고, 나중에 저렇게 똑똑한 손자가 있더

---

12) 유몽인, 같은 책, 374쪽.
*그림 이미지 설명: (위) 개발자국, (아래) 닭발자국.

라도 시를 가르칠 수는 없을 것 같은 두려움이 생기기도 한다. 개발자국에서 매화를 연상하고 닭 발자국에서 댓잎을 연상하는 그 자체만으로도 세상을 보는 눈을 보여주는데, 눈길을 가는 조손간의 정다운 대화를 통해 현대인이 잃고 있는 것이 무엇인지 알 수 있다. 어린 손주를 자동차에 태워서 눈길을 갈 수는 있다 해도 삶이 시가 되는 그런 경지는 다시 오지 않을 것만 같다. 그런 광경을 목도하게 해주는 것만으로도 『어우야담』의 가치는 충분하지 않을까 한다.

이 강의를 통해 독자분들께서는 대략적으로나마 야담이 무엇인가를 짐작하게 되었을 줄 믿는다. 특히 『어우야담』은 이 이후에 속출하는 야담집의 효시이다. 다소 실험적인 토막 글들을 모아서 하나의 책으로 묶은 것이라 할 수 있는데, 거기에는 '역사와 설화'의 혼합이라는 야담 고유의 특성이 살아 숨 쉰다. 이미 살펴본 대로, 임진왜란이라는 국가 존망의 위기에서 생긴 실제 일들이 생생하게 담겨 있는 것은 물론, 어려운 현실에 꿈과 희망을 주는 설화들도 함께 존재하고 있다. 그 둘은 사사건건 상충할 것 같지만, 때로는 실화도 설화도 아닌 아주 다른 이야기로 모습을 드러내고, 때로는 실화가 설화처럼 설화가 실화처럼 보이기도 한다. 또한 〈홍도〉처럼 깔끔한 서사 구조를 지닌 작품은 소설로 가는 발판이 되기도 하여, 어떤 국문학자는 『어우야담』 중의 일부를 아예 단편소설로 취급하기도 한다. 국문학을 전문으로 하는 학자가 아닌 다음에야 그런 갈래 문제까지 파고들 까닭은 없지만, 적어도 이 책이 '야담'을 내걸고 온갖 다양한 갈래, 내용, 형식들을 펼쳐 보이고 있는 것만은 분명하다.

이 글을 쓰기 위해 몇 해 전 인터넷 검색을 한 일이 있다. 그랬더니 뜻밖에도 클릭B라는 그룹의 팬 페이지가 떴다. 〈'어우야담' – 클릭B팬페이지〉로 되어 있는 그 사이트의 구성은 이랬다:

진담(眞談) – 메인화면, 필담(筆談) – 연재소설, 농담(弄談) – 추천・감상・질문・표지・미담(美談) – 완결소설(코멘트금지), 잡담(雜談) – 자유게시판.

이 사이트를 구상한 사람이 왜 '어우야담'을 끌어다 썼는지는 알 수 없는 일이나, 진담, 필담, 농담, 미담, 잡담 등등을 두루 구성하면서 '어우야담'을 쓴 것은 확실히 세련된 감각이다. 야담이야말로 그렇게 다양한 글들을 한곳에 아우를 수 있는 보기 드문 갈래이기 때문이다. 어쩌면 그런 팬 페이지 말고도, '버라이어티쇼'를 내건 TV프로그램이나 '종합 문예지'를 표방하는 잡지 등이 다 그 야담 전통과 그리 멀지 않은 곳에 있을 법도 하다.

그러나, 이렇게 쓰고 보니 혹시라도 유몽인의 『어우야담』이 시대를 앞서서 진보에 진보를 더한 혁신적 문예물로 오인하게 될까 두렵다. 이 책이 나온 시기가 1620년 어름으로 보이는 만큼, 그 시대가 갖는 한계까지 넘어설 수는 없는 일이다. 예를 들어 논개의 일을 적어두면서도 '성군의 교화'가 전면에 나선다. 여성으로서 적을 껴안고 죽어야 했던 고통이나 정절의 훼손 문제 등보다는 그보다 더한 충성이 부각되고 있다.

논개(論介) 표준영정, 윤여환 교수 그림 (ⓒ2006진주시)

국보 제 276호로 지
정되었던 촉석루의
사진.
촉석루는 6.25 한국
전쟁 당시 미군의
폭격에 의해 소실
되었으며 그 후 시
민들의 성원과 노
력으로 1960년에
재건되어 오늘에
이르고 있다. (소실
되기 전 외부 전경과
내부 모습의 일부)
http://www.jinjunong
ae.com

▲논개 죽음. 우리가 잘 아는 의기(義妓) 논개(論介) 이야기 역시 『어우야담』이 그 최초의 기록이다. (장수군 논개 사당)

▼논개가 죽었다는 의암

임진왜란 당시 관기(官妓, 관청의 기생)로서 왜구를 만나 욕을 당하지 않으려고 죽은 사람은 이루 다 기록할 수 없다. 논개 한 사람에 그치지 않는데 대부분 그 이름을 알 수가 없다. 대저 관기는 음란한 창녀의 몸이라 정렬로 기려질 수가 없는 이들이다. 그런데도 죽음을 고향으로 돌아가는 것처럼 여기고 왜적에게 몸을 더럽히지 않았다. 저들 또한 성군(聖君, 성스러운 임금)의 교화를 입은 존재로서 차마 나라를 배반하고 왜적을 따를 수 없었던 것이니, 다름이 아니라 충의심에서 그리했던 것이다. 아아, 슬픈 일이다.[13]

유몽인만 슬픈 것이 아니다. 이런 유몽인의 탄식을 듣는 나도 슬프다.

13) 유몽인, 같은 책, 37쪽.

제 5 강

『사씨남정기』의
가정, 사회, 국가

'사씨남정기'라는 제목

우리가 아는 고소설 제명법의 주종은 아무래도 '-전(傳)'이다. 『춘향전』, 『심청전』, 『홍길동전』, 『조웅전』 등에서 알 수 있듯이 일반적으로 널리 알려진 고소설은 거의 대부분이 그렇다. 이러한 '전'은 본래 인물의 일대기를 서술하는 양식이어서 이런 제목을 갖는 소설은 주인공의 일대기를 그려내는 데 치중한다. 굳이 소설이 아니어도 역사책에 있는 숱한 열전(列傳)들이 그런 것이다. 좀 더 정확하게 말하자면, 열전이 소설처럼 그렇게 씌어진 것이 아니라 소설이 열전의 글쓰기 방식을 따온 것이라 할 수 있다. 그러니까 소설을 폄시하던 시절, 소설이면서 소설이 아닌 것처럼 우기는 방식이 바로 '-전(傳)'을 표제로 한 일대기형 소설이라 할 수 있다.

그런데 고소설 중에 이와는 다른 계통의 표제법을 쓰는 예가 있

활자본 『사씨남정기』(세창서관, 1952) *

는데 가장 대표적인 예가 바로 '-기(記)' 혹은 '-록(錄)'이다. 이번 강의에서 다룰 『사씨남정기(謝氏南征記)』가 그 좋은 예이다. 만약 이 소설이 주인공 사씨부인의 이야기라면 '사씨부인전'이라는 제목을 달 법도 한데, 굳이 '사씨남정기'라고 했을 뿐만 아니라 나아가 아예 그냥 '남정기'라고 한 것까지 있을 정도이다. 어찌 보면 그만큼 '남정'에 중심을 두고 있다는 말이다. 기(記)가 있었던 일을 기록하는 문장의 한 종류라고 본다면, 이 작품은 '남정에 대한 기록'인 셈이다.

그렇다면 '남정(南征)'은 무엇인가? '정(征)'은 흔히 '치다, 정벌하다'의 뜻으로 알고 있지만 여기에서는 '가다'의 뜻이다. 그러니 『사씨남정기』라는 작품의 제목이 강조하는 점은 사씨가 남쪽으로 간다는 사실이겠다. 중국의 북동쪽에 있는 북경에서부터 서남쪽에 있는 동정호 어름까지는 작품에 있는 그대로 배를 타고 수개월이 걸리는 멀고도 험한 여정이었다. 이렇게 사씨가 교씨에게 쫓겨 남쪽으로 가는, 처량한 이야기가 바로 『사씨남정기』이다. 다 아는 대로 사씨는 정실이고 교씨는 후실로, 이 작품은 남편을 사이에 두고 처와 첩이 서로 총애를 다투는 이른바 '쟁총형(爭寵型)' 가정소설의 대표적인 작품이다. 쟁총형 가정소설은 전실자식이 후처에게 구박

받는 '계모형(繼母型) 가정소설'과 함께 가정소설을 떠받치는 두 축이다. 요즈음 생각하면 참 어이없는 일이지만, 적어도 소설로만 보자면 옛날의 가정문제는 그렇게 처와 첩의 갈등, 전실 자식과 후실의 갈등으로 압축되는 셈이다.

그런데 여기서 쫓겨가는 사람은 사씨뿐이 아니다. 사씨의 남편역시 쫓겨나 귀양 길에 오른다. 아내는 가정에서 쫓겨나고, 남편은조정에서 쫓겨나는 것이 좀 다를 뿐, 그 둘은 거의 쌍둥이처럼 닮아있다. 그뿐 아니라, 작가 김만중(金萬重, 1637~1692)은 그들이 쫓겨가는 과정을 보여 주면서 사회의 실상을 적나라하게 그려, 좀처럼 담아내기 어려운 여러 주제를 함께 풀어내고 있다. '남정기'라는 제목에 걸맞게 마치 로드무비를 한 편 보는 것같이 여기저기서 겪은 일들이 생동감 있게 펼쳐진다. 그래서 이 소설은 가정소설이면서도가정의 문제를 넘어서는 굵직한 주제를 건드리는 묘미가 있다.

작가 김만중은 17세기 조선의 명문가에서 태어났으나, 여느 문인들과는 다른 진보적인 사상을 가지고 있었다. 그는 사대부들이천하게 여기던 한글을 썼음은 물론, 세상을 어지럽힌다고 멸시하던 소설의 가치를 높이 평가하여 『구운몽』과 『사씨남정기』 같은소설을 짓기까지 했다. 이 중에서도 특히 『사씨남정기』는 영웅소설이 널리 읽혀지던 시기에, 삶의 실제 모습을 소설 속으로 끌어들여 18세기 평민 문학이 개화하는 토대를 마련한 작품이라는 데 큰의의가 있다. 사회의 참모습을 낱낱이 파헤치고 있는 이 작품을 읽으며, 당대의 가정과 사회, 국가에 만연한 문제를 짚어볼 수 있다.더 세심히 읽어가다 보면 그것이 꼭 17세기 조선만이 아니라 인간이 사는 세상이라면 어디에나 있는 보편적인 문제임을 알게 되리라 믿는다.

가정 : 가부장제의 질곡

우선, 내용을 잘 모르는 독자를 위해 줄거리를 먼저 살펴보자:

중국 명나라 시절 개국공신의 후예인 유희라는 충신이 있었다. 그는 늦게 아들을 하나 두었는데 이름이 연수였다. 유연수는 일찍 어머니를 여의었지만 훌륭하게 자라 15세에 급제하여 한림학사가 될 정도의 수재였다. 유연수는 재덕을 겸비한 사씨와 혼인하지만 10년이 되도록 아이가 생기지 않았다. 이에 사씨는 유연수에게 후실을 들일 것을 청하고 마침내 교씨를 후실로 들이게 된다. 그러나 교씨가 아들을 낳으면서 점점 간교해지는 가운에 뜻밖에도 사씨도 아들을 낳게 되자 교씨는 사씨를 몰아낼 계략을 꾸미기 시작한다.

그러던 중 동청이라는 자가 유연수의 문객으로 집에 들어왔는데, 그는 아주 못된 인간이었지만 언변이 뛰어나고 글씨를 잘 쓴다는 이유 등으로 유연수가 받아들인 것이었다. 동청은 교씨와 간통하면서 함께 사씨를 몰아내는 데 가담하게 된다. 둘은 힘을 합쳐 사씨가 교씨 모자를 해치려 한다고 공연히 모함하는가 하면,

사씨의 필적을 흉내내어 유연수와 사씨 사이를 이간질하는 등 점점 더 심한 핍박을 일삼았다. 그러던 중 유연수가 나랏일로 멀리 나가고 사씨는 친정어머니 문병 차 집을 비운 사이에, 동청은 사씨의 옥지환을 몰래 빼내서는 자신의 심복 냉진에게 주어 유연수로 하여금 사씨가 간통했다고 의심하도록 만든다. 이리하며 마침내 사씨는 쫓겨나고 교씨가 정실 자리에 앉게 된다.

그 후, 사씨는 처음에는 시가의 선영(先塋, 조상의 무덤이 있는 곳) 근처에서 지냈지만 냉진 일당 등을 피해 남쪽으로 간다. 남쪽의 장사에는 두부인이 있었기 때문인데 장사에 도착할 무렵에는 두부인이 그곳을 떠난 후였다. 사씨는 우여곡절 끝에 어느 여승의 도움을 받아 지내게 된다.

동청은 거기에 그치지 않고 간신인 엄 승상에게 접근하여 유연수가 쫓겨나도록 계략을 꾸며 유연수마저 멀리 귀양을 보낸다. 동청은 승승장구하여 벼슬이 높아지고 교씨와 부부가 되어 살게 되는데, 나중에서야 잘못을 뉘우친 천자는 엄 승상을 내치고 유연수를 사면하게 된다. 동청 역시 처형을 당하자 교씨는 다시 냉진과 함께 살고자 하나 변을 당해 처량한 신세로 전락한다.

유연수는 다시 사씨를 맞아들이며 지난 날을 반성하였고 교씨를 잡아 처형하였다. 사씨는 자기를 도와준 임 소저를 첩으로 맞을 것을 권하여 세 사람이 가정을 이루게 된다. 임 소저가 데리고 있던 아이가 교씨가 죽여버리라 했던 사씨의 아들임이 밝혀져서, 다시 단란한 가정을 이루게 된다.

이 줄거리에서 가장 납득하기 곤란한 부분은 어디일까? 보나마나 사씨가 스스로 청하여 얻은 후실 교씨에게 쫓겨가는 대목일 것이다. 어떻게 제 스스로 후실을 들일 것을 청할 수 있으며, 또 어떻게 쫓겨가기까지 하는가 말이다. 그런데 그것에 대한 대답은 너무도 간단하다. 사씨가 여성이기 때문이다. 잠깐 사씨의 말을 들어 보자.

"첩(妾, 아내가 남편에 대해 자기를 낮추는 말)은 타고난 체질이 허약합니다. 나이는 아직 늙지 않았으나 혈기가 벌써 스무 살 이전과는 다릅니다. 월사(月事, 월경)도 또한 주기가 고르지 않지요. 이는 첩만이 홀로 아는 일입니다. 하물며 1처1첩은 인륜의 당연한 도리입니다. 첩에게 비록 관저(關雎, 『시경』의 제일 처음 나오는 시. '요조숙녀는 군자의 좋은 짝이로다.'라는 내용이 있어서, 여기에서는 '요조숙녀'의 덕을 말함)의 덕은 없습니다. 그렇지만 또한 세속의 부녀자들이 투기하는 습속은 본받지 않을 것입니다."[1]

사실은 여기에 모든 대답이 들어 있다. '처'인 자신을 '첩'으로 낮춰 부르면서 남편 공대에 대해 말하고 있다. 겸손하게 말하는 것이 우리의 언어예법이기는 하나 똑같은 논리가 남편에게는 적용되지 않는 것을 보면, 여기에서부터 부부간의 불평등은 파생된다. 그런데 여기에서 간과해서는 안 되는 것이 또 하나 있다. 우리 속담에 '시앗 싸움에는 돌부처도 돌아앉는다.'는 말이 있을 만큼, 처와 첩

---

1) 김만중, 『사씨남정기』, 이래종 옮김, 태학사, 1999, 32쪽. 이하 인용은 이 자료에 따르기로 하는데, 이 자료는 김만중이 처음에 쓴 원본이 확인되지 않는 한, 김만중의 손자인 김춘택이 한문으로 번역한 원고를 대본으로 한 것이서 신뢰도가 높다.

『南征記』
·한국학중앙연구
원 장서각 소장. 숙
종대(1689~1692).
조선.
· © encyber.com

의 알력은 아주 심한 것이었다. 얼마나 징글징글했
으면 돌부처까지 돌아앉겠는가 말이다. 그러나 사
씨는 그 뻔한 현실이 엿보이는데도 이렇게 적극적
으로 나서서 자식이 없으니 첩을 두자고 말한다는
사실이다. 그것은 사씨의 현숙함을 드러내는 한 장
치일 수는 있겠으나, 요즈음의 시각으로 본다면 매
우 마땅치 않다. 왜 섶을 지고 불구덩이로 들어가
려는가 말이다. 또 한 가지, 지금 이 대사의 청자
는 『사씨남정기』를 통틀어서 사씨에게 가장 우호
적으로 대해주는 인물인 시고모 두씨 부인임을 명
심하자. 두씨 부인은 당연히 반대를 했고, 남편 역
시 선뜻 응하지 않았는데도 사씨는 기어코 첩을 들
이는 일을 감행했다.

　그렇다고 사씨의 나이가 지나치게 많은가 하면

그도 아니다. 요즈음 같으면 아무도 결혼할 생각도 안 하는 스물셋의 꽃다운 나이에 왜 이런 일을 하는지 이해할 수 없다. 실제 작품에서도 교씨가 아이를 낳은 후, 곧바로 자신도 아이를 낳는 것을 보면 그렇게 심각한 불임 상태도 아님이 분명하다. 그럼에도 불구하고 사씨가 남편의 입장을 생각하며 현숙한 아내의 도리에 골몰하는 것은 그녀가 철저히 가부장제의 윤리에 젖어있음을 뜻한다. 이런 문제는 이야기를 조금만 더 따라가 보아도 금세 드러난다. 가령, 사씨가 아무 죄 없이 쫓겨나게 되었을 때 강하게 아니라고 부인하지 않고 남편의 처분을 따르는 것이 그렇다. 교씨에게 속은 유연수는 집안사람들을 불러 모으고 조상에게 아내를 내친다고 고한 후, 사씨를 과감하게 내쫓는데 바로 이 억울한 대목이 작품에서는 너무 얌전하게(?) 처리되어 있다.

한림이 글을 다 읽었다. 시비(侍婢, 곁에서 시중드는 여종)가 사씨를 인도하고 계단 아래로 나아갔다. 사씨는 조종(祖宗, 시조가 되는 조상) 신령에게 하직하는 절을 올렸다. 마침내 사씨가 대문을 나섰다. 유씨 종족들도 모두 눈물을 뿌리며 사씨에게 작별을 고했다.

"부인! 귀체를 보중하십시오. 후일 다시 만나 뵐 때를 고대하고 있겠습니다."

사씨도 인사하였다.

"죄인을 멀리까지 전송하시니 고맙기 그지없습니다. 이번에 떠나면 어찌 다시 돌아올 기약이 있겠습니까?"

인아 유모가 인아를 품에 안고 사씨에게 다가가 하직을 고했다.

사씨는 인아를 품에 안고 사씨에게 다가가 하직을 고했다. 사씨는 인아를 받아 품에 안고 이마를 쓰다듬으며 말했다.

"나를 생각하지 말고 부디 새어머니를 잘 섬기거라. 장차 너를 다시 만날 날이 있을지 모르겠구나."[2]

사씨는 사실 아무 죄도 없으면서 스스로 '죄인'을 자처하고 있음에 유념하자. 죄를 지었어도 변명을 늘어놓아 벌을 적게 받으려 애쓰는 것이 인지상정인데 참으로 이상한 일이다. 이런 일은 대체 왜 일어나는가? 간단하게 말하면 남편을 절대자로 여기기 때문이다. 결혼을 하는 순간, 남편이 절대자의 위치에 있게 되기 때문에 남편이 죄인이라고 규정하면 그대로 죄인이 된다는 생각이 숨어있다고 하겠다. 마치 절대군주가 어떤 사람을 지목하여 '반역죄인'이라고 규정하면, 실제로는 전혀 그렇지 않아도 죄인이 되는 것과 마찬가지 이치이다. 사씨는 그렇게 자신을 죄인으로 인정하면서 자기 아들에게도 이제 더 이상 어머니로서의 역할을 할 수 없다고 선언하고 만다. 자신은 죄인이 되어 내쳐졌기 때문에 이제부터는 '새어머니'가 '진짜 어머니'라는 논리이다.

이 정도에서 참 이상하다고 생각하는 독자가 있다면 아직 멀었다. 진짜 이상한 일은 지금부터이니까 말이다. 결혼한 여자가 소박을 맞았다면 어디로 가야할까? 물어보나마나 친정이 되는 게 순리이다. 여기가 있을 곳이 아니라면 자신이 왔던 그곳으로 되돌아가는 것이 당연한 이치이다. 실제 작품에서도 가마꾼들은 그에 대해

---

2) 김만중, 같은 책, 77쪽.

조금도 의심치 않고 사씨의 친정 쪽으로 방향을 잡는다. 그러나 사씨는 뜻밖에도 돌아가신 시아버지가 계신 무덤 쪽으로 방향을 틀게 한다. 그리고는 유씨의 선영(先塋) 근처에 초가를 얻었다. 친정 동생이 와서 통곡을 하며 애원을 해도 막무가내였다. 남편이 마음을 돌릴 수도 있고, 또 설령 끝내 그렇게 되지 않더라도 자기가 남편에게 죄를 짓기는 했어도 시아버지께는 죄를 짓지 않았으니 거기에서 늙어죽는 것이 합당하다는 이유였다.

다음으로, 교씨에 대한 응징과 임 소저를 첩으로 들이는 문제를 생각해보자. 교씨는 사실상 인간이 저지를 수 있는 모든 악행과 추행을 다한 인물이다. 그러한 교씨에 대해 가장 크게 악감을 가질 인물이라면 최대의 피해자라 할 사씨이다. 사씨가 교씨에 대해서 통쾌하게 복수를 한다면 독자들 가슴 속까지도 속이 뻥 뚫릴 것만 같다. 그런데 작품의 실상은 그렇지 않다.

교녀는 다시 사 부인에게 목숨을 빌었다.

"첩은 실로 부인을 저버렸습니다. 그렇지만 부인께서는 자비를 베풀어 첩의 잔명을 살려 주십시오."

부인이 대답했다.

"네가 나를 해치려 했었지. 이제 그것을 돌이켜 생각하지는 않겠다. 그러나 상공과 조종에게 지은 죄만큼은 나도 역시 어떻게 할 수가 없는 것이니라."

교녀는 슬피 울부짖어 마지않았다.

상서(유한림의 벼슬)가 다시 좌우에 호령하였다.

"교녀를 결박하라. 그리고 염통을 쪼개고 간을 꺼내라!"

부인이 말렸다.

"교녀는 일찍이 상공을 부인으로 모신 적이 있었습니다. 그 명위(名位)가 가벼운 것이 아닙니다. 비록 교녀를 죽이더라도 그 신체만은 온전하게 보전하도록 해야 할 것입니다."

상서는 그 말에 따라 교녀를 동쪽 행랑으로 끌고 가 목을 매 죽이게 하였다. 그리고 그 시체는 거적으로 둘둘 말아 교외로 내다 버렸다. 까마귀나 소리개의 밥이 되게 하였던 것이다.[3]

확실한 것은 사씨의 마음씨가 곱다는 것이겠으나 어찌 그럴 수가 있겠느냐는 소리가 절로 나온다. 자기에게 지은 죄는 돌이켜 생각하지 않을 수도 있지만 남편과 시가 선조들께 지은 죄가 더욱 크다니, 그것이 진실일까? 그렇게 심한 핍박과 수난을 겪고도 그 모든 불행을 몰고 온 당사자를 앞에 두고도 그렇게 성인군자 같은 말을 할 수 있을까? 게다가 남편은 나서서 염통을 쪼개라는 둥 간을 꺼내라는 둥 난리를 펴고 있는데, 사씨는 도리어 그런 남편을 진정시키려 하고 있으니 참으로 이상하다. 행여 교씨가 불쌍해서 그렇다면 그나마 이해가 되겠는데, 교씨를 그렇게 처참하게 죽임으로써 남편 유연수가 한때의 아내였던 사람에게 너무 잔혹하게 대했다는 오명을 뒤집어쓰지 않도록 배려한 것이라고 하니 사씨의 머릿속은 온통 남편 생각뿐임을 알 수 있다.

이 모든 문제의 근원에는 첫째, 남성우월주의의 질곡이 있다. 당

---

3) 김만중, 같은 책, 171쪽.

시에는 자식, 정확하게는 아들을 낳지 못하면 내쫓겨도 말 한마디 할 수 없었다. 그러니 그 존귀한 남성 가부장의 대를 이을 아들을 낳을 수만 있다면 첩을 얻는 일쯤은 충분히 감내할 수 있으며, 또 그렇게 하고도 투기하지 않는 것이 현숙한 아내의 도리이기도 했다. 그런 남성우월주의가 심한 사회일수록 뜻밖에도 여성의 아들 편애가 심해지는 것은 그런 이유이다. 지금도 자식들이 아들을 두지 못했다고 걱정하는 사람들은 시아버지나 장인이 아니라 시어머니나 장모이지 않던가. 참 이상하다고 생각하지만, 여성의 자리를 굳건히 지키는 제1원리가 '후사(後嗣)'에 있기 때문이다.

둘째로 짚고 넘어갈 것은 처첩제의 문제이다. 언뜻 보면 이 작품의 모든 문제는 간악한 교씨 때문에 생기는 것처럼 보이지만, 실제로는 한 남자와 두 여자가 살면서 생기는 폐해에서 발생한다. '쟁총'이 의미하는 그대로, 한 남자를 두고 두 여자가 총애를 다투다 보면 시끄러운 문제에서 벗어날 수 없다. 이는 교씨의 악행이 극악해지는 부분이 어디인가를 따져 보면 쉽게 납득할 수 있다. 교씨가 아들을 낳은 뒤 희한하게도 사씨 역시 아들을 낳게 되는데, 이때부터 교씨는 불안해지기 시작한다. 사씨가 아들을 낳았다면 사씨의 아들은 적자(嫡子)가 되고 자기 아들은 서자(庶子)일 뿐이다. 그런 상황에서 교씨의 자식이 적통을 이을 수 있는 방법은 오직 사씨를 내치고, 사씨의 아들을 죽이는 길밖에 없었다. 교씨는 급기야 자기 자식에게 독약을 먹여 죽인 후 사씨에게 누명을 씌워서 유연수로 하여금 사씨를 내치게 하였다. 그러나 그런 상황을 다 알고 있는 사씨가 맨 마지막에 또 첩 들이기를 권하고, 유연수가 그 제안을 받아들이는 것은 이 제도가 얼마나 당대 사회에 얼마나 견고하게 자리잡고 있는가를 잘 보여준다.

이렇게 이 작품은 근본적으로 선한 여성과 악한 여성의 대립을 다루고 있지만, 그 과정에서 대립을 이끄는 제도적인 모순이 자연스럽게 드러나고 있다. 이 점을 예사로 보아 넘겨서는 안 된다. 작가 김만중이 그것까지 의도하고 쓰지는 않았다 하더라도, 세상을 세심하게 그려놓기만 해도 거기에서 그런 문제는 자연스럽게 도출될 수 있는 법이다.

사회 : 배금주의와 권모술수

『사씨남정기』는 흔히 가정소설로 분류된다. 가정의 문제를 주로 다룬다는 뜻이다. 하지만 작품 곳곳에서 사회의 실상을 적나라하게 파헤치고 있기 때문에, 사회소설로 분류되는 다른 작품보다 오히려 더 구체적인 대목이 많다. 가령, 교씨에 대한 서술 같은 경우가 그렇다.

"하간부 사람으로 성은 교요, 이름은 채란이라 합니다. 본디 사족(仕族, 벼슬하는 집안)으로서 부모가 일찍 죽었으므로 언니와 서로 의지하며 살고 있습니다. 나이는 방년 열여섯입니다. 그녀 스스로 이르기를 '문호(門戶)가 쇠하였으니 가난한 선비의 아내가 되기보

여공 중 하나인 길쌈 : 〈녀인 방젹ᄒ고〉(기산 풍속화첩), (윤열수, 『민화 이야기』, 디자인하우스)

다는 차라리 재상의 첩이 되는 편이 좋겠어.' 라고 한답니다. 이는
만나기 쉽지 않은 인연일 것입니다. 그 여자의 미모는 하간 지방
에서 유명합니다. 그리고 비단 여공(女工, 바느질, 길쌈 등등 여자의
일)에 능할 뿐만이 아닙니다. 또한 능히 책을 읽어 고인의 행실도
본받았습니다. 부중(府中, 여기에서는 유한림이 사는 순천부의 안)에서
반드시 가인(佳人)을 구하려 하신다면 아마도 그보다 나은 사람은
없을 것입니다."[4]

가난한 선비의 '처'가 되느니 부귀공명을 누리는 집안의 '첩'이
되는 편이 낫다는 발언은 참으로 충격적이다. 사씨 역시 유배 갔던
아버지가 일찍 죽는 바람에 곤궁하게 살았지만 그러면 그럴수록

4) 김만중, 같은 책, 33쪽.

더욱 더 깨끗하게 사는 길을 택했다면, 교씨는 반대로 자신의 곤궁함을 벗어나는 방편으로 부귀 공명을 택했다. 물론 '깨끗한' '부귀 공명'은 사람마다 바라는 바이나 그 둘이 양립할 수 없을 때에는 어쩔 수 없이 하나를 택해야만 한다. 작가는 그 중 '깨끗한' 쪽의 손을 들어 주었지만, 그러면서도 부귀공명을 택하는 쪽의 그럴 법한 이유를 설명해 주어 현실에서 아주 벗어나지 않도록 배려했다. 윤리를 강조하는 사회 분위기의 한편에는 이미 물질을 숭배하는 풍토가 널리 퍼져 있음을 넌지시 알려 주고 있다.

그런 배금주의(拜金主義)는 단순히 물질적 이익을 추구하는 쪽으로만 진행되지 않고 모든 권세를 부당한 방법으로라도 얻어 보려는 방향으로 확대된다. 교씨와 공모하고, 때로는 교씨를 더 심한 악으로 이끄는 동청과 냉진의 경우가 그 단적인 예이다. 이들은 실질적으로는 별다른 능력이 없으면서도 간교한 술수와 동물적인 감각에 의지해 상대를 궁지에 몰아넣고, 거기에 대해 아무런 죄의식을 느끼지 않는 인간형이다. 다른 고소설들이 '원래 악한' 인간임을 강조했던 데 비해서, 여기에 등장하는 악인들은 철저하게 '자기 이익'을 좇느라 그렇게 된다. 동청에 대한 서술을 보자.

동청은 본래 사족의 자제였다. 부모가 일찍 죽자 악동들을 따라다니며 장기를 두고 술이나 마셨다. 가산을 탕진하여 돌아갈 곳도 없었다. 이에 이리저리 떠돌다가 상경하여 벼슬아치들에게 의탁하여 입에 풀칠을 하고 있었다. 그런데 뛰어난 것이 있었다. 첫째는 아름다운 용모요, 둘째는 교묘한 말솜씨요, 셋째는 잘 쓰는 글씨였다. 사대부들이 그를 처음 만나면 사랑하지 않는 이가 없었다. 그러나 조금만 함께 지낼 것 같으면 때때로 자제를 꾀어 불의를 저질렀다. 때로는 불미스런 소문을 집안에 퍼뜨리기도 하였다. 그때문에 가는 곳마다 용납을 받을 수 없었다.[5]

동청 역시 분명 사대부집 자제였다고 했다. 이 작품에 등장하는 인물들 중 비중이 있는 존재는 죄다 사대부집 자제였다는 사실을 허투루 보아 넘길 일이 아니다. 사대부집 자제여서 부귀영화와는 담을 쌓고 지내겠다는 사씨가 있는가 하면, 어차피 부귀영화를 누릴 수 없을 바에야 첩으로라도 들어가겠다고 자원하고 나서는 교씨가 있고, 또 하찮은 재질이나 재주를 가지고 이 집 저 집 전전하며 빌붙어 사는 동청이 있다. 사대부적 이념으로 본다면 그 지향점은 사씨가 모범이겠고, 이 소설에서 힘주어 강조하는 점 역시 그렇게 사는 것이 옳고 또 복을 받는다는 데에 있다. 그러나 교씨와 동청 같은 인물이 등장한다는 점은 결국 사회 전반에 그런 사람들이 아주 널리 퍼져 있다는 반증이다.

교씨가 뼈대 있는 집안인 유씨 집안을 발칵 뒤집어놓고 가장을 궁지로 몰아낼 수 있었던 것 역시 바로 그러한 사회풍토 때문이었다. 아무리 간악한 여자라 하더라도 자기 혼자만의 힘으로 한 가문과 국가의 기강까지 흔들어놓을 수는 없을 것이기 때문이다. 가령, 교씨가 사씨를 몰아낼 생각으로 사씨를 모함하고자 했지만, 거기에는 사씨의 필적이 필요했다. 남의 필적을 감쪽같이 위조해내는

---

5) 김만중, 같은 책, 46쪽.

능력은 비록 나쁜 것이기는 해도 아무나 가질 수 없는 재주이다. 바로 그 어려운 일을 동청이 해결한다. 그러나 만약 그 일이 발각되는 날에는 교씨나 동청이나 목숨을 부지하기 어려운데, 그런 걱정은 전혀 쓸모없는 것이었다. 교씨나 동청이나 윤리에 따라 몸을 움직이는 사람이 아니었기 때문이다.

교씨는 자신의 짧은 지식을 총동원하여 중국의 옛날 고사를 인용하면서, 예전에 이런 일에 엄청난 황금으로 보답한 사례가 있는데 자기는 그보다 훨씬 더해주겠다는 미끼를 던졌다. 그러자 동청은 거절은커녕 한술 더 떠서 교씨의 몸까지 요구하기에 이른다. 돈은 돈대로 취하고 미색은 미색대로 취하겠다는 심산이었다. 애당초 부귀영화를 꿈꾸며 유연수의 집에 시집온 교씨로서는 더 큰 부귀영화를 위해 그 정도는 충분히 할 수 있다고 생각했고, 어느 집이든 제 한 몸 편히 지낼 곳이면 된다고 생각했던 동청으로서는 그런 일이야말로 제가 먼저 나서서 했을 법한 일이었다. 그 둘이 만났을 때, 보통사람들은 상상도 할 수 없는 악행이 탄생한다. 급기야 교씨의 큰아들 장주를 죽여서 사씨에게 누명을 씌우기까지 하는 등 목적 달성을 위해서라면 아무것도 꺼릴 것이 없었다.

신기하게도 교씨와 동청의 그런 간사한 계략에는 동조자가 많았다. 사씨의 정절을 의심하게 하려면 사씨의 장신구가 필요했다. 사씨가 아끼던 장신구를 훔쳐내서 외간남자에게 주고 그것을 유연수가 알게 하려는 계략이었는데, 문제는 사씨의 방 깊숙이 있는 귀한 물건을 어떻게 내오느냐에 있었다. 동청은 그 일을 걱정하지만 교씨는 아주 쉽게 해결한다.

"나에게 냉진이라는 심복하는 벗이 있습니다. 그 사람은 꾀가 많고 말을 잘하니 족히 그 일을 해낼 수 있을 것입니다. 단지 사씨가 평소 가장 사랑하던 수식이나 완상하던 물건을 반드시 구해야만 합니다. 그런데 그것이 쉽지 않을 듯하여 걱정입니다만……."

"사씨 시비 설매는 곧 납매의 종매(從妹, 사촌 여동생)랍니다. 그 아이 힘이라면 능히 훔쳐낼 수 있을 것입니다."

마침내 교씨는 조용히 설매를 불러 미리 많은 상을 주었다. 설매는 교씨의 후의에 감동하였다.[6]

사씨의 시비라면 사씨를 가장 가까이에서 모시는 몸종이다. 그럼에도 불구하고 자기 주인의 물건을 훔치는 일에 나서게 된다. 이유는 간단하다. 교씨가 많은 상을 주었고 거기에 감동하였기 때문이다. 선물은 손쉽게 다른 사람을 종으로 만드는 도구라는 말이 있기는 해도, 이 경우는 심했다. 물론 이 작품에는 나중에 설매가 자신의 죄를 참회하여 사씨를 돕는 대목이 분명히 나오지만, 일이 그르치게 되는 데 설매가 크게 기여했음은 말할 필요도 없다. 그런데 그렇게 모든 것이 어긋나게 되는 이유가 '많은 상'이었다. 결국, 교씨의 물량공세에 착한 설매가 넘어가고 말았다. 우리가 아는 고소설에서라면 악인이 날뛸 때 선인 편에 선 사람은 누구였든간에 선인의 편에 서서 목숨까지 버리는 것이 예사이다. 그런데 이 소설은 그렇게 물질에 눈이 어두워 윤리를 저버리는 일이 아주 쉽게 등장한다. 그때문에 벌어지는 주인공의 딱한 처지는 참으로 안 된 것

---

6) 김만중, 같은 책, 54쪽.

동정호 : 사씨가 쫓겨나서 배를 타고 남쪽으로 가다가 이른 곳

이지만, 그런 일이 빈발하는 것이 현실이고 보면 이런 대목 역시 이 소설을 생동감 있게 하는 요소임에 틀림없다.

그만한 추악함은 이 작품 어디에서나 흔하다. 가령, 동청은 자기가 모시던 유연수를 배신함으로써 유연수를 헤어나올 수 없는 곤경에 처하게 하는데, 그 자신도 자기가 돌봐주던 냉진에게서 똑같은 꼴을 당한다. 소설의 서술자는 그 닮은 꼴에 대해 힘주어 강조한다.

> 그 무렵 냉진은 서울에 머물며 도박을 일삼다가 재물을 모두 잃고 마침내 계림으로 달아났다. 동청은 기꺼이 그를 머물게 하였다. 그리고 모든 탐학한 짓을 그와 함께 도모하였다. 부유한 백성들을 없는 죄로 덮어씌우고 장사하는 사람들을 독약으로 살해하였다. 그 재물은 모두 빼앗았다.
> 남방 사람들 가운데에는 그들을 잡아먹으려 하지 않는 이가 없었다. 교씨는 계림에서 오래 머물렀다. 봉추가 풍토병에 걸려 죽

고 말았다. 교씨는 매우 우울하였다. 그런데 마침 납매가 다시 아이를 잉태하였다. 교씨는 납매를 시기하여 동청이 나간 틈을 타 토낭(土囊, 흙주머니)으로 압살(壓殺, 눌러 죽임)해버렸다.

동청은 할 일이 많았다. 또한 때때로 영내의 고을을 순행하기도 하였다. 냉진은 오랫동안 동청의 압객(狎客, 아주 친한 손님)으로 머물고 있었다. 그는 틈을 타서 교씨와 정을 통하였다. 마치 동청이 유씨 집에 있을 때와 같은 처사였다.[7]

이 인용 부분은 사회 전반의 타락상을 압축적으로 보여주고 있다. 도박을 일삼다가 재물을 탕진한 사람이 백성들을 못살게 굴고 재산을 빼앗으며 심지어는 죽게까지 한다. 교씨는 자기 아이가 죽자 대신 다른 아이를 죽이는 끔찍한 일을 저지르고, 냉진은 어쨌거나 자신이 모시던 동청의 아내와 간통을 한다. 이 인용 뒤로 가면, 냉진 역시 동청이 그랬던 것처럼 동청을 배신하게 된다. 천자가 엄숭상의 간사함을 깨닫고 정신을 차릴 기미가 보이자 먼저 나서서 천자에게 동청의 죄상을 낱낱이 폭로해버렸다. 유연수가 당한 그대로 동청 역시 냉진에게 당하고 만 꼴인데, 냉진은 거기에서 한 술 더 떠서 관가에 재물을 바치고 교씨를 사오기에 이른다. 작가가 '유씨 집에 있을 때와 같은 처사'를 강조하는 까닭은 인과응보 내지는 권선징악을 강조하려는 의도이겠지만, 사실상 어느 국면으로 돌아보아도 동일한 양상이 펼쳐지는 세태에 대한 개탄이 엿보인다.

---

7) 김만중, 같은 책, 145쪽.

이렇게 돈이면 그만이라는 배금주의가 얼마나 팽배한 것인지에 대해서는 불쌍하게 버려진 인아의 운명에서도 잘 드러난다. 교씨가 설매에게 인아를 죽이라고 명령했지만 설매는 차마 그렇게 하지 못하고 숲속에 내다버리는데 그것을 지나던 상인이 발견했다. 그런데 그 상인은 그 아이의 부모를 찾아주려 한다거나 아이가 딱하다는 생각을 하지 못하고 대뜸 팔 생각부터 한다.

> 그 무렵 형주 사람 완삼이라는 자가 있었다. 그가 행상하며 돌아다니다 호타하에 이르렀다. 마침 숲속을 지나가다가 아이가 우는 소리를 듣고 가까이 가서 살펴보았다. 그 아이는 나이가 서너 살 정도로서 살갗은 옥과 같고 용모가 준수하였다. 완삼은 '자식이 없는 집에 팔면 좋겠다'고 생각하였다. 이에 아이를 안아다가 배에 싣고는 강호를 두루 전전하였다.[8]

살갗이 옥과 같고 용모가 준수했다는 데에서부터 이 완삼이라는 사람의 장사속이 드러난다. 그렇게 빼어난 아이가 숲속에 버려져 있다면 무슨 사연일까 생각해보기에 앞서서 이 정도의 아이라면 꽤 많은 돈을 받고 팔아넘길 수도 있겠다는 생각이 퍼뜩 들었다. 유연수가 망하면 동청이 그 재산과 여자를 취하고, 동청이 망하면 냉진이 또 그렇게 하는 것 역시 이런 몹쓸 세태와 그리 크게 먼 것이 아니겠다. 사소한 이익이라도 앞뒤 가릴 것 없이 즉각적으로 달려드는 인간상이 작품의 도처에 드러나고 있다.

8) 김만중, 같은 책, 157쪽.

또, 작품의 말미에 교씨가 망해가는 과정은 바로 그 타락한 세계상의 축도(縮圖)이다. 냉진이라는 인물이 불의로 일군 재산이나마 지킬 수 없는 형편이었고, 교씨는 거기에 불만을 갖게 된다. 그래서 날이면 날마다 소위 바가지를 긁게 되는데 기본 레퍼토리는 일정했던 듯하다. 자기가 그래도 한림학사 유연수의 부인이었고 계림태수 동청과도 살면서 호강을 했었는데 냉진을 만난 뒤로는 곤궁해졌다는 것이었다. 급기야 아예 자기를 죽여달라는 말까지 서슴지 않을 만큼 표독했다. 냉진은 빈털터리로 딱히 할 일이 없자 인근의 귀공자를 하나 꾀어서 술집과 기생집을 전전했는데 그것이 들통 나는 바람에 곤장을 맞고는 장독(杖毒, 곤장 등의 매를 맞아 생긴 독)으로 죽고 만다. 그리하여 의지할 데가 없어진 교씨는 기생이 되고 마는데, 이 모든 과정 역시 추악한 현실에 대한 질타로 읽힐 수 있겠다.

사회가 그렇게 타락하면 타락할수록 주인공 사씨의 선행은 더욱 빛나는 법이다. 교씨와 동청, 냉진 등의 악행을 배경으로 사씨의 선행은 독보적인 빛을 발한다. 아이를 팔려고 하는 완삼을 배경으로 인아를 거두어 잘 기르는 임 소저의 선행 역시 같은 원리로 도드라져 보이는 것이 정한 이치이다. 그러나 그것을 뒤집어보면, 아무리 사씨나 임 소저 같은 인물이 선을 추구하고 윤리를 좇는다 해도, 세상 전체가 악의 구렁텅이로 가는 한, 매우 어려운 처지에 놓일 수밖에 없다는 경고이기도 하다. 소설에서야 선한 주인공의 승리로 결말이 나지만, 그 승리를 이루기까지 주인공이 겪은 처참한 고난이 바로 진짜 사회의 치부(恥部)이며 참모습이기도 하기 때문이다.

국가 : 어리석은 임금과 탐관오리

『사씨남정기』가 가정소설로 치부되더라도 그 스케일만큼은 여느 가정소설과는 사뭇 다르다. 앞서 살핀 대로 사회 전체를 조망해냄은 물론, 국가의 문제에까지 아주 진지하게 다루고 있기 때문이다. 이 작품이 이렇게 국가적인 문제를 다루게 되는 계기는 주인공의 가문이 남다른 데 있다. 유연수는 유기(劉基)의 후손인데, 이 유기가 바로 명나라를 세울 때의 개국공신이었던 것이다. 그런데 유연수의 아버지 유희가 벼슬에 물러나게 되면서 일이 심상치 않은 데로 흘러갈 조짐을 보인다.

> 유희는 세종 황제를 섬겼다. 그는 재망(才望, 재주와 명망)으로 당대에 유명하여 마침내 예부상서(禮部尙書, 예부를 총괄하는 벼슬)에 올랐다. 그런데 태학사 엄숭과 뜻이 맞지 않자 "늙고 병이 들었다."는 구실로 벼슬에서 물러날 것을 청하였다. 천자는 유희의 치사(致仕, 나이가 많아 벼슬을 물러나는 일)를 허락하면서 특별히 태자소사(太子少師, 태자를 보필하여 이끄는 일을 하는 스승)의 직함을 주어 그를 존숭하였다. 그 후로 소사는 조정의 일에 참여하지 않았다. 당시 사대부들은 그의 높은 절의(節義)를 우러러 숭앙하였다.[9]

유연수의 집안은 한마디로 청덕(淸德, 맑은 덕행)으로 이름 높은 충신 집안이었다. 충신도 여러 종류가 있을 테지만 적극적으로 나서

---

9) 김만중, 같은 책, 13쪽.

서 무언가를 하기보다는, 매우 점잖게 자기 몸을 지키면서 덕망을 보여서 그것으로 소문난 그런 집안이었다는 말이다. 이 대목을 자세히 보면 이미 조정에는 두 축의 세력구도가 형성되어 있는 듯하다. 청덕으로 소문난 유희가 바로 그 한 축이라면, 엄숭으로 대표되는 세력이 또 그 한 축이다. 엄숭이 유희와 뜻이 맞지 않았다 함은 결국 엄숭은 그런 청덕과는 반대되는 지점에 있는 인물이라는 뜻인데, 문제는 그 둘이 맞설 때 엄숭 측이 남고 유희 측이 물러선다는 점이다. 임금은 유희를 예우한다고 했지만, 엄숭의 간악함을 알 수 없었고 결과적으로 국정이 엉망으로 흐를 빌미를 제공한 셈이다.

실제로 작품의 곳곳에서 나라가 얼마나 어려운지 드러나고 있다. 가령 황제가 유연수를 산동지방으로 파견하게 되는데, 그 이유는 그 무렵 산서·산동·하남 지방이 여러 해 동안 계속하여 흉년을 만났고 이 때문에 백성들이 사방으로 이리저리 흩어지는 곤경에 처했기 때문이다. 황제는 측근의 신하 셋을 불러서 그 지역으로 가서 백성들의 고충을 살펴보라고 했고 유연수가 그 중 한 사람으로 발탁되었다. 물론 흉년이 드는 일은 인간의 힘으로 어찌할 수 없는 불가항력적인 부분이 없지 않다. 그럼에도 불구하고 정치가 잘 된다면 그 피해를 최소한으로 줄일 수 있으며, 백성들이 정처 없이 떠도는 일은 생기지 않는 법이다. 이 점에서 이는 엄숭이 권력을 장악하고 있던 몇 년 사이에 국가가 피폐해진 상황을 드러낸 것이기도 하다.

작품의 서술대로라면 소인 권력배들의 횡포가 얼마나 심한지 명망 있는 사람조차 끼어들 틈이 없을 정도이다. 유희가 치사를 하고 물러서는 정도는 약과이고, 아예 대놓고 견제가 들어오기도 한다.

　　그 무렵 엄 승상은 천자를 보좌하면서 신선과 귀신을 숭상하여 기도를 일삼고 있었다. 간의대부 해서가 엄 승상의 잘못을 탄핵하였다. 그러자 천자는 크게 노하여 해 간의를 군적에 편입시키라고 명하였다. 유한림(한림학사 유연수를 말함)은 소(疏, 임금님께 올리는 글)를 올려 힘써 해서를 구하려 하였다. 천자는 다시 조서를 내려 한림을 엄하게 꾸짖었다. 아울러 마침내 법을 제정하였다. '차후로 대소 신료 가운데 감히 기도하는 일을 거론하는 자는 참형(斬刑, 목을 베는 형벌)에 처한다' 하였던 것이다. 한림은 너무 두려워 병을 구실로 집안에 칩거하였다. 그러자 친구들이 모두 찾아가 위로하였다.[10]

　예나 지금이나 언로(言路)가 막히면 모든 것이 끝장이다. 그럼에도 불구하고 목숨을 걸고 상소를 하는 신하가 있어야 하기는 하지만, 이 작품에서 보는 대로 유연수 같은 여린 선비라면 움츠려들기 마련이다. 백성을 잘 다스리는 데 골몰해야 할 황제가 도교를 숭상하며 귀신 섬기는 일에 빠져있다면 큰 문제인데, 그보다 더 큰 문제는 그런 문제를 제대로 지적하는 충신을 벌주고, 이참에 아주 모든 신하들의 입에 재갈을 물린다는 데 있다. 그 결과는 아주 뻔하다. 간신배가 횡행하는 살기 어려운 나라가 될 뿐이겠다. 실제로 이렇게 하여 황제의 총애에서 멀어지게 된 유연수는 자신의 울적

---

10) 김만중, 같은 책, 114쪽.

한 마음을 담아 시를 한 수 짓는데, 우연히 그 시를 읽게 된 동청은 교묘하게 해석하여 유연수를 모함하게 된다.

동청에게서 그 일을 알게 된 엄숭은 쾌재를 부른다. 유연수의 아버지 유희 때부터 묵어 있던 불편한 심기가 그대로 노출되었다. 그는 곧바로 황제를 찾아뵙고는, 유연수가 황제가 내린 명령을 어기고 '성세(盛世, 한창 융성한 시대)를 비방'하고 있으므로 참형에 처해야 한다고 아뢴다. 참 기가 막힌 일이다. 그런 세상이 성세라면 대체 언제가 난세(亂世)란 말인가. 황제는 자기가 다스리는 시대를 성세라고 칭하는 그 아첨에 속아서 멀쩡한 충신을 죄인을 만들어서는 귀양을 보내고 만다.

이렇게 되어 엄숭 일당은 더욱 더 득세하게 되는데, 거기에 붙어서 기세를 올리는 동청의 행태는 참으로 가관이다. 동청은 교씨와 함께 진류라는 고을을 얻어 나가서는 "백성들의 고혈(膏血)을 짜서 반은 자신이 취하고 나머지 반으로는 엄 승상을 섬겼다."고 했다. 아주 정확한 셈법으로 반반씩 나눈 셈인데, 그 효과는 대번에 나타났다. 동청이 이렇게 작은 고을에서는 엄 승상을 제대로 모시기 어려우니 더 큰 고을을 달라고 하자, 엄숭은 매우 흐뭇해하며 황제에게 소를 올리고 그 이후는 일이 일사천리로 진행되었다.

엄 승상은 천자에게 소를 올렸다.

"진류 현령(縣令, 현을 맡아 다스리는 원님) 동청은 문학의 재주가 있어 등용하였습니다. 그런데 겸하여 백성을 다스리는 재주도 또한 갖추고 있습니다. 비록 옛날의 공황(龔黃, 한나라 때에 백성을 잘 다스렸던 관리인 공수(龔遂)와 황패(黃覇))이라 하더라도 그보다 나을 수는 없을 것입니다. 큰 고을을 시험하여 보시옵소서.”

천자는 '자리가 비는 곳을 기다렸다가 높게 쓰라.' 고 명하였다. 그때 마침 계림 태수 자리가 비었다. 승상은 '계림은 금은이 많이 나고 또한 장사들이 모여드는 곳' 이라 하여 동청으로 그곳의 태수를 삼게 하였다.[11]

참으로 가관이다. 동청의 가장 큰 재주는 백성의 재물을 빼앗아서 높은 사람과 반씩 나누는 것밖에 없음에도 불구하고, 엄숭에게는 부(富)를 가져다주는 귀하디 귀한 존재일 뿐이다. 그래서 더 큰 고을이 필요했고, 계림으로 보낸 것 역시 거기로 가면 더욱 더 많은 재물을 취해다줄 것을 믿었기 때문이었다. 소설 속에 그려진 나라는 그렇게 썩을 대로 썩어있었다.

이처럼 임금이 어리석은데다 언로까지 막히고 나면 자연히 탐관오리가 횡행하게 된다. 이 작품에는 돈을 주고 관직을 사고팔며, 또 일단 벼슬에 오르고 나면 가혹한 세금으로 백성을 괴롭히는 일이 아주 적나라하게 드러나 있다. 그것도 그냥 간단하게 서술되어 있는 것이 아니라 엄 승상, 동청, 냉진 등 등장 인물의 행위를 통해 구체적 사건으로 표현하여 사실감을 한층 더 높여 주고 있다.

---

11) 김만중, 같은 책, 126쪽.

선(善)의 승리, 그리고 승리가 남긴 뒷맛

지금까지 살핀 대로 이 작품은 시종일관 선과 악의 대립 구도로 짜여져 있다. 사씨와 교씨, 청렴과 탐욕, 충신과 간신 사이의 대립이 끊이지 않는다. 그러나 작품의 끝부분에 가면 대개의 고소설이 그렇듯이 선의 승리로 귀결되는데, 이 때 다른 소설과는 구별되는 독자적 특성이 드러난다. 예를 들어 『유충렬전』 같은 군담 소설이라면, 주인공이 적의 무리를 무력으로 물리쳐서 굴복시키는 데 치중하지만, 이 작품은 악인들이 저희들끼리 스스로 몰락하도록 한다.

교씨는 교씨대로 간계를 쓰다가 몰락하고, 엄 승상은 엄 승상대로 악행을 일삼다 임금의 노여움을 사서 패망하게 된다. 냉진 역시 비참한 최후를 맞는 것은 이익에 눈이 어두운 수레꾼에게 재물을 도둑맞았기 때문이다. 이것은 아마도 선과 악이 직접적인 정면 대결을 하게 하기보다는, 선은 선대로 악은 악대로의 길이 있고 궁극적으로는 선한 인간이 잘될 수밖에 없다는 세계관의 표현으로 보인다. 아닌 게 아니라 작품 곳곳에 '천정(天定, 하늘이 정함)'이니 '운수'니 하는 말이 수도 없이 나온다. 이미 선인과 악인의 행보가 정해져 있다면, 선인은 일시적으로 당하는 고난쯤은 얼마든지 참아낼 수 있다. 왜냐하면 사씨 같은 선인은 언젠가 승리할 것이 틀림없기 때문이다.

사씨가 헤맬 때면 돌아가신 시아버지가 꿈에 나타나 길을 안내하고, 유연수가 생사를 넘나들 때 역시 꿈속에서 웬 여자가 나타나

『謝氏南征記』(첫장과 마지막장), 筆寫本(轉寫本), 26×17.9m, 한국학중앙연구원

서 약수가 있는 곳을 일러준다. 버려진 아들은 또 누군가 나타나서 구해주며, 간교한 사람에게 속을 순간에는 기막힌 지혜가 솟아나서 궁지에서 벗어나게 해준다. 어디로 갈지 방향을 잡을 때도 점괘에 의지하며, 그 점괘는 신통하게도 가장 바람직한 방향으로 안내한다. 그러니 사씨나 유연수는 아무리 망하려 해도 망할 수 없는 형국이다. 또 잠깐의 실수를 한 황제와 유연수는 어느 순간 갑자기 잘못을 깨닫고 사씨나 유연수에게 우호적으로 돌변한다. 이런 점들은 『사씨남정기』가 지금까지 지적했던 여러 가지 사실적인 내용을 갖고 있으면서도 비현실적으로 읽힐 수 있는 대목이다.

그러나 실제 현실도 그러한가? 김만중이 살았던 17세기의 조선 현실도 그랬던가? 불행하게도 대답은 '그렇지 않다.'이다. 그런데도 작가는 '사필귀정(事必歸正)'의 신념을 소설로 옮겨 놓기에 주저

김만중(1637~1692) 영정 : 김만중의 조카 김진규(1658~1716)가 1715년에 원본을 보고
다시 그린 그림.

하지 않고 있다. 이 점은 현실을 다루는 소설로서는 치명적인 한계임이 분명하다. 하지만 그런 한계점 때문에, 선인이 가정·사회·국가에서 겪는 고난을 진지하고 사실적으로 그려 낸 성과까지 무시될 수는 없다. 좀 심하게 말한다면, 역설적이게도 선의 승리라는 결과를 통해 사필귀정의 이념을 되새기는 기능보다, 선이 연신 패배하는 과정을 통해 참담한 현실을 각성하게 하는 기능이 오히려 돋보인다고 할 수 있다. 아울러, 가정에서의 가장과 국가에서의 임금이 제 기능을 하지 못할 때 해당 구성원들이 입게 되는 피해를 잘 그려내어, 그들을 바로잡는 데 일정한 목소리를 낸 점 역시 간과할 수 없다.

더구나 『사씨남정기』는 많은 이들에게 흔히 알려져 있는 것처럼 숙종(1661~1720)이 인현왕후(1667~1701)를 폐출한 사건을 배경으로 하고 있다. 이 사건을 계기로 조정에서 밀려나 남해로 유배를 갔던 김만중은 숙종의 마음을 돌리기 위한 목적으로 이 소설을 썼다고 전해진다. 따라서 『사씨남정기』는 실제 정치적 상황과도 밀접한 관계를 가진 이야기가 정교한 복선과 치밀한 구성에 의해 전개되고 있는 셈이다. 예를 들어, 유연수의 고모인 두씨 부인은 숙종의 어머니인 명성왕후(1642~1683)를, 사씨는 인현왕후를, 교씨는 장희빈을, 동청은 장희빈의 오빠 장희재 등의 실존인물과 흡사하다고도 한다. 인현왕후의 복위를 바라던 김만중은 안타깝게도 인현왕후의 복위도 보지 못한 채 유배지에서 죽어갔지만, 소설을 통해 우회적으로 그만한 이야기를 그려내기란 그리 쉬운 일이 아니다.

끝으로 사족처럼 달아 두자면, 조선 사회에서는 이런 작품을 여

성들의 필독서처럼 읽히도록 해서 '부덕(婦德)'이
라는 미명하에 일방적인 순종을 강요하려던 시도
가 있었음을 기억하고 넘어가는 편이 좋지 않을
까 한다. 소설에 대해서는 꽤나 적대적인 반응을
보이던 당시 사대부들도 『사씨남정기』나 『창선감
의록』 등의 작품만은 적극적으로 권장했다고 하
니, 그 이유를 되새겨 볼 일이다.

제 6 강

조선조의 인기소설,
『조웅전』과
『유충렬전』

인기소설, 대중소설

한국문학을 따로 공부하지 않은 일반인의 입장이라면 『조웅전』이나 『유충렬전』은 아무래도 지명도가 떨어지는 작품이다.

시험삼아 아는 작품을 꼽아보라고 하면 『춘향전』이나 『흥부전』 같은 판소리계 소설이나, 『홍길동전』이나 『구운몽』처럼 명작으로 꼽히는 작품들이기 쉽다. 하지만 실제 고소설이 유행하던 그 당시의 인기도로 따진다면 『조웅전』이나 『유충렬전』을 따라잡을 작품은 그리 많지 않을 듯싶다. 이는 실제 나무판에 파서 인쇄하던 방식인 목판본으로 출간된 횟수를 보든, 돈을 내고 빌려보던 세책본으로 유통되던 작품수를 따져보든 마찬가지이다. 그러나 좀 더 생각이 있는 독자들이라면 바로 이 점에서 『조웅전』은 고급 독자를 겨냥한 소설이라기보다 일반 대중이 쉽게 읽을 만한 대중 소설임을 완판 『조웅전』

간파해 내리라 믿는다.[1]

　정말 그렇다. 이 두 작품이야말로 그 당시 최고의 인기 소설임을 의심할 여지가 없다. 물론 베스트셀러가 곧 베스트북은 아니지만, 적어도 베스트셀러가 되려면 많은 독자들의 구미에 맞추어야 함을 상기하자. 젊은이도 보고 늙은이도 보고 남자도 보고 여자도 보지 않는다면 판매량을 늘리는 데 일정한 한계가 있는 법이다. 이 작품이 흔히 '영웅소설'이나 '군담소설'로 불리지만, 내용 면에서 영웅적 투쟁 일변도로 나가지 않는 이유가 바로 거기에 있다. 더욱이 고소설의 주요 독자층이 여성이고 보면, 더더욱 그래서는 안 되었

---

1) 조선후기의 영웅소설을 '대중소설'로 연구한 사례는 임성래, 『완판 영웅소설의 대중성』(소명출판, 2007)이 있어서 좋은 지침이 된다.

을 것이다. 이제『조웅전』이나『유충렬전』이 지닌 독특한 인기 비결이 무엇인지 가늠해 보면서, 작품의 전모를 살펴보기로 한다.

고소설에 나오는 영웅 하면, 동에 번쩍 서에 번쩍 도술을 부리고 악당을 물리치는 '홍길동' 같은 인물을 떠올린다. 하지만 오늘 우리가 만나 볼 '조웅'이나 '유충렬'은 그런 영웅과는 퍽이나 다르다. 어떻게 보면 초인적인 면모를 지닌 영웅이라기보다, 굳은 의지로 고난과 맞서 싸우고 한 여인을 따뜻하게 사랑할 줄 아는 조금은 평범한 인물이다. 물론, 하늘에서부터 그 능력이 부여된 인물이라는 점에서 그 영웅성을 의심할 여지가 없겠지만, 그 영웅성이 발휘되는 공간은 지극히 현실적이다. 사회와 국가가 불안하여 영웅이 요구되고, 거기에 응하는 영웅의 힘은 단순히 정치적인 공간에만 있는 것이 아니라 청춘남녀의 사랑까지 세심하게 미친다.

이 두 소설은 이른바 영웅소설의 대표작인 만큼 어느 정도 정형화된 틀을 벗어나지 못한다. 다 아는 대로, '고귀한 신분의 주인공이, 뜻밖의 재난을 맞으나, 누군가가 구원해 주어서, 힘과 지혜를 기른 뒤, 악한 무리를 무찌르고 뜻을 이룬다.'는 그 뻔한 틀 말이다. 도대체 그 정도의 줄거리로 독자들을 사로잡을 수 있을까? 고소설을 일러서 '천편일률'이라고 혹평하는 이들의 대부분이 이 같은 정형적인 틀을 그 이유로 든다.

그러나 뻔한 줄거리를 뻔하지 않게 그려 낼 때, 이상하게도 명작이 된다. 물론 뻔하지 않은 줄거리를 뻔하지 않게 그려내는 것이 더 훌륭하지만, 그럴 경우 많은 독자들을 불러 모으기 어렵고, 흔히 말하는 '고급 소설'로 인지되어 몇몇 마니아들을 위한 작품이

되기 쉽다. 그런 소설을 뭇사람들이 편하게 즐기기는 어렵기 때문
이다. 반대로 어디선가 본 듯한 줄거리는 식상함을 주기도 하지만,
다른 한편으로는 편안함을 선사한다. 이런 맥락에서 고소설 역시
고급 소설과 대중 소설로 나눌 수 있는데, 이 두 작품이 그 뻔한 줄
거리를 엮어서 어떻게 흥미를 이끌어 내는지 살피는 일은 즐겁다.

영웅은 왜, 어떻게 나타나는가?

우리가 아는 대부분의 고소설은 그 시작이 대개 엇
비슷하다. 주인공의 부모가 등장하여 주인공을 낳게
되기까지의 과정이 상당히 자세하게 서술된다. 이것은 이른 바 '一
전(傳)'을 표방하는 이상 피할 수 없는 특성이자 한계이다. 그러나
『조웅전』, 『유충렬전』만큼은 예외이다. 이상하게도 국가의 위기에
서 이야기가 시작된다.

송(宋) 문제 즉위 23년이라. 이때 시절이 태평하여 사방에 일이
없고 백성이 평안하여 격양(擊壤, 태평 성대에 땅을 두드리며 노래함)을
일삼더니, 월명년(越明年, 이듬해) 추구월(秋九月) 병인일에 문제 충
렬묘(忠烈廟)에 거동하실새, 원래 충렬묘는 만고 충신 좌승상 조정
인의 묘라. 승상 조정인이 이부상서 시에 황제 즉위 10년일러니
불의에 남란(南亂)을 당하여 사직(社稷, 한 왕조의 기초)이 위태하매

구원할 모책(謀策)이 없어 송(宋) 황실 옥새와 문제를 모시고 경화문을 나가 무봉티를 넘어 광임교에 다다르니, 성 안밖에 곡성(哭聲)이 진동하고 남녀노소 없이 전도(顚倒, 엎어져서 넘어짐)히 도망하니, 남산(南山) 북악(北嶽)이 봄 아닌 오색 도화(桃花) 만발함 같더라.[2]

각설이라. 대명국(大明國) 영종 황제 즉위 초에 명나라 황실이 미약하고, 법령이 불행(不行, 행해지지 않음)한 중에 남만(南蠻, 남쪽 오랑캐) 북적(北狄, 북쪽 오랑캐)과 서역(西域, 중국 서쪽에 있는 여러 나라)이 강성하여 모역(謀逆, 반역을 꾀함)할 뜻을 두매, 이런 고로 천자(天子) 남경에 있을 뜻이 없어 다른 곳으로 도읍을 옮김을 의논하시니, 이때 마침 창해국(蒼海國) 사신이 왔으니, 성은 임이요 이름은 경천이라 하는 사람이 왔거늘, 천자 반겨 인견(引見, 윗사람이 아랫사람을 불러들이어 봄)하시고 접대한 후에 도읍 옮김을 의논하시니[3]

위가 『조웅전』, 아래가 『유충렬전』의 서두인데, 보다시피 시대 배경에 대한 서술로 할애하고 있다. 표면적으로 보면, 『조웅전』은 태평성대이고 『유충렬전』은 난세인 듯이 보이지만 이 인용부분 뒤로 쭉 이어서 보면 전혀 그렇지 않다.

『조웅전』의 조정인은 국난을 당했을 때 황제를 보필하던 충신이었다. 그러나 그 뒤 간신 이두병의 참소로 조정인은 음독 자살하고

---

2) 『조웅전』(완판 104장본)을 쓰며, 인용은 이헌홍 역주, 『조웅전/적성의전』(고려대학교민족문화연구소, 1996)의 원문 부분에 따르며, 필요할 경우 가감하여 쓴다. 이헌홍 역주, 같은 책, 12쪽.
3) 『유충렬전』(완판본)을 쓰며, 인용은 최삼룡·이월령·이상구 역주, 『유충렬전/최고운전』(고려대학교민족문화연구소, 1996)에 따르며, 필요할 경우 가감하여 쓴다. 최삼룡·이월령·이상구 역주, 같은 책, 12쪽.

활자본 『류충렬전』(덕흥서림, 1913) *

만다. 이때 조정인의 아내인 왕 부인의 뱃속에는 7개월 된 아이가 자라고 있었으니, 그 아이가 바로 이 소설의 주인공 조웅이다. 작품의 시작이 한 개인과 가문의 문제에 이끌리지 않고 있는 것에 유념하자. 즉 '난세를 평정할 영웅'이 필요하던 차에 마침 만고 충신의 유복자가 뱃속에서 준비(?)되고 있었다. 황제가 충렬묘를 자주 찾고 어린 조웅을 신임하는 것이 문제의 발단이지만, 사실은 국가의 근본을 위태롭게 하는 간신배가 횡행하는 현실에 문제의 핵심이 있다.

『유충렬전』의 유심 역시 조정인과 흡사하다. 작품에 쓰인 그대로 황실이 미약하여 천하가 어지러운 가운데 여러 간신들에 대적하다 고난을 겪는다. 그는 정한담과 최일귀 등의 간신 일파가 반역을 꾀하는 것을 미리 알고 황제에게 이 사실을 알렸는데, 도리어 간신들의 모함을 받고 유배가게 된다. 유충렬의 탄생 배경은 바로 그 어지러운 세상의 한복판이다. 더욱이 그의 부모는 늦도록 자식이 없는 것을 걱정하다가 형산에 빌어서 아이를 갖게 되니 그가 바로 유충렬이다. 간단히 말해서 그는 태어날 때부터 그런 어려움을 극복할 운명을 지닌 셈이다.

이런 시작은 '누가 아이를 낳았더니 영웅의 기상이 있더라.'는 다소 맥 빠진 서술과는 확실히 다르다. 모든 이야기가 시간 순서에 따라서만 전개되는 것으로만 알던 독자들이라면 이런 이야기에 확실히 매력을 느꼈을 것이 분명하다. '송 문제 즉위 23년'으로 운을 띄워놓고는 '황제 즉위 10년'으로 거슬러 올라가고, 인물이 태어기 전에 그 배경으로 난세의 실상을 소상히 그려놓는다면, 일단 그 특이한 서술기법에서부터 귀를 쫑긋 세우기 쉽다. 물론 이런 기법은 현대문학에 익숙한 독자들에게는 하등의 신기한 일이 아니다. 그렇지만 『유충렬전』에서 보듯이, 주인공 소개도 없이 단도직입적으로 시작하는 이 기법은 당시로서는 매우 신기했을 것이다.

또 위의 인용 부분 다음에는 창해국의 사신 임경천이 남경이 좋은 땅이고 머잖아 영웅이 탄생할 것이니 천도(遷都)하지 말 것을 권하는 내용이 나온다. 따라서 사람들은 언제나 그 영웅이 나타날 것인지 신경을 곤두세우고 작품을 읽게 된다. 예나 지금이나 보통 사람들은 항상 지치고 힘든데, 그런 삶의 고달픔을 한꺼번에 해소해 줄 영웅이 등장하니 얼마나 매력적인가? 이 소설들은 먼저 문제를 제시하고, 그 문제를 풀어 줄 영웅을 선보이고, 그 영웅은 기대를 저버리지 않고 모든 문제를 시원하게 풀어 준다. 독자들은 얼마간 자신의 현재 처지를 떠올리고, 일시적인 몰락을 딛고 일어서는 영웅의 활약에 환호한다. 영웅이 곧 자신인 듯한 환상 속에서, 영웅이 실의에 빠지면 함께 실의에 빠지고 영웅이 재기에 성공하면 마치 자신의 성공인 듯 기뻐한다. 그럼으로써 독자들은 한바탕의 환상 여행을 통해 고단한 삶을 위로받았을 것이다.

그러나 영웅이 등장하여 모든 일을 단번에 해결하면 작품은 영

싱겁게 끝날 수밖에 없다. 『유충렬전』의 경우를 보자.

> 각설. 이때 조정에 두 신하 있으되, 하나는 도총 대장(都摠大將, 군수품의 조달을 맡아보던 도총의 대장) 정한담이요, 또 하나는 병부 상서(兵部尚書, 군사에 관한 일을 맡아보던 병부의 장관) 최일귀라. 본디 천상(天上) 익성(翼星, 별의 이름)으로 자미원(紫微垣, 별자리 이름) 대장성(大將星, 별 이름으로 유충렬을 가리킴)과 백옥루 잔치 때에 대전(對戰)한 죄로 상제께 득죄하고 지상에 귀양 와서 명나라 황제의 신하되었는지라. 본시 천상지인(天上之人, 천상의 사람)으로 지략(智略)이 유여(裕餘)하고 술법이 신묘한 중에 금산사 옥관도사를 데려와 별당에 거처시켜 놓고 술법을 배웠으니, 그야말로 만부부당지용(萬夫不當之勇, 만 사람이 당할 수 없는 용맹)이 있고, 백만 군 중에 대장지재(大將之才, 대장이 될 능력을 갖춘 사람)라.[4]

주인공 유충렬은 유심이라는 충신이 하늘에 축원하여 얻은 자식이다. 당연히 하늘에서 내려보낸 귀한 인물일 것은 새삼 말할 필요가 없다. 하늘의 인간이라면 땅의 인간이 어떻게 해도 당해낼 재간이 없을 터, 그런 주인공과 악인이 싸운다고 설정해 본들 별 재미가 없을 것이다. 가령 『홍길동전』의 경우, 홍길동이 나서는 족족 상대방이 번번이 고꾸라지고 말기 때문에, 긴박감이 떨어져 영 싱겁게 느껴진다. 독자들이 흥미를 느끼려면, 무협 영화가 그렇듯 주인공이 죽을지 살지 모르는 위기감이 한껏 살아 있어야 한다. 그런

---

4) 최삼룡 · 이월령 · 이상구 역주, 같은 책, 24쪽.

데 유충렬의 상대로 등장하는 악인은 보다시피 천상의 인간이다. 이처럼 상대방이 단순한 악인이 아니라 천상에서 내려온 인간이라고 할 때, 유충렬의 위기감은 고조되어 독자들은 책에서 눈을 뗄 수 없게 된다.

그러나 이렇게 힘겨운 상대를 내세운다 하더라도 상대방을 만나서 곧바로 싸움을 하고, 그것으로 결판이 난다면 독자들은 그다지 큰 흥미를 느낄 수 없다. 잠깐 긴장하고 나면 작품이 끝나기 때문이다. 따라서 『유충렬전』은 주인공이든 상대든 일대일로 맞붙게 하지 않고 끊임없이 세력화하는 방식을 택했다. 어린 유충렬은 집안이 몰락하여 도망을 다니다가 아버지 친구인 강 승상을 만나 도움을 받게 된다. 마찬가지로 정한담은 최일귀와 한패가 될 뿐만 아니라 나중에는 오랑캐와 결탁하여 그 세력을 불려 나간다.

『조웅전』의 경우도 크게 다르지 않다. 간신 이두병은 황제가 조웅을 총애하는 것이 못마땅하여 처치하려 했으나 하늘의 도움으로 목숨을 구한다. 황제가 죽자 이두병은 스스로 황제를 칭하며 반역한다. 조웅이 이 사실을 알고는 이두병을 욕하는 격문을 붙인 후, 어머니와 도망하게 된다. 바로 이때부터 이두병 일파와 조웅의 숨막히는 접전은 계속된다. 이처럼 힘의 우열을 점칠 수 없는 상황에서 여러 갈등이 연속적으로 엮어지면 독자들은 자연스럽게 그 세계에 몰입하게 된다. 주인공 편과 상대편 사이에 선악의 구분은 명확하지만, 힘의 강약은 불분명해 보이기 때문이다. 이것은 우리가 영화를 볼 때 주인공은 끝까지 죽지 않는다는 사실을 알면서도 주인공이 위기에 빠질 때마다 가슴 졸이는 것과 같은 이치이다.

사랑과 이별, 그리고 재회

동서고금을 막론하고 영웅담의 인기는 공통적이다. 이미 말한 것처럼, 평범한 독자들로서는 상상도 할 수 없는 힘과 용기를 가지고 어려운 일을 헤쳐 나가는 주인공을 보면서 대리 만족을 느끼고 즐긴다. 그러나 독자들과 아주 다르기만 하다면 소설을 읽는 재미는 반감되고 만다. 어느 한구석이라도 독자들이 쉽게 다가설 수 있는 부분이 있을 때 독자들은 안심하고 몰입할 수 있지 않을까? 이런 사정을 생각한다면 영웅담에 곁들이기 가장 좋은 이야기는 아마도 애정담일 것이다. 〈동방불패〉나 〈쉬리〉, 〈레옹〉처럼 액션을 전면에 내세우는 영화나 〈화려한 외출〉처럼 시대적 아픔을 담은 영화에서조차도 애정이 빠지지 않는 것은 그런 이유 때문이겠다. 더구나 고소설 독자의 상당 부분이 여성이었음을 생각할 때, 끝도 없이 치고 내닫는 군담만으로 인기를 끌 수는 없는 법이다.

『조웅전』역시 예외가 아니다.

소저가 부친에게 이끌리어 초당에 나오니 황룡(黃龍)이 오운(五雲, 오색 구름)에 싸이어 칠성(七星)을 희롱하다가 소저를 보고 머리를 들어보거늘, 소저가 놀라 안으로 급히 들어오니, 그 용이 따라와 소저의 소매를 물고 방으로 들어와 소저의 몸에 감기거늘, 소스라쳐 깨달으니 평생 대몽(大夢)이라. 몸에 땀이 나 옷이 젖었거늘 이윽히 진정하여 벽상에 기록하고 풍월을 읊으니, 이때에 퉁소를 그치고 월하(月下)에 배회하여 무슨 소식이 있을까 바라되, 종시 동정(動靜)이 없는지라. 자탄(自歎) 왈, "다만 거문고 곡조만 알 따름이요, 통소 곡조는 아지 못하고 예사 행객(行客)의 통소로 아는가싶으니 애닯도다." 하고 자탄만 하더니,

이윽하여 풍월 읊는 소리 반공(半空)에 솟아나거늘 들으니 산호(珊瑚)채를 들어 옥반(玉盤)을 깨치는 듯 활달한 마음을 이기지 못하여 중문을 열고 내정(內庭)에 들어가니 인적은 고요하고 월색(月色)은 삼경(三更)이라. 후원 별당에 등촉(燈燭)이 영롱한데 풍월 소리 나는지라. 조용히 문을 열고 완연히 들어앉아 사면을 둘러보니 분벽사창(粉壁紗窓, 하얗게 꾸민 벽과 깁으로 바른 창)에 병풍을 둘렀는데 풍월하는 옥녀 침금(寢衾)에 비겼다가 웅을 보고 대경(大驚)하여 침금을 무릅쓰고 전신을 감추거늘, (중략) 웅이 답 왈, "꽃 본 나비 불인 줄 어찌 알며, 물 본 기러기 어옹(漁翁, 고기 잡는 노인)을 어찌 두려워 하리요? 신명을 아낄진대 이렇듯 방자하리까? 바라나니 소저는 빙설(氷雪, 눈과 얼음. 곧 깨끗함을 비유) 같은 정절을 잠깐 굽혀 외로운 자취를 이웃 삼기 어떠하니까?"[5]

조웅이 장 소저를 만나는 대목이다. 온갖 사랑 이야기에 신물이 난 현대인들에게는 범상하게 보이겠지만, 고전문학의 잣대로 보면 분명히 충격 중의 충격이다. 그 당시 예법으로는 성인 남녀가 부모의 허락도 없이 사사로이 만날 수도 없거니와 만난다 한들 이처럼 '물 본 기러기' 운운하며 저돌적으로 달려들어서는 안 되는 일이

---

[5] 이현홍 역주, 같은 책, 88-90쪽.

었다. 따라서 이 부분은 고소설에서는 보기 드문 낭만적인 '자유 연애'의 명장면이라 할 수 있다. 물론, 여성의 의지와는 다르게 남 자가 완력으로 여성을 취한다는 비난을 받을 여지가 없는 것은 아 니지만, 애정 문제를 본인들이 직접 나서서 풀어 간다는 설정은 눈 여겨볼 만하다. 이것은 부모가 맺어 주지 않았는데도 남녀가 어울 리는 것을 '야합(野合)'이라 규정하며 범죄시했던 그 당시의 현실에 비추어 엄청난 파격이었다. 이러한 점 또한 독자들의 흥미를 자극 했던 것으로 보인다.

그러나 이런 만남이 곧바로 결혼으로 이어져 행복으로 골인한다 면 그 또한 진정한 사랑 이야기라 하기 힘들 것이다. 진실한 사랑 에는 당연히 어려움이 따르는 법, 조웅과 장 소저는 잠시 헤어졌다 가 모든 난관을 극복한 뒤 다시 만나게 된다. 결국 이야기 전편이 이 남녀의 만남—이별—재회로 읽어 낼 수 있도록 배치되어 있다. 한편에서는 숨 막히는 남성들의 전투가 벌어지고 다른 한편에서는 가슴 아린 사랑 이야기가 펼쳐지고 있어, 어느 쪽에 관심 있는 독 자든지 모두 끌어들일 태세를 완비하고 있는 것이다.

『유충렬전』 역시 마찬가지이다. 유충렬은 일곱 살 되던 해에 아 버지가 정한담을 규탄하다 오히려 귀양길에 오르자, 유충렬의 어 머니 장 부인은 어린 충렬을 데리고 도망하다가 도적에 잡히고 충 렬은 물에 던져진다. 그러나 가까스로 목숨을 건진 충렬은 아버지 친구 강 승상을 만나게 된다. 기가 막히게 탈출하여 극적인 구원자 를 만났는데 그 사람이 바로 자기 아버지의 절대적 후원자라니 경 탄할 일이다. 만약 그런 우연이 어디 있겠느냐며 따지는 사람이 있다면 그런 사람은 고소설을 재미있게 읽어낼 수 없는 사람이다. 고소설에서는 그보다 훨씬 더한 우연도 태연하게 등장한다. 인과론적 사유에 사로잡힌 현대 독자라면 절대 그럴 리가 없다며 고개를 저을 수도 있겠지만, 세상 모든 것들이 하나의 일관된 원리에 의해 작동되고 운행된다고 믿는다면 그 정도의 일들은 쉽게 일어날 수 있다.

어쨌거나 강 승상은 유심의 친구답게 충성스러운 상소를 올리다 유배되고 만다. 소설에서는 이렇게 모처럼 얻은 구원자 역시 별 힘이 못되는 심각한 상황이 연출된다. 그러나 어떤 역경에서도 솟아날 구멍이 있고, 역경에는 역경대로 살 만한 점이 있는 법이다. 강희주에게는 딸이 하나 있었는데 그 딸이 나무랄 데 없는 귀녀로 유충렬의 짝이 될 만했다. 바로 이 대목이 유충렬의 로맨스가 시작되는 지점이다.

이때 강승상이 아들은 없고 다만 일녀(一女)를 두었는지라. 부인 소씨가 여아를 낳을 적에 한 선녀가 오운(五雲, 오색 구름)을 타고 내려와 소씨를 대하여 왈, "소녀는 옥황 선녀옵더니 연분이 자미원 대장성과 한가지로 있다가 소녀를 강문(강씨 문중)에 보내매 왔사오니 부인은 애휼하옵서서." 하거늘 부인이 혼미(昏迷) 중에 여아를 탄생하니 용모 비범하고 거동이 단정하여 시서(詩書) 음률(音律)을 무불통지(無不通知: 두루 통하여 모르는 것이 없음)하니 여중군자(女中君子, 여자 가운데 군자)요, 총명 지혜 무쌍이라. 부모 사랑하여 택서(擇壻, 사위 고르기)하기를 염려하더니 천행으로 충렬을 데려다가 외당에 거처하고 자식같이 길러낼 제, 충렬의 상(相)을 보니 귀불가언(貴不可言, 귀함을 말로 다 할 수 없음)이로다. 부귀작록(富貴爵祿)은 인간에 무쌍이요, 영웅준걸은 만고(萬古) 제일이라. 승상이 대희(大喜)하여 내당에 들어가 부인더러 혼사를 의논하니 부인이 대희하여 왈, "내 마음도 충렬을 사랑하더니 승상의 말이 또한 그러할진대 물수다언(勿須多言, 모름지기 여러 말을 할 필요가 없음)하고 혼사를 지내옵소서."[6]

이로써 유충렬과 강 소저는 혼인을 맺게 되는데, 탄생담에 '자미원 대장성' 운운하는 대목을 집어넣음으로써 천정배필로 맺어진다. 이제 남녀주인공의 결합은 곧 같은 정치적 집단에 속하는 이념적 결합이며, 전생에서부터 이어져온 신성한 결합이 된다. 그러나 이렇게 신성한 결합이 되기 위해서라면 중간에 우여곡절이 없을 수 없다. 하늘이 맺어준 인연이지만 사악한 존재의 방해로 인해 결합이 무산될 위기에 놓일 때, 그 이별은 더욱 애잔해지며 그 결합은 더욱 절실해지는 법이다. 이는 요즈음의 연애 드라마에도 흔히 채택되는 방법으로 대중적 인기를 몰고 오는 중요한 요인이기도 하다.

가령, 강 승상이 상소를 올려서 귀양 가는 처지에 놓여서 온 집안 식구가 뿔뿔이 흩어질 위험에 놓이게 되었을 때, 강 소저는 울며 통탄한다. 어명이 지엄하여 자기가 궁중의 노비라도 될 것 같으니, 이제는 죽어서나 낭군을 만나겠다고 말한다. 이 가슴 아픈 대

6) 최삼룡·이월령·이상구 역주, 같은 책, 64-66쪽.

목을 두고 서술자는 마치 항우가 우미인을 이별하듯 하더라며 비통해 하는데, 이 비통함은 곧 독자들이 느끼는 비통함이기도 하다. 유충렬이라는 영웅에 감정을 이입하고 있던 독자라면, 충신의 집에서 태어났지만 임금도 잃고 아버지도 잃고 어머니도 잃고 장인도 잃고 아내도 잃은 그 처량한 신세에 동정하지 않을래야 않을 재간이 없기 마련이다.

그렇지만 한번 헤어진 연인을 다시는 못 만난다면 대중소설로서 자격미달이다. 대중들이 관심을 갖는 것은 연인들의 이별에 따른 쓰라림이 아니라, 그 쓰라린 이별의 아픔을 딛고 재회하는 기쁨이기 때문이다. 대중소설은 언제나 대중의 기호에 충실해야 하는 법이다. 그래서 대중독자들의 구미를 맞추기 위해서 더욱 더 드라마틱한 재회가 필요하다. 예를 들어, 『춘향전』에서는 이몽룡이 거렁뱅이 신세로 위장한 채 춘향과 옥에서 만나 뜸을 한번 들인 후, 암행어사로 신분을 드러낸 후 동헌 뜰에서 다시 만난다. 『유충렬전』 또한 그 못지않은 과정을 거친다. 유충렬이 대원수로 반란을 평정한 후, 관비에게 잡혀 종살이를 하고 있는 강 소저를 만나게 된다.

> 이때 낭자가 계하(階下, 섬돌 아래) 복지(伏地, 땅에 엎드림)하여 원수(元帥: 군의 최고 통치자로서 여기에서는 유충렬을 가리킴)의 말을 들으니, 이별할 때 하직하고 가던 말이 두 귀에 쟁쟁하여 일분도 다름이 없는지라. 낭자 전일은 도망하여 왔기로 성명거지(姓名居地, 성명과 사는 곳)를 속였더니 마음이 자연 비감하여 진정으로 여짜오되, "소녀는 다른 사람이 아니라 이 골 월계촌 사는 강 승상의 무

남독녀옵더니 부친이 만리 연경에 귀양간 유 주부를 위하여 상소
하였더니 만고역적 정한담이 충신을 모함하여 승상을 옥문관에
귀양하고 소녀의 모녀를 잡아 궁비속공(宮婢屬公, 죄인을 궁궐의 노
비로 넘김)하려 하고…(이하생략)…[7]

이 두 남녀의 만남과 이별은 아주 극단적인 면이 있다. 애초에
유충렬의 아버지 유심이 반역죄를 뒤집어쓰고 귀양가게 됨에 따라
유충렬은 도망자의 신세가 되었다. 그러다가 초야에 묻혀 조용히
지내던 강 승상을 만나면서 둘이 맺어지는데, 이때만 해도 유충렬
과 강 소저의 신분적 격차는 비록 그 근본은 같다 하더라도 가히
천양지차였다. 그러다가 강 승상 역시 죄를 뒤집어쓰고 귀양 가게
됨에 따라 유충렬이나 강 소저는 모두 가장 낮은 위치로 떨어지게
된다. 그 후, 유충렬은 무공을 닦고 반란을 제압하면서 최고의 귀
인이 되지만 그 사이에 강 소저는 노비에게도 업신여김을 당하는
천민 중의 천민이 되고 만다. 이 인용 대목은 바로 그 극적인 한순
간이다. 보통의 사람이라면 그렇게 극단적인 변화를 누리기 어려
웠을 것이다. 신분제 사회라면 더더욱 그랬을 것이고, 설령 몰락이
있다손치더라도 몰락 이후의 재기가 그렇게 극적으로 일어날 가능
성은 거의 없을 것이기 때문이다.

이런 스토리라인은 사실상 문학과 같은 가상공간이 아니고서는
좀처럼 경험할 수 없는 것이며, 독자들의 눈물샘을 자극하다가 희
열에 빠뜨리게 하기에 매우 적절해 보인다. 더구나 『조웅전』이나

7) 최삼룡 · 이월령 · 이상구 역주, 같은 책, 198쪽.

『유충렬전』에서는 주인공과 어머니와의 이별 역시 그렇게 애상적으로 그려놓는다. 기품 있는 귀부인으로 잘 지내던 사람이 어느 날 갑자기 중이 되어서 목숨을 구한다거나 자살을 하게 된다는 식으로 이야기가 전개되면서 주인공의 처량한 신세는 더욱 더 불쌍하게 그려진다. 유충렬이 어머니와 헤어지게 되는 대목을 보자.

> 부인이 충렬을 데리고 건널 배 없어 물가에 주저하던 차에 난데없는 일척 소선(小船, 작은 배)이 떠오며 부인을 청하거늘, 그 간계(奸計)를 모르고 충렬을 이끌고 배에 올라 중류(中流, 강이나 내의 한가운데)에 당함에 일진광풍(一陣狂風, 한바탕 부는 폭풍)이 일어나며 양 돛대 선창에 자빠지고 난데없는 적선(賊船, 도적들의 배)이 달려들어 부인을 잡아매고 무수한 적군들이 사면으로 달려들어 부인을 결박하여 적선에 추켜 달고 충렬을 물 가운데 내던지니, 가련하다 유 주부 천금귀자(千金貴子, 천금 같은 귀한 자식) 백사장 세우(細雨, 가는 비) 중에 무주고혼(無主孤魂, 제사를 지낼 자식이 없는 외로운 혼령) 되겠구나. 만경창파 깊은 물에 풍랑이 일어나니 일점 혈육 충렬의 백골인들 찾을소냐. 육신인들 건질소냐. 월색은 창망하고 수운(愁雲, 근심을 자아내는 구름)은 적막하여 명명(冥冥, 어두움)한 구름 속에 강신(江神)이 우는 소리 강산도 슬퍼하고 천신도 비감(悲感)커든 하물며 사람이야 일러 무엇하랴.[8]

유충렬의 어머니 장 부인은 도적들의 잔꾀에 넘어가 그만 유충

---

8) 최삼룡·이월령·이상구 역주, 같은 책, 40-42쪽.

렬을 잃고 만다. 독자들은 이 지점에서 주인공 모자의 딱한 처지를 동정하지 않으려야 않을 수가 없다. 더구나 여기까지만 보면 당연히 유충렬이 죽은 줄 알 것이므로 그 비감(悲感)함은 최고조에 이른다. 그리고 바로 이 다음 부분에 나오는 도적들의 이야기에서 비감을 넘어 울분까지 느끼게 된다. 이 모든 것이 간악한 뱃사공이 장부인의 미모를 탐해 제 아내로 삼기 위해 꾸민 계책이었기 때문이다. 비록 정한담 일당 때문에 주인공 모자가 어려운 처지에 놓인 것은 사실이지만, 구체적으로 펼쳐지는 현실의 위기는 이처럼 복잡다단하다.

이런 내용들은 단순히 주인공의 영웅성을 높이기 위한 장식물이 아니다. 살아가면서 절절하게 느끼는 현실적이고 구체적인 고통들이 그 안에 세세하게 스며들어 있다. 임금에게 버림받는 것이 사회적 지위의 박탈을 뜻한다면, 아버지와의 이별은 가문의 몰락을 의미한다. 또한 어머니와 헤어지는 것은 최소한의 인정에서도 멀어지는 일이며, 아내가 정절에 위협까지 받으면서 떠도는 것은 애정의 파탄임과 동시에 사내대장부로서의 자존심에 먹칠을 하는 것이다. 여기에서 앞의 두 가지가 충(忠)과 효(孝) 같은 중세적 이념에 기댄 것이라면, 뒤의 두 가지는 모정이나 애정과 같은 정(情)에 바탕을 둔 지극히 인간적인인 것임에 유의할 필요가 있다. 즉 한쪽으로는 중세적 이념을 강화하는 쪽에 중심을 두면서도, 또 한쪽으로는 지극히 인간적인 문제를 정면으로 다루고 있는 셈이다. 결과적으로 어느 편에 관심을 갖는 독자든 모두 포용할 수 있게 된다.

화려한 전투장면과 통쾌한 뒤집기

소설은 무엇보다 재미있어야 한다. 읽다보면 맑던 머리가 아프거나 대낮에 졸음이 오는 소설도 있지만, 그런 소설은 어쩌면 소설의 본성(?)을 잃은 것일지도 모른다. 내가 대학 재학시절만 해도 국문과에 몸을 담고 있었음에도 불구하고 소설에 빠져 지내는 사람더러 '소설나부랭이' 나 읽는다고 나무라시던 선생님들이 계셨으니, 그것은 소설이 하찮다는 말이면서도 한편으로는 그렇게 나무라지 않으면 헤어나오기 어려울 만큼 강한 중독성이 있다는 뜻이기도 하다. 『조웅전』과 『유충렬전』에도 분명 그런 요소가 있었을 것이며, 앞서 보인 '난세의 영웅' 이나 '애정' 도 그런 요소 중의 하나임에 틀림없다. 이 대목에서 빼놓을 수 없는 것 중에 '군담(軍談)' 이 있다. 군담은 말 그대로 군인들이 싸우는 이야기이다. 요즘 말로 하면 '액션' 이 강조되는 것이며, 이런 액션은 애정 이야기가 여성독자를 끌어 모았듯이 남성독자를 끌어모았을 것이다.

따라서 반란을 일으킨 적과 싸움에 있어서 '쉽게 이겼다' 거나 '일합(一合)에 승부를 끝냈다' 는 식의 서술은 있을 수 없다. 이미 막강한 적을 설정했듯이 그 적이 쉽게 달아날 리가 없고 그렇기 때문에 더욱 치열한 전투가 있게 된다. 그러므로 서사적 완결성을 위해서, 아니 소설적 재미를 위해서라도 전투는 상세하게 그려진다. 액션 영화를 볼 때 손에 땀이 쥐어지는 듯한 긴박감이 없다면 '군담' 은 이미 실패한 것이나 다름없다. 『조웅전』의 한 대목을 보자.

이때에 왕이 조웅을 봉(封)하여 대원수를 삼고 대장기를 고쳐 금색 글자로 '대국충신위국대원수(大國忠臣魏國大元帥)'라 쓰고, 명일에 원수가 대장기를 진(陣) 밖에 세우고 정창(挺槍, 창을 겨누어 듦) 출마(出馬)하여 번진(藩陣, 번국 군대의 진영. 번국(藩國)은 번국은 지역 토후가 다스리던 나라)을 향하여 외쳐 왈, "번왕(藩王, 번국의 왕)은 빨리 나와 목을 늘이라." 하는 소리 천지 진동하는지라. 번장(藩將, 번국의 장수) 이황이 응성(應聲) 출마(出馬)하여 합전(合戰)할사, 사석(沙石, 모래와 돌)이 날리며 안개 자욱하여 양진(兩陣, 양쪽 진영)을 분별치 못하더니 뒤에서 또 한 장수 고함을 지르고 내다르니 이는 동두철액(銅頭鐵額, '구리로 된 머리와 철로 된 이마'라는 뜻으로 성질이 모질고 완강하여 거만한 사람을 비유적으로 이르는 말)이라. 뉘 능히 당하리요. 말을 놓아 합세하여 접전할새 쌍룡이 여의주를 다툼 같아서 삼장(三將, 세 장수)을 분별치 못하더라. 수십여 합(合, 싸움에서 서로 맞붙는 일)에 승부를 결단치 못하더니, 칼이 중천에 빛나며 한 장수 머리 공중에 떨어지거늘, 양진이 다투어 보니 이는 번장 이황이라.[9]

먼지가 뽀얗게 일어나면서 세 장수가 맞부딪치는 장면이다. 필자가 고소설을 처음 볼 때 매우 당혹스러웠던 것은 "나와서 목을 늘여 내 칼을 받으라!"는 고함이다. 요즘 같으면 조용히 쳐들어가서 박살을 내려 들 것인데, 예전 소설에 보면 어찌된 것이 있는 소란 없는 소란 다 피워서 기세를 올린 다음, 그런 대사까지 외쳐대

---

9) 이헌홍 역주, 같은 책, 124쪽.

곤 했다. 나는 대체 그게 무슨 말인가 싶어 선배에게 물었더니, 사람의 목이란 것이 칼로 친다고 떨어지는 게 아니어서 쉽게 떨어뜨리려면 목을 앞으로 쭉 빼놓은 상태여야만 하기 때문에 그렇게 말하는 것이라고 했다. 그러니 이 말은, 내가 네 목을 싹둑 베어줄 테니 어차피 승산 없는 싸움에 힘 빼지 말고 곱게 죽으라는 협박성 멘트인 셈이다. 그러나 누가 제 목을 쭉 늘여서 죽음을 재촉한단 말인가. 그저 그렇게 호기롭게 말하는 것이 재미있을 따름이다.

모래와 돌이 날리고 안개가 자욱한 진영의 묘사 역시 그렇다. 양쪽 진영의 팽팽한 긴장감을 드러내기에 이만큼 적합한 것이 또 있을까싶다. 만화로 하자면 그저 뿌옇게 그려놓은 상태에서 말을 탄 장수가 보일락말락하고, 돌멩이가 튕겨져 나가는 그런 상태이겠다. 안개 속의 싸움이란 신비감이 더하고 누가 이기는지 불분명하여 호기심을 자아낸다. 그럼에도 불구하고 모래 먼지 정도가 아니라 돌덩이가 튈 정도라면 대단한 격전임에 틀림없다. 그 둘이 잘 어우러져 있고, 다소 진부한 표현이기는 하나 용 두 마리가 여의주를 다투면서 서로 뒤엉키는 듯한 데 빗댐으로써 결국 그 중 한 마리만 승천할 수 있다는 강한 암시를 준다. 현대소설의 현란한 묘사에 단련된 요즈음 독자들이라면 별 게 아니겠지만, 이런 생동감 있는 장면 묘사는 당시로서는 소설을 읽는 흥미를 주는 데 크게 기여했음에 틀림없다.

이때에 마룡이 좌수에 삼천근 철퇴를 들고 우수에 창검을 들고 호통을 지르며 나와 원수(元帥)를 맞아 싸우더니 일광주에 쏘이어

두 눈이 캄캄하여 정신이 없는지라. 운무(雲霧) 중에 소리 나며 검광(劍光)이 빛나며 원수를 치려 하니 장성검(將星劍)이 번듯하며 마룡의 손을 치니 철퇴 든 팔이 맞아 떨어지니 마룡이 대경(大驚)하여 우수에 잡은 칼로 공중에 솟아 번개를 냅다 치니 구척 장검 길고 긴 칼이 낱낱이 파쇄하여 빈 자루만 남은지라. 제 아무리 명장인들 적수로 당할소냐. 본진(本陣)으로 도망코저 할 즈음에 벽력 같은 소리 진동하며 장성검이 번듯하며 마룡의 머리 안개 속에 내려지니, 목은 찔러 본진에 던지고 몸은 적진에 던지며 왈, "이봐 정한담아, 바삐 나와 죽기를 재촉하라. 네 놈도 이같이 죽으리라." 하며 좌우로 횡행하되 공중에 소리만 나고 일신은 아니 보이니 적진이 대경하여 혼불부신(魂不附身, 혼이 몸에서 떨어져나가 붙어 있지 않음)하더라.[10]

　　유충렬이 정한담의 군대와 싸우는 장면이다. 흥미로운 것은 직접 정한담을 치는 게 아니라 정한담의 수하인 마룡부터 치는 점이다. 대단한 전투에서라면 장수와 장수가 일대일로 싸워서 끝나기도 어렵고 그렇게 된다한들 싱겁게 된다. 지금도 조폭 영화라도 볼라치면 언제나 그 졸개부터 제압하고 맨 마지막에 보스끼리 붙는 것이 공식이다. 차례차례 격파해나가는 그 장면도 재미있거니와 그렇게 해나갈 때 맨 마지막의 긴장감이 최고조에 달한다. 하수들과 싸우느라 상당히 지쳐있는 상태에서 최고수를 만나게 되니 이때부터가 소위 진검승부일 터이다. 『조웅전』이나 『유충렬전』 같은

10) 최삼룡 · 이월령 · 이상구 역주, 112쪽.

민화 〈전쟁도〉 중 한 폭 (윤열수, 『민화 이야기』, 디자인하우스)

군담소설은 그렇게 군담 자체에 초점을 둠으로써 여느 소설에서는 보여주기 힘든 쾌감을 선사한다.

그렇다면, 『조웅전』이나 『유충렬전』은 그 당시 윤리관에 정면으로 도전하는 작품인가? 문무(文武) 차별이 극심한 가운데 무(武)를 숭상하고, 일개 장수가 천자를 우롱하는 설정이 그렇게 보일 수도 있을 법도 하다. 그러나 결론부터 질러 말하면 전혀 그렇지 않다. 오히려 아주 굳건히 봉건 이념에 봉사하는 작품이다. 『조웅전』을 예로 들자면, 연애담을 빼고 볼 때, 조웅에게 닥친 문제는 크게 둘이다. 하나는 아버지 조정인의 원수를 갚고 집안을 다시 일으키는 것이요, 또 하나는 황제 자리를 빼앗은 간신을 내치고 쫓겨난 태자를 모셔 와서 국가를 다시 일으켜 세우는 것이다. 그런데 이 둘은 사실 하나씩 따로 이루어질 수 있는 일이 아니다. 아버지의 원수를 갚는 일이 곧바로 간신을 내치는 길이고, 간신을 내치게만 된다면 국가는 자연스레 원상으로 회복될 것이기 때문이다.

조웅이 원수를 갚는다는 것은 곧 부자(父子), 군신(君臣) 관계의 회복을 의미한다. 충신 조정인은 뱃속에 아이를 두고 약을 먹고 죽으며, 황제는 여덟 살 난 아들을 두고 세상을 뜬다. 공교롭게도 태자와 조웅은 동갑내기여서 황제는 조웅을 불러다 태자와 인사를 나누게 하고 열세 살이 되면 벼슬을 주기로 약속했던 터였다. 정상적인 상황이었다면 아무런 문제도 일어나지 않았을 것을, 간신 이두병 일파가 등장하여 모든 것을 앗아 가 버린 것이다. 충신은 죽고 충신 집안은 풍비박산하며, 태자는 왕위를 물려받기는 고사하고 이두병에게 쫓겨 귀양 가는 처지에 놓는다. 이런 난관을 헤쳐

나가는 길은 꼭 한 가지. 어떻게 해서든 이두병을 제압하는 길뿐이며, 그것이 바로 효도이고 충성이다.

조웅은 나이 일곱 살에 이미 "남의 자식이 되어 어찌 불공대천(不共戴天, 한 하늘 아래 함께 살 수 없음)의 원수를 목전에 두고 그저 있사오리까?"를 선언하며, 황제가 자기를 총애하여 불러들이자 "벼슬 없는 어린아이가 궐내에 오래 있으면 국정에 미안하옵고"를 말할 줄 아는 인물이다. 코흘리개의 말로는 도저히 믿기지 않을 정도로 점잖은 것이 문제이기는 하지만, 바로 이 부분이 이 소설이 지향하는 바를 아주 명확히 보여 준다. 한편에서는 남녀의 정욕을 수긍하면서 자유로운 교제를 옹호하는 듯한 반유교적 성향을 보이면서도, 또 한편에서는 엄격한 유교 윤리를 실천해 보이는 것이다. 조정인 부자의 충(忠)과 효(孝), 장 소저의 열(烈)이 한데 어우러져서 충―효―열의 3대 유교 덕목을 고스란히 펼쳐 보이고 있다. 결과적으로, 이 소설은 유교 이념으로 중무장한 보수적인 성향의 사람들까지도 아우를 수 있는 충분한 기반을 확보하였다.

『유충렬전』의 결말 역시 다른 영웅 소설과 마찬가지로 막판 뒤집기로 귀결된다. 본시 영웅 소설이 그렇듯, 전반부 내내 독자들의 가슴을 아프게 했던 애통한 사연들을 씻은 듯이 풀어내 준다. 그런데 이 과정에서 제일 크게 작용하는 것이 무력(武力)이라는 점을 간과할 수 없다. 주인공의 아버지나 장인이 충간(忠諫)을 하다가 화를 입는 데 비해, 주인공은 힘을 키워서 모든 문제를 단번에 해결해 버리는데, 바로 이 점이 첫 번째의 통쾌함이다. 조선은 우리가 아는 대로 문무(文武) 차별이 극심한 사회였다. 문반은 늘 무반 위에 있었으며, 대단한 무장(武將)조차도 전쟁 때가 아니면 홀대받기 십상이었다. 그런 현실에서 '힘을 길러서 단 한 번에' 모든 문제를 해결한다는 발상은, 사실상 현실의 뒤집기이다.

> "소장(小將)은 동성문내에 거(居)하던 정언 주부(主簿, 왕이 스스로
> 자신의 잘못을 바로잡을 수 있도록 이야기하거나, 왕이 내린 조서의 옳고
> 그름을 심의하는 관직) 유심의 아들 충렬이옵더니 주류개걸(周流丐乞,
> 두루 떠돌아다니며 구걸함)하여 바삐 있삽다가 아비 원수 갚으려고
> 잠깐 왔삽거니와 폐하 정한담에게 곤핍(困乏, 지쳐 몹시 고달픔)하심
> 은 몽중(夢中)이로소이다. 전일에 정한담을 충신이라 하시더니 충
> 신도 역적이 되나이까? 그 놈의 말을 듣고 충신을 원찬(遠竄, 멀리
> 귀양 보냄)하여 죽이고 이런 환(患, 근심, 고난)을 만나시니 천지가 아
> 득하고 일월이 무광(無光)하옵니다."[11]

구세주로 나타난 유충렬이 황제에게 한 말이다. 구구절절 옳은 말이지만 어딘지 이상하다. 봉건 사회에서 신하가 황제에게 할 수 있는 발언의 수위를 넘어서고 있기 때문이다. 훈계조를 지나 비아냥거리는 듯한 투의 말을 서슴없이 토해 내는데, 현실적으로는 불가능한 일이다. 그래서 도리어 억눌린 감정을 세칭 '천자(天子)'라고 불리는 황제 앞에서 마음껏 털어놓는 일은 생각만 해도 통쾌하다. 물론 이 인용 뒤로 가면 유충렬이 황제에게 자신의 격한 발언에 대해 사죄하는 대목이 있기는 하다. 그러나 그렇다고 이렇게 튀

---

11) 최삼룡 · 이월령 · 이상구 역주, 같은 책, 106-108쪽.

어나온 말이 취소가 되는 것은 아니다. 더구나 유충렬의 사죄 발언을 듣고 더욱 더 미안해하는 황제의 왜소한 모습에서 독자들은 두 번째 통쾌함을 즐길 수 있다.

그리고 그 마지막 통쾌함은 몰락한 집안을 단번에 다시 일으킨 일이다. 가난한 집안 출신의 사람은 늘 그때문에 더 가난하게 살고, 명문 집안 출신의 사람은 늘 그 덕에 더욱더 화려한 삶을 사는 것이 현실이다. 특히 이 소설이 유행한 조선 후기의 상황은 더욱 그랬을 것이다. 군담소설의 작자층을 몰락양반으로 추정하는 견해는 바로 이런 데에서 나왔다. 몰락한 양반이 밥벌이 삼아 소설을 지으면서, 거기에 정치적인 이유로 몰락한 영웅의 재기와 복수, 권세 회복 등을 담았다고 보는 것이다. 실제 그런 일이 있었는지는 확인할 길이 없지만, 적어도 꿈을 잃은 계층의 사람들에게 잠시나마 위안을 주고 희망에 부풀게 해주었다는 점만큼은 부인할 수 없겠다. 독자들은 비록 허구의 세계에서나마 그런 꿈 같은 일을 체험했을 듯하다.

『조웅전』, 『유충렬전』의 성과와 한계

확실히 『조웅전』과 『유충렬전』은 인기소설이다. 지금까지 힘주어 강조한 사실이 믿기지 않더라도, 그래서 전혀 인기가 없을 것처럼 보이더라도, 그 작품이 실제 읽히던 시기에서만큼은 최고의 인기소설이었음을 부인할 수 없다. 그러나 인기를 얻으려면 또한 무언가를 손상해야만 하고, 인기를 거머쥐면 그에 맞는 유명세를 치르는 법이다. 절친한 선배 한 분은 "선생은 인기를 먹고 사는 직업이 아니다!"를 뇌면서 투철한 신념에 입각한 강의를 하곤 한다. 인기에 끌려 다니다 보면 최상의 강의가 될 수 없기 때문이겠다. 지금도 대중들에게 인기 있는 영화에 평단의 혹평이 쏟아지는 일이 잦은 것은 그런 이유이다. 어쩌면 지나치게 인기가 있는 작품에 따라붙는 호평과 혹평은 도리어 정상적이기도 하다.

『조웅전』의 인기 요인은 매우 복합적이다. 우선, 근본적으로는 한 인간, 한 가문, 한 국가의 몰락과 회복을 둘러싼 영웅담이어서, 결국 대중들의 위안이며 꿈이 되기에 안성맞춤이다. 거기에 남녀의 사랑 이야기까지 결부해 놓고 보면, 흡사 현대 영화를 한 편 보는 듯한 느낌마저 든다. 영화에서 펼쳐지는 이야기가 흔히 그렇듯이 주인공이 한 가지 과업을 성공적으로 수행하여 애인을 찾고, 집안을 일으키며, 국가적인 위기도 극복한다. 게다가 작품 중간중간에 드러나는 장 소저와 조웅의 어머니가 겪는 고난 역시 여성들의 입장에서는 상당히 공감이 갈 법한 내용이다. 싸움의 주체는 남성이지만 그 틈바구니에서 온갖 수모를 감내해야 하는 쪽은 오히려 여성이었다. 화려한 결말을 담보로 고생을 극대화하여 여성독자들의 눈물샘을 자극했다. 그뿐만 아니라 충—효—열 같은 유교적 덕목을 강화한 점 역시 독자층을 넓히는 데 크게 기여했다.

그러나 그런 인기가 단순히 그럴듯한 스토리에만 있다고 생각하면 곤란하다. 이 소설에는 다른 어떤 고소설도 따르기 힘든 사실감이 생동감 있게 펼쳐진다. 내용 자체만으로는 상당히 허황된 것처럼 보이지만, 세부 묘사나 내면 심리 서술 등에서 독자들을 끌어들이기에 충분한 기교를 갖추고 있다. 주제나 사상이 전근대적이라는 약점을 내보이고 있는 것과 달리, 적어도 소설을 소설답게 써내려가는 기법 면에서는 근대적인 면을 상당히 갖춘 수작이다. 이 소설에 등장하는 적과의 전투 장면을 눈여겨본 사람이라면 이 점에 대해 충분히 수긍할 수 있을 것이다. 즉 소설 속에 그려진 세상이 실제 현실인 듯한 착각을 느끼게 하는 데 성공했다는 말이다.

또, 이 작품의 재미를 북돋는 요소이면서 또 한편으로는 치명적인 약점으로 작용하는 내용을 하나 지적하지 않을 수 없다. 조웅의 싸움과 승리가 매우 비현실적이라는 점이다. 어떻게 나이 어린 장수가 하나 나서서 온 나라의 운명을 바꿀 만한 전투를 수행할 수 있었을까? 해답은 엉뚱하게도 '조웅검'이라는 보검과 '철관 도사'라는 스승에 숨어 있다. 신비한 힘에 의지해서 모든 문제를 단숨에 해결하는 구도라 하겠는데, 이것은 작품의 환상성을 높이는 데 크게 기여하는 동시에, 합리성에 익숙한 현대 독자들에게는 가장 못마땅하게 여겨지는 대목이기도 하다. 변고가 나기 전에는 반드시 이상한 징조가 일어나고, 주인공에게는 '실로 우연히도' 너무도 많은 구원자와 보조 도구가 등장한다. 이것은 우리가 아는 판소리계 소설이나 연암 박지원의 소설 등과 비교해 볼 때 확실한 한계로, 영웅 소설 내지는 군담 소설이라는 유형의 고소설들에서 쉽게 찾아볼 수 있는 특징이다.

『유충렬전』 역시 모든 문제를 그렇게 화끈하게 풀어내는 통쾌함의 뒷면에 작품의 한계가 그대로 놓여 있다. 현실에서는 도저히 있을 수 없는 일, 있을 수 없는 방법으로 모든 문제가 해결되는 것이다. 간신이 횡행하고 충신이 귀양 가는 상황은 현실에서 늘 벌어지는 일이지만, 그런 간신을 도사에게 배운 도술과 하늘에서 내려 준 신비한 갑옷과 장검 등으로 막아내는 일은 현실에서 일어날 수 없다. 물론 그러한 요소들 역시 이 작품의 흥미를 이끌어 내는 값진 요소이지만, 흥미를 넘어서 적극적인 의미를 부여하기에는 어딘가 모자란 구석이 많다. 『유충렬전』이 긴박한 싸움, 복잡한 사건 전개, 극적인 반전, 섬세한 세부 묘사 등으로 다른 고소설이 도달하지 못한 지점에 선착했으면서도 시대를 뛰어넘는 의미를 갖기 어려운 이유는 아마도 여기에 있을 것이다. 따라서 이 작품을 굳이 혹평하려 든다면, '소설적 재미에 주제를 희생시켰다.'고도 할 수 있다.

그러나 문학을 꼭 그렇게 볼 것만도 아니다. 사람이 여러 부류이 듯이 소설 역시 여러 부류이다. 때로는 진지한 식자층을 위한 고급소설이 필요하듯이, 또 때로는 환상과 군담(軍談)을 종횡으로 넘나드는 대중 소설 역시 필요하기 때문이다. 너무 비현실적이라 하더라도 삶에 지친 사람들에게는 참으로 달콤한 이야기, 꿈같은 이야기가 필요하게 마련이다. 『조웅전』이나 『유충렬전』을 그저 뻔한이야기라고 폄하할 수 없는 이유가 바로 거기에 있겠다. 아주 익숙해서 전혀 튀지 않는 스토리에 새로운 기법과 특별한 장면이 얹힐 때 대중들은 부담 없이 빨려든다. 그렇게 빠져드는 독자들을 대체 무슨 권리로, 어떤 힘으로 막을 것인가!

제 7 강

주몽의 시련과 모험,
그리고 우리의 삶

신화와 우리의 삶

우리 독서 시장에 가히 신화 열풍이 불고 있다. 서점에 나가 보면 신화 코너가 따로 마련되어 있을 정도이며, 그리스 · 로마 신화에서 붙은 불이 북유럽 · 인디언 · 중국 · 인도 · 일본 · 몽골까지 쭉쭉 뻗어 나가고 있다. 어지간히 부지런히 책을 사 모으는 사람이 아니고서는 나오는 책을 다 사 모으기도 그리 만만한 일이 아닐성싶다. 고전을 공부하는 사람으로서 이런 현상은 매우 바람직해 보인다. 실용서와 가벼운 읽을거리를 찾아 헤매는 풍조 속에서 신화 같은 듬직한 내용을 붙잡고 있다는 것이 얼마나 아름다운가. 신화는 무엇보다 재미있다. 잘만 꾸며 놓는다면 세칭 잘 나간다는 소설가의 최신작보다 더 박진감 넘치고 흥미로운 것이 바로 신화로, 정말 읽는 재미가 쏠쏠하다.

그러나 재미에만 빠져 그 참뜻을 간과한다면 요즘 유행하는 판

타지 소설을 보는 것과 크게 다르지 않을 것이다. 신화에는 신화 특유의 깊은 의미가 있다. 거기에는 인류가 안고 있는 보편적인 근원 문제가 담겨 있음은 물론, 전승 지역에 따른 특수한 문제까지 은연중에 내비친다. 그야말로 일거양득이라 하겠는데, 그렇다고는 해도 읽다보면 가끔씩 허망해지는 느낌을 지워버리기 어렵다. 대체 그런 인류와 민족의 문제가 나와 어떤 관계가 있단 말인가? 따져 보면 아주 없지는 않겠지만, 실제 오늘을 사는 우리의 삶에 어떤 영향을 주는지, 참으로 궁금하지 않을 수 없다. 그런 의문이 드는 것은 아마도 현재 우리의 삶이 신화적인 데에서는 아주 멀게 느껴지기 때문으로 여겨진다. 아니 먼 정도가 아니라 아예 대척점에 놓여있는 것이나 아닌지 의심할 만하다. 이른바 과학의 이름으로 신비한 것들을 지워나간 까닭이겠는데, 곰곰 생각해 보면 표면적인 의식만 그럴 뿐 그 이면으로는 우리의 삶이 신화에서 그리 멀리 나아간 것만은 아니다.

예를 들어, 매년 크리스마스 때쯤이면 우리들은 '크리스마스 트리'라는 것을 장식한다. 그런데, 거기에 쓰이는 나무가 모두 상록수임에 유념할 필요가 있다. 진짜 나무에 달자고 하면 겨울에 살아 있는 나무가 그것밖에 없으니까 그렇다고 하겠지만, 플라스틱으로 만든 모조품까지 상록수인 것은 무슨 까닭인가? 상록수는 늘 푸른 나무, 곧 죽지 않는 나무이다. 이런 나무야말로 유한성을 속성으로 하는 인간에게 신성한 느낌을 불러일으킬 만한 어떤 것이다. 소멸이 없는 영생의 나무, 무한한 생명력을 보여주는 그런 나무 말이다. 그리고 그런 나무로도 부족하여 해와 달과 별 등의 장식을 달

아서 영속성을 강화한다. 하긴 크리스마스가 애초에
동지 풍속이었음을 상기한다면, 동지야말로 해가 다시
길어지는 그 새로움의 출발일 터 이 문제에 대해 더 길게
이야기할 게 없겠다.

　그런가 하면, 지금도 도시의 변두리쯤에만 가면 아무
날도 아닌데 깃발이 펄럭이는 집이 있다. 대개 붉거
나 흰 색 천을 장대 위에 매달아 놓았는데, 그런
집은 예외 없이 무당집이다. 이때의 깃발은 무당
집이라는 표시로 인지되는데, 그렇다고 하더
라도 저렇게 높이 달아놓을 필요가 있
을까싶게 높이 펄럭이는 데는 무슨
이유가 있을 법하다. 너무 벌어지는
느낌이 들겠지만, 그 표지야말로 거
기가 바로 세상의 중심이라는 뜻이겠다.
단군이 내려온 '삼위태백'이든, 마을에 세워두던
솟대든, 무당집의 깃발이든 모두 하늘과 땅을 연
결하는 세상의 중심이다. 이는 곧 세상의 중심에
서서 세상의 전체를 관장하는 곳이라는 뜻이다.

　지금부터 이런 문제의식에서 〈주몽 신화〉를 살
펴보려 한다. 특히, 주몽(기원전 58~19, 고구려의 시
조. 성은 고(高), 이름은 주몽. 압록강 연안인 졸본천(卒本
川)에 나라를 세우고 국호를 고구려라 하였음)의 시련과
모험이 갖는 의미를 중심으로 탐구해 보도록 하자.

솟대 : [솟을 대]의
준말, 하늘에 대한
희망의 상징. 삼한
(三韓)시대에 신을
모시던 장소인 소
도(蘇塗)에서 유래
한 것이라고도 하
며, 전라도에서는
'소주', '소줏대',
함흥 지방에서는
'솔대', 황해도·
평안도에서는 '솟
댁', 강원도에서는
'솔대', 경상도 해
안 지방에서는 '별
신대' 등으로 부른
다.

시련 - 자기 정체성을 찾아

신화에서의 시련은 사실상 영웅이 출생하기 전부터 시작된다. 가령, 〈단군 신화〉라면 웅녀의 고난이 그 예이겠고, 〈주몽 신화〉라면 유화의 시련이 그것이다. 웅녀는 쑥과 마늘을 먹으며 조신해야 했고, 유화는 아버지 없는 자식을, 그것도 알로 낳아서 버림을 받는다. 먹기 싫은 것을 먹어가며 햇빛을 못 쐰 웅녀도 어려웠겠지만, 시련으로 따지자면 유화와는 견주기 어렵다. 『삼국유사』에는 아주 간단하게 나와 있지만, 이규보(李奎報, 1168~1241)가 남긴 한문 서사시 〈동명왕편〉(동명왕(주몽)의 신화를 고려 고종 때의 문신 이규보가 장편 서사시로 엮은 작품. 그의 시문집인 『동국이상국집』 제3권에 실려 전함)에는 이 부분이 아주 소상히 나온다. 유화의 아버지 하백이 해모수와의 대결에서 패하고는 그 딸을 책망하는 내용부터가 절절하기 그지없다.

하백이 그 딸을 책망하여
입술을 잡아당겨 석 자나 늘여놓고
우발수 속으로 추방하고는
오직 비복 두 사람만 주었다.

(하백이 그 딸에게 크게 노하여, "내가 훈계를 따르지 않아서 마침내 우리 가문을 욕되게 하였다." 하고, 좌우를 시켜 딸의 입을 옭아 잡아 당기어 입술의 길이가 석 자나 되게 하고 노비 두 사람만 주어 우발수

가운데로 추방하였다. 우발은 못 이름인데 지금 태백산 남쪽에 있다.)

어부가 물 속을 보니
이상한 짐승이 돌아다녔다.
이에 금와왕에게 고하여
쇠그물을 깊숙이 던졌다.
돌에 앉은 여자를 끌어당겨 얻었는데
얼굴 모양이 심히 무서웠다.
입술이 길어 말을 못하므로
세 번 자른 뒤에야 입을 열었다.

(어사(漁師) 강력부추가 고하기를 "근자에 어량(魚梁, 물을 막아 고기를 잡는 장치) 속의 고기를 도둑질해 가는 것이 있는데 무슨 짐승인지 알 수 없습니다." 하였다. 왕이 어사를 시켜 그물로 끌어내니 그물이 찢어졌다. 다시 쇠그물을 만들어 당겨서 돌에 앉아 있는 여자를 얻었다. 그 여자는 입술이 길어 말을 못하므로 그 입술을 세 번 잘라내게 한 뒤에야 말을 하였다.)[1]

그러나 유화의 이런 고통은 그녀가 오리들 틈에 낀 백조 새끼 같은 존재였기 때문에 생긴 일이었음이 나중에 밝혀진다. 해모수는 하늘에서 내려온 존재이고 하늘의 권능을 그대로 지닌 신이다. 그

---

1) 이규보, 『국역 동국이상국집 Ⅰ』, 김희철 역, 민족문화문고간행회, 1985, 133-134쪽. 행갈이가 되어 있는 부분은 시이고, 괄호 안은 시에 딸린 주석이다.

러니 그런 신의 힘을 물의 신 하백이 막아낼 재간이 없다. 이 점에서 이 고통은 물의 신이 하늘 신에게 패한 데서 온 것으로 볼 수 있다. 그러나 가만 생각해보면 하늘에서 내려온 신이 큰뜻을 이루려 짝을 구한다면 범상한 인물을 찾을 리가 없다. 당연히 뛰어난 존재를 찾게 되어 있는데 이때 선택된 인물이 유화라면, 유화야말로 비범 중의 비범을 타고난 존재임이 틀림없다. 따라서 그녀에게 닥치는 큰 시련은 그녀가 얼마나 대단한 인물이며, 그가 낳을 존재가 얼마나 비범한 능력을 지녔는지를 예고하는 데 지나지 않는다.

입술이 당겨 늘여지고, 집에서 쫓겨나며, 괴물 취급을 받고, 입술이 잘리는 고통은 결국 거꾸로 그 고통을 견뎌냈을 때 찾아올 성과의 크기를 더욱 기대하게 만든다. 이는 또한 곧이어 태어나는 주몽이 결코 순탄치 않은 삶을 살게 될 것이라는 암시이기도 하다. 실제로 주몽은 태어나면서부터 버려지는 비운을 맛보아야 했고, 자라서 역시 그랬다.

> 금와(동부여의 왕)에게는 아들이 일곱 있었는데 항상 주몽과 함께 놀았다. 그러나 기량에 있어서 주몽에 미치지 못했다. 맏아들 대소는 왕에게 고했다.
> "주몽은 사람의 소생이 아니옵니다. 만약 일찍 손을 쓰지 않는다면 후환이 있을까 두렵사옵니다."[2]

『삼국유사』에서는 주몽의 첫 시련을 이렇게 적고 있다. 물론 그

---

2) 일연, 『삼국유사』, 「기이」 〈고구려〉 조.

東國李相國全集卷第三

古律詩

東明王篇 幷序

世多說東明王神異之事雖愚夫騃婦亦
頗能說其事僕嘗聞之笑曰先師仲尼不
語怪力亂神此實荒唐奇詭之事非吾曹
所說及讀魏書通典亦載其事然略而
不詳豈詳內略外之意耶越癸丑四月得舊
三國史見東明王本紀其神異之迹踰世
之所說者然亦初不能信之意以爲鬼幻

全集卷三

及三復耽味漸披其源狀幻也乃聖也非
鬼也乃神也況國史直筆之書豈妄傳
之哉金公富軾重撰國史頗略其事意者公
以爲國史矯世之書不可以大異之事
示於後世而略之耶按唐玄宗本紀揚貴
妃傳並無方士升天入地之事唯詩人白
樂天恐其事淪沒作歌以志之彼實荒淫
奇誕之事猶且詠之以示後人矧東明之
事非以變化神異眩惑衆目乃實創國之
神迹則此而不述後將何觀是用作詩以

전에 알로 태어나 버려지는 대목이 없는 것은 아니지만, 어디까지나 주몽이 태어나기 전의 일일 뿐, 사실상 주몽에게 닥친 시련은 이것이 처음이라 할 수 있다. 요점은 매우 간단하다. 주몽은 보통 사람보다 기량이 뛰어나고 사람의 자식이 아니라는 사실이다. 다 아는 대로, 주몽의 아버지는 하늘의 신 해모수이고 어머니는 물의 신 하백의 딸인 유화이니 뛰어나지 않으려야 뛰어나지 않을 수 없다. 뛰어나다는 이유로 시련을 당한다는 것이 말이 되느냐고 따지는 사람이 있을 수도 있겠지만, 이런 일은 세상 어디에든 널려 있는 것이어서 새삼스럽지 않다.

이런 시련을 겪을 때, 사람은 누구나 다시 한 번

이규보(李奎報, 1168~1241)가 남긴 한문 서사시 〈동명왕편〉(동명왕(주몽)의 신화를 고려 고종 때의 문신 이규보가 장편 서사시로 엮은 작품. 그의 시문집인 『동국이상국집』 제3권에 실려 전함)

이규보의 묘(경기 강화도 소재)

자신을 돌아보게 된다. 그리고 그 결과 자신의 잠재된 능력을 비로
소 확인하는 감격을 맛본다. 〈동명왕편〉에는 그런 능력이 아주 어
릴 때부터 좀 더 자세히 서술되어 있다.

어미가 우선 받아서 기르니
한 달이 되면서 말하기 시작하였다.
스스로 말하되 파리가 눈을 빨아서
누워도 편안히 잘 수 없다 하였다.
어머니가 활과 화살을 만들어 주니
그 활이 빗나가는 법이 없었다.

(어머니에게, "파리들이 눈을 빨아서 잘 수가 없으니 어머니는 나를
위하여 활과 화살을 만들어주오." 하였다. 그 어머니가 댓가지로 활

과 화살을 만들어 주니 스스로 물레 위의 파리를 쏘는데 화살을 쏘는 족족 맞혔다. 부여에서 활 잘 쏘는 것을 '주몽'이라고들 한다.)[3]

태어난 지 한 달만에 말을 한다는 것부터가 보통 사람이 아닌데, 게다가 파리를 쫓겠다며 활을 준비해달라고 했다. 이야기니까 그렇다고는 해도 태어난 지 한 달밖에 안 된 아이가 활로 파리를 잡는다는 것이 생각이나 할 수 있는 일인가. 그럼에도 불구하고 주몽은 그 놀라운 일을 해낸다. 물론 어려운 일을 해낸 것도 중요하지만, 더욱 중요한 것은 그 일의 성격이다. 활쏘기는 수렵사회에서는 몹시 중요한 일이었다. 활을 잘 쏘는 사람은 사냥을 잘할 수 있었고 그것은 곧 많은 사람을 부양하고 거느릴 수 있는 능력의 표시였다. 활 잘쏘는 사람에게 '주몽'이라는 칭호를 부여했다면, 주몽이야말로 가장 많은 사람을 거느릴 능력을 지닌다는 표시이다. 뿐만 아니라 활은 쏘는 순간 허공을 가르며 날아간다는 점에서 하늘로 상징되는 초월성과 연관되기도 하니 그 신성성은 더욱 대단하다.

그런데 주몽의 힘이 나날이 강해지자 금와의 아들들이 들고일어나서 그를 없앨 것을 청했다. 일의 촉발은 이렇다. 금와는 일곱 아들과 부하들을 데리고 사냥을 했다. 왕과 왕자 등 40여 명이 겨우 사슴을 한 마리 잡았는데, 주몽은 혼자서 여러 마리를 잡았다. 왕자들이 그것을 시기하여 주몽을 붙잡아 나무에 붙들어 맨 후 사슴을 빼앗는다. 그러자 주몽은 나무를 뽑아버리고는 그곳을 빠져나오고, 금와의 맏아들 대소가 주몽을 처치할 것을 제안했다. 그러나 금

---

3) 이규보, 앞의 책, 135쪽.

수렵도 (고구려 고분 벽화)

와는 그 말을 무시하였다. 〈동명왕편〉의 해당대목을 좇아가 보자.

왕이 가서 말을 기르게 하니
그 뜻을 시험하고자 함이었다.
스스로 생각하니 천제의 손자가
천하게 말 기르는 것, 참으로 부끄러워
가슴을 어루만지며 항상 혼자 탄식하기를
사는 것이 죽는 것만 못하다.
마음 같아서는 장차 남쪽 땅에 가서
나라도 세우고 성시(城市)도 세우고자 하나

사랑하는 어머니가 계시기 때문에
이별이 참으로 쉽지 않구나.

(왕이 주몽에게 말을 기르게 하여 그 뜻을 시험하였다. 주몽이 마음
으로 한을 품고 어머니에게, "나는 천제의 손자인데 남을 위하여 말
을 기르니 사는 것이 죽는 것만 못합니다. 남쪽 땅에 가서 나라를 세
우려 하나 어머니가 계셔서 마음대로 못합니다.)[4]

금와가 말을 기르게 한 사연이 재미있다. 흔히 알려진 것처럼 징
계 차원의 일이 아니라, '그 뜻'을 시험하려는 것이라 했다. 금와
가 누구인가? 자기 역시 하늘에서 내려준 인물이었다. 그는 주몽
의 크기를 충분히 알고 있었다. 처음에 알로 태어난 주몽을 그는
갖다버리라고 명령한 바 있다. 그러나 마구간에 두면 말들도 밟지
않고 산에 버리면 모든 짐승들이 호위했으며, 구름 끼고 흐린 날에
도 알 위에는 햇빛이 있었다. 그래서 금와는 그만 '알 버리기'를
포기하고 말았다. 그때 이미 금와는 주몽이 하늘의 기운을 받은 고
귀한 존재임을 안 것이고, 이제 정작 본인의 뜻이 궁금했다. 제 아
무리 하늘이 낸 사람이라 하더라도 본인이 그를 거부하면 평범한
사람에 머물고 말 뿐이다. 세상 모든 일이 그렇다. 안팎의 호응이
없으면 만사가 헛일이 되고 마는 법이다.
　이 일로 주몽은 비로소 자신의 정체에 대해 생각하게 된다. 신통
하게도 모든 시련은 문제의 본질에 가장 빠르게 닿게 해주는 힘을

---

4) 이규보, 같은 책, 135-136쪽.

가지고 있다. 뿌옇던 것들이 그 시련으로 인해 명료해진다. 그는 말을 기르게 되자 처음으로 '천제(天帝, 하느님)의 손자'임을 생각한다. 물론 말 기르는 것이 부끄러웠기 때문이지만, 뒤집어 보면 궁궐의 말을 기르는 일을 수치스럽게 생각한다는 자체가 벌써 자신이 누구인가를 깊이 생각한다는 말이다. 즉, 자신은 하늘의 자손이고 '장차 남쪽 땅으로 가서 나라를 세울' 몸이기 때문에 마구간이나 지키고 있다는 데에 모멸감을 느낀다고 보면 된다.

이쯤 되면 문제의 반이 풀린 셈이다. 시작이 반이라고, 내가 누구인지, 내가 어떤 일을 해야 하는지 안다는 것만으로도 큰 과업을 성취할 기틀은 충분히 마련된 셈이기 때문이다. 이는 주몽만 그런 것이 아니라 사실상 모든 신화의 주인공이 그렇고, 또 모든 인간이 그렇다. 우리네 같은 평범한 사람들 역시 내가 누구이고, 무엇을 해야 하는지 깨닫는 데에서 모든 일의 실마리가 풀린다.

모험 – 큰일을 이루기 위해

내가 누구인지 안다는 것은 엄청난 일이지만, 안다는 것에 그치면 거기에만 머무르게 될 뿐 더 이상의 발전은 없다. 결국 행동이 없으면 안 되는 법이다. 사실 행동이 수반되지 않는 앎이란 무지만도 못한 경우가 많지 않던가. 그러나 그 앎이 자신의 현재 상황을 송두리째 부정해야 할 만큼 파격적인 것이라면 필연코 대단한 모험을 감내해야만 한다. 만약 주몽이 고작 엎혀살면서 눈칫밥이나 먹는 주제에 감히 하늘의 자손임을 곱씹으며 장차 국가의 창건을 꿈꾼다면, 감당하기 힘든 모험이 그의 앞에 가로놓이게 될 것이 분명하다.

『삼국유사』에는 이 과정이 다음과 같이 아주 간단하게 적혀있다.

> (가) 주몽은 준마를 알아보고는 먹는 양을 줄여서 마르게 만들었으며, 둔한 말은 잘 먹여서 살찌게 했다. 왕은 살진 말은 제가 타고 마른 말은 주몽에게 주었다.

> (나) 왕의 아들들과 신하들이 그를 해치려 계획했다. 주몽의 어머니가 이 일을 알고 주몽에게 고했다.
> "나라 사람들이 너를 해치려 하는구나. 네 재주와 지략이라면 어디에 간들 못 살겠느냐. 속히 떠나도록 해라."

> (다) 그래서 주몽은 오이 등 세 사람을 벗 삼아 엄수라는 물에 이르러 물에 대고 이렇게 말했다.
> "나는 하느님의 아들이요 하백의 손자이다. 오늘 도망하는데 추격하는 사람들이 거의 따라붙었다. 어찌하면 좋으냐?"
> 말을 마치자 물고기와 자라가 다리를 만들어 주었다. 일행이 다 건너자 다리는 흩어져서 추격하던 기병들은 건널 수 없었다.[5]

---

5) 일연, 같은 책, 같은 조.

『삼국유사』「기이」
〈고구려〉 조.

　(가), (나), (다)를 차례로 보면 그 모험이 어떤 식으로 진행되는
지 명확히 알 수 있다. (가)에서는 모험을 위한 준비 단계를 보여
준다. 말은 큰일을 하는 중요한 도구로 신화에서 자주 등장하는데,
대개 주인공이나 주인공을 원조하는 누군가가 좋은 말을 미리 알
아보고 속임수를 써서 그 말을 확보해 둔다. (나)는 집단에서 떠나
는 대목이다. 사실상 거의 모든 영웅 신화는 자기가 속한 집단을
떠나서 험난한 모험을 통해 자신을 '업그레이드'하는 이야기로,
주몽의 경우가 대표적이다. 주몽은 자신이 살던 땅을 떠나야만 했
다. 그것도 핍박받는 어머니를 남겨 두고 떠나야만 했기에 멈칫거
림이 없을 수 없었다. (다)에서는 두 가지 사실이 드러나는데, 하나

는 사람을 얻은 일이고, 또 하나는 자신의 능력으로 위기를 벗어난 일이다. 세 사람을 얻었다는 내용이 강조된 이유는 그가 나중에 나라를 세우기 때문이다. 나라를 세우는 일은 워낙 큰 과업이라 혼자서 할 수 없다. 부하가 될 사람을 미리 구해 두는 것은 (가)에서 말을 구한 것과 크게 다르지 않은 일이다. 그리고 추격해 오는 적들을 하늘과 물의 힘으로 따돌리는 것으로 주몽의 능력이 또 한 차례 과시된다.

그러나 『삼국유사』의 이 정도의 기록만으로는 그 신비함이 제대로 드러나지 않는다. 어찌 보면 재미난 이야기의 줄거리를 서술해 놓은 것처럼 간단하기 그지없는데, 이는 〈동명왕편〉의 이야기로 보충해볼 때 좀 더 새롭게 해석해볼 여지가 있다.

그 어머니 이 말 듣고
흐르는 눈물 씻으며
너는 내 생각 하지 말라
나도 항상 마음 아프다.
장사가 먼 길을 가려면
반드시 준마가 있어야 한다며
아들을 데리고 마구간에 가서
곧 긴 채찍으로 말을 때리니
여러 말은 모두 달아나는데
붉은 빛이 얼룩진 한 말이 있어
두 길 되는 난간을 뛰어넘으니

이것이 준마인 줄 비로소 깨달았다.(「통전」에 주몽이 타던 말은 모
두 과하마라 하였다.)
남모르게 바늘을 혀에 꽂으니
시고 아파 먹지 못하네.
며칠 못 되어 형상이 심히 야위어
나쁜 말과 다름없었다.
그 뒤에 왕이 돌아보고
바로 이 말을 주었다.
얻고 나서 비로소 바늘을 뽑고
밤낮으로 도로 먹였다.

("이것은 내가 밤낮으로 고심하던 일이다. 내가 들으니 장사가 먼 길
을 가려면 반드시 준마가 있어야 한다. 내가 말을 고를 수 있다." 하
고, 드디어 목마장으로 가서 긴 채찍으로 어지럽게 때리니 여러 말이
모두 놀라 달아나는데 한 마리 붉은 말이 두 길이나 되는 난간을 뛰
어넘었다. 주몽은 이 말이 준마임을 알고 가만히 바늘을 혀 밑에 꽂
아 놓았다. 그 말은 혀가 아파서 물과 풀을 먹지 못하여 심히 야위었
다. 왕이 목마장을 순시하며 여러 말이 모두 살찐 것을 보고 크게 기
뻐서 인하여 야윈 말을 주몽에게 주었다. 주몽이 이 말을 얻고 나서
그 바늘을 뽑고 도로 먹였다 한다.)[6]

인용이 길지만 골자는 매우 간단하다. 첫째, 유화가 아들을 격려

---

6) 이규보, 같은 책, 136-137쪽.

하여 떠나게 했고, 둘째, 좋은 말을 알아보고 속임수로 좋은 말을 취했다. 둘의 공통점이 있다면 유화의 역할이 강조된다는 점이다. 이 점은 『삼국유사』의 기록과 비교해도 큰 차이를 보이는 대목이다. 유화는 보통 여자가 아닌, 성스러운 존재를 잉태하여 생산한 성모(聖母)이다. 그녀는 바로 여기에서 성모로서의 소임을 다한다. 그가 길을 떠나는 데 주저함이 없게 할 뿐만 아니라 정말 필요한 것이 무엇인지 알아서 챙겨주는 세심함을 보여주고 있다. 좋은 말을 알아보기 위해서 채찍질을 했는데, 굳이 '과하마(果下馬)'임을 강조한 주석에 유념할 필요가 있다. 과하마는 글자 그대로 과수나무 밑을 지나갈 정도로 작은 말이다. 지구력이 있어서 선호되는 말이었지만 크기가 너무 작아서 문제였을 것이다. 그러므로 다른 말처럼 도망가지도 않고, 그 작은 키로도 두 길이 넘는 난간을 뛰어넘는다면 준마임에 틀림없을 터였다.

다음으로는 물을 건너는 일이 남았는데, 역시 「동명왕편」에서 훨씬 더 자세하게 나온다.

> 채찍을 잡고 저 하늘을 가리키며
> 개연(慨然, 억울하고 분함)히 긴 탄식을 발한다.
> 천제의 손자 하백의 외손이
> 난을 피하여 이곳에 이르렀소.
> 불쌍한 고자(孤子)의 마음을
> 천지신명께서 차마 버리시리까.
> 활을 잡아 하수(河水)를 치니

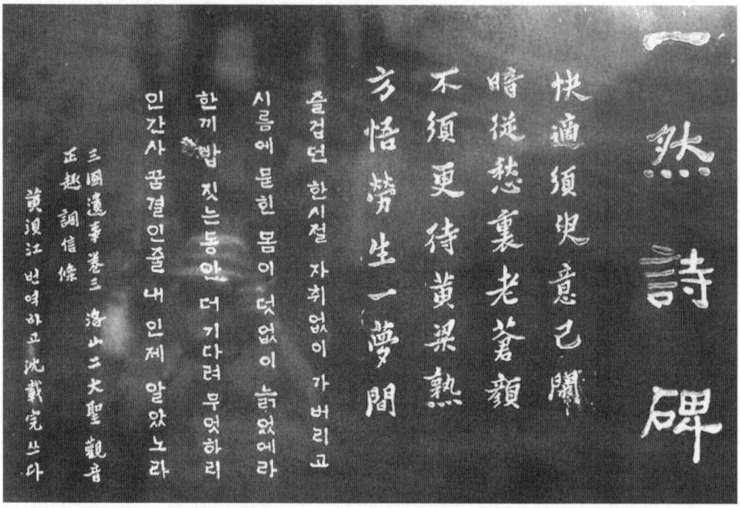
一然詩碑
快適須臾意已閑
暗從愁裏老蒼顔
不須更待黃粱熟
方悟勞生一夢間
즐겁던 한시절 자취없이 가버리고
시름에 묻힌 몸이 덧없이 늙었에라
한끼밥 짓는동안 더 기다려 무엇하리
인간사 꿈결인줄 내 인제 알았노라
三國遺事卷三 洛山二大聖 觀音
正趣 調信條
黃浿江 번역하고 沈載完 쓰다

일연 시비(경북 군위군 인각사 소재)

고기와 자라가 머리와 꼬리를 나란히 하여
높직이 다리를 이루어
비로소 건널 수 있었다.
조금 뒤에 쫓는 군사 이르러
다리에 오르니 다리가 곧 무너졌다.[7)]

다 아는 대로 주몽이 주술을 펼쳐보이는데 채찍과 활이 등장하고 있음에 유념해야 한다. 채찍은 말을 부리는 도구인데 그것으로 하늘을 가리켰다고 했다. 또 활은 주몽이 가장 잘 쓰는 도구로, 쏘는 순간 하늘로 향하는 특징이 있다. 어느 것이나 하늘과 연관되어 있는데, 사실은 그런 도구를 사용하는 당사자가 바로 하늘의 자손

7) 이규보, 같은 책, 137쪽.

임이 중요하다. 주몽이 스스로 '천제의 손자'이며 '하백의 외손'임을 아는 순간, 즉 자기 정체성을 파악하는 순간 모든 일은 순순히 풀려 나간다.

이렇게 탈출한 주몽이 비류국에 도착하여 그곳 왕과 한바탕의 결전을 치르고 승리 끝에 세운 나라가 바로 고구려이다. 이 과정 역시 〈동명왕편〉에 매우 자세하게 나온다.

형세 좋은 땅에 도읍을 여니
산천이 울창하고 높고 컸다.
스스로 띠자리 위에 앉아서
대강 군신의 위계를 정하였다.

(왕이 스스로 띠자리 위에 앉아서 대강 임금과 신하의 위계를 정하였다.)

애달프다, 비류왕이여!
어째서 스스로 헤아리지 못하고
선인의 후예인 것만 굳이 자긍하고
천제의 손자 존귀함을 알지 못하였나.
한갓 부용국으로 삼으려 하여
말하는 데 삼가거나 겁내지 않네.
그림 사슴의 배꼽도 맞히지 못하고
옥가락지 깨는 것에 놀랐다.

(비류왕 송양이 나와 사냥하다가 왕의 용모가 비상함을 보고 이끌어 함께 앉아서, "바다 한쪽에 치우쳐 있어 일찍이 군자를 만나보지 못하였는데, 오늘 우연히 만났으니 얼마나 다행한 일인가. 그대는 어떠한 사람이며 어느 곳에서 왔는가?" 하니 왕이, "과인은 천제의 손자요, 서국(西國)의 왕이다. 감히 묻노니 군왕은 누구의 후손인가?" 하니, 송양이, "나는 선인(仙人)의 후손인데 여러 대 왕노릇을 하였다. 지금 지방이 대단히 작아서 나누어 두 왕이 될 수 없고 그대는 나라를 만든 지가 얼마 되지 않았으니, 나의 부속국이 되는 것이 좋을 것이다."하였다. 왕이, "과인이 천제의 뒤를 이었지마는 지금 왕은 신의 자손도 아니면서 억지로 왕이라 칭호하니, 만일 내게 복종하지 않으면 하늘이 반드시 죽일 것이다." 하였다. 송양은 왕이 여러 번 천제의 손자라 자칭하는 것을 듣고 마음에 의심이 들어 그 재주를 시험하고자 하여, "왕과 활쏘기를 원하노라." 하고, 그린 사슴을 1백보 안에 놓고 쏘았는데 그 화살이 사슴 배꼽에 들어가지 않았는데도 힘에 겨워하였다. 왕이 사람을 시켜 옥가락지를 가져다가 1백보 밖에 달아매고 쏘았는데 기왓장 부서지듯 깨지니 송양이 크게 놀랐다.(이하 생략)")[8]

주몽이 앞서 보인 여러 가지 능력이 여기에서 또 한 번 되풀이되고 있다. 다른 점이 있다면 부여에서의 능력 발휘가 생명의 위협에서 벗어나기 위한 소극적인 것이었다면, 비류국에서의 그것은 자신의 원대한 꿈을 세우기 위한 적극적인 것이라는 점이다. 갑자기

---

8) 이규보, 같은 책, 138~139쪽.

외지에서 들어온 사람이 자신이 왕이 될 테니 상대더러 자기 밑으로 들어오라는 말은 누구나 할 수 있는 것이 아니다. 불가능해 보이는 업적을 이루는 추동력 역시 자신이 누구인지를 알고, 또 자신의 능력을 최대한 발휘하는 데서 나오는 데 유념해야 하겠다. 결국, 〈주몽신화〉는 우리에게 이렇게 말하고 있는 것이 아닐까. "먼저 네가 누구인지 알고 네 꿈도 거기에 맞게 바로 세우라. 그리고는 준비를 한 뒤, 네가 선 곳을 박차고 나가 상대를 물리치고, 네 꿈을 이루어라. 걱정할 것은 아무것도 없다. 모든 것은 네 안에 이미 다 마련되어 있으니까!"

건국-우리 모두의 꿈

이쯤 오고 보니 신화를 너무 인간적으로 설명한 듯하다. 사실 주몽 이야기가 신화인 이상, 인간적인 해석에만 주안점을 두어 '위인전 주몽 이야기'처럼 풀이해서는 곤란하다. 하긴, 상당수의 위인전이 신화처럼 기술되기도 하고 또 실제로 신화이기도 하다. 예를 들자면, 『삼국사기』「열전」에 있는 〈김유신〉 같은 경우, 역사 전기이기에 앞서 완벽한 신화이다. 그러나 신화의 주인공이든 위인전의 위인이든 그들의 공통점은 바로 '창조(혹은 재창조)'에 있다. 그들은 너나 할 것 없이 무언가를 만드는 것이다. 크게는 천지 창조에서, 국가 창건, 여러 국가들의 통합, 사회

제도의 창설, 불합리한 제도의 타파……. 주인공에 따라 일의 스케일은 달라지지만 그런 일을 하는 사람들이 바로 영웅이다.

이 점을 염두에 두고 이규보가 쓴 〈동명왕편〉 가운데 한 대목을 보자.

한 쌍 비둘기 보리 물고 날아
신모의 사자가 되어 왔다.

(주몽이 이별할 때 차마 떠나지 못하니 어머니가 말하기를, "너는 어미 때문에 걱정하지 말라." 하고 오곡 종자를 싸주어 보내었다. 주몽이 살아서 이별하는 마음이 애절하여 보리 종자를 잊어버리고 왔다. 주몽이 큰 나무 밑에서 쉬는데 비둘기 한 쌍이 날아왔다. 주몽이, "아마도 신모(神母)께서 보리 종자를 보내신 것이리라." 하고, 활을 쏘아 한 화살에 모두 떨어뜨려 목구멍을 벌려 보리 종자를 얻고 나서 물을 뿜으니 비둘기가 다시 소생하여 날아갔다.(이하생략))[9]

왜 굳이 '오곡의 종자'일까. 이는 〈단군 신화〉에서 환웅이 '곡식을 주관' 했다는 대목을 상기해 보면 그 의미가 좀 더 분명해진다. 오곡은 인간의 생명을 유지시켜 주는 생명의 근원으로, 이 종자를 가지고 가서 새로운 땅을 개척하도록 했다면, 그것이 바로 하나의 창조 행위일 수도 있다. 작품에서 주몽이 유화를 그냥 '어머니'라 하지 않고 굳이 '신모'로 지칭하는 데 유념할 필요가 있다. 이는

9) 이규보, 같은 책, 137~138쪽.

유화가 '대모신(大母神, The Great Mother)'의 역할을 하고 있다는 뜻이다. 신화에서, '남성/여성'의 대비 관계는 곧잘 '하늘/땅'으로 유추되고, 여신(女神)은 그대로 땅의 풍요로움을 드러내준다. 주몽의 어머니는 곧 한 영웅의 어머니를 넘어서, 대지를 관장하는 신으로 대지의 풍요로움을 이끄는 기능을 한다. 물론, 이 이야기가 『성경』의 〈창세기〉처럼 세상을 만드는 이야기는 아니지만, 그 창세신화에 근접하는 내용을 담고 있는 셈이다.

게다가 주몽이 죽은 비둘기를 다시 살려 내는 능력을 보인 데에 '창조(재창조)'의 힘이 엿보인다. 이는 곧 죽음에 삶을 부여하는, 재생 내지는 부활의 초인적인 힘을 나타내기 때문이다. 삶과 죽음은 한번 갈라지면 영원한 이별이 있기 마련이지만, 이처럼 죽음 후에 다시 삶이 가능하면 이것이 곧 '재생'이다. 맨땅에 곡식을 심고 죽은 생명을 살려 내는 이 일은 창세신화가 보여주는 두 가지 창조, 곧 '세상의 창조'와 '생명의 창조'에 대응될 만하다. 건국신화가 본디 말 그대로 나라를 세우는 데 중점을 두기는 하지만, 〈주몽신화〉에서는 이렇게 부분적으로나마 창세적인 면모까지 엿보인다.

그리고 이 창세적인 면모가 바로 '우리'로 나아가는 지표이다. 오곡은 누구에게나 필요한 것이며, 곡식을 뿌려서 싹이 나고 열매가 열리는 것은 그대로 거듭남의 표상이다. 이는 주몽에게, 혹은 주몽에게만 필요한 일이 아니다. 그렇다면 곡식을 심고 거두며, 비둘기를 죽였다가 살리는 행위는 큰 틀에서 볼 때 재생이라는 점에서 차이가 없을 것이며 그 재생의 기운이 주몽이 다스리는 나라 전체로 확산될 것임에 틀림없다. 이렇게 재생의 능력을 발휘한 주몽

유화와 주몽(평양 동명왕릉에 있는 그림)

의 다음 행보는 명확하다. 그는 집을 떠날 때부터 나라를 만들 궁
리를 하고 있었으니 당연히 나라를 만들어야만 한다.

　그런데 신기하게도 이 건국의 과정 역시 '재생'의 과정을 답습
한다. 주몽이 도착한 곳은 이미 비류국이 들어서 있었고, 그는 그
곳의 왕인 송양과 한판 승부를 겨루어야만 했다. 활쏘기에서 승리
한 것은 이미 살펴본 대로이고, 비류국의 북을 훔쳐내와서는 오래
전부터 자기 것이었던 양 속였다. 바로 이 지점부터 본격적인 재생
의 신화가 시작된다.

동명왕이 서쪽으로 순수(巡狩, 왕이 나라 안을 두루 살피며 돌아다
니던 일)할 때
우연히 눈빛 고라니를 얻었다.(큰 사슴을 '고라니'라고 한다)
해원 위에 거꾸로 달아매고
감히 스스로 저주하기를,
"하늘이 비류에 비를 내려
그 도성과 변방을 표몰(漂沒)시키지 않으면
내가 너를 놓아주지 않을 것이니
너는 내 분함을 들어다오."
사슴의 우는 소리 심히 슬퍼
위로 천제의 귀에 사무쳤다.[10]

　　이런 대목은 참 당혹스럽다. 공연히 가만있는 짐승을 잡아다가
분풀이하는 것처럼 보이기 때문이다. 그러나 이 고라니가 '눈빛'
이었다면 보통 짐승이 아님이 분명하다. '백록(白鹿, 흰 사슴)'이니
'청록(靑鹿, 푸른 사슴)'이니 하는 것들이 꼭 인간세계와 동떨어진 곳
에만 존재한다는 점을 생각하면, 이 눈처럼 하얀 고라니 역시 하늘
과 연결된 동물임에 틀림없다. 그 울음이 하늘에 있는 하느님의 귀
에까지 사무쳤다는 사실이 그 증거이다. 그 결과, 하늘에서 폭우가
7일 동안이나 내리쳐서 송양을 곤란하게 했으며, 주몽이 채찍을
들어서 물을 긋고서야 그 비가 멈추었다고 했다. 송양은 그제야 주
몽에게 항복했고, 주몽은 본격적인 나라 만들기에 들어갔다.

---

10) 이규보, 같은 책, 139-140쪽.

검은 구름이 골령을 덮어
산이 뻗쳐 연한 것이 보이지 않고
수천 명 사람의 소리가 들려
나무 베는 소리와 흡사하였다.
왕이 말하기를 하늘이 나를 위하여
그 터에 성을 쌓는 것이라 한다.
홀연히 운무(雲霧, 구름과 안개)가 흩어지니
궁궐이 우뚝 솟았다.

(7월에 검은 구름이 골령에 일어나서 사람들이 그 산은 보지 못하고 오직 수천 명 사람의 소리가 토목 공사를 하는 것같이 들렸다. 왕이, "하늘이 나를 위하여 성을 쌓는 것이다." 하였다. 7일만에 운무가 걷히니 성곽과 궁실 누대가 저절로 이루어졌다. 왕이 황천께 절하여 감사하고 나아가 살았다.[11]

　'하늘이 나를 위하여'에 유의해보자. 인간의 힘으로 이루는 것이 아니며, 인간은 구름 때문에 그 안에서 일어나는 일을 볼 수도 없다고 했다. 그리고 '그 터'에 성을 쌓는 것이라는 말은 보나마나 큰물에 휩쓸려 폐허가 된 비류의 도읍지를 말할 것이다. 신화에서 물은 그렇게 죽음과 창조를 동시에 이루는 징표로 쓰이곤 한다. 물은 모든 것을 휩쓸어죽이기도 하지만, 물이 없이 살 수 있는 생명체는 단 하나도 없으니 물이야말로 또한 생명의 근원이기 때문이

---

11) 이규보, 같은 책, 140-141쪽.

다. 즉, 주몽의 주술로 만들어진 물에 의해서 묵은 도읍이 사라지고, 그 자리에 새로운 도읍이 일어나는 과정을 기술하고 있다.

이렇게 나라를 세우는 창조가 이루어지면, 그 창조의 수혜자는 주몽 자신에 머무르지 않고 주몽이 세운 나라의 백성들 모두에게로 확산된다. 신화에서는 신화 주인공 한 개인의 자아실현에 그치는 것이 아니라 그 신화를 숭상하는 집단 전체의 자아실현으로 이어진다. 어쩌면 이 점이 신화를 옛이야기로만 치부할 수 없는 핵심 내용일지도 모르겠다. 우리는 늘 무언가를 이루려 발버둥을 친다. 그러나 그 목표는 이루기도 어렵지만, 막상 이루고 나면 허탈한 경우가 대부분이다. 왜 그런가? 그것은 그 꿈이 자기 몸만 세우는 데 급급한 것이어서 진정한 자아실현으로 이어지지 않기 때문이다. 따라서, 자신에게 잠재된 가능성을 제대로 확인하고 준비하고 성취하여, 그 성과가 나를 포함한 우리 모두를 적셔 줄 수만 있다면, 바로 그 순간 그 일을 이룬 사람이 영웅이고, 그 이야기가 신화이다. 주몽은 결코 멀리 있는 것이 아니다.

주몽의 뒷이야기, 끝나지 않는 신화

〈주몽 신화〉를 '건국' 신화로 읽는다면, 건국이 최종적인 목표이며, 건국과 동시에 이야기가 종료되어야 마땅하다. 그러나 『삼국유사』의 〈고구려〉든 이규보의 〈동명왕

동명왕릉(평양 소재)

편〉이든 거기에서 끝내지 않고, 따로 이야기를 만들어놓든가 뒤에
첨가하는 방식으로 뒷이야기를 적어두고 있다. 흔히 알고 있는 유
리왕 이야기가 바로 그것이다. 물론, 여기에는 〈주몽신화〉만큼의
신성성은 떨어지더라도 여느 이야기와는 다른 신화적인 맛이 있다.
그리고 그 신화적인 맛이 바로 신화의 영속성을 보장하는 표지이기
도 하다.

　〈동명왕편〉에 따르면, 주몽은 나라를 세운 지 19년만에 하늘에
오르고 내려오지 않았다고 했다. 그때 주몽의 나이가 마흔이었는
데, "태자가 왕이 남긴 옥채찍을 대신 용산에 장사하였다 한다."[12]
그렇다면 주몽은 하늘로 가서 없으며 주몽이 온갖 신비한 능력을
보일 때 사용하던 옥채찍마저 산에 묻어 장사를 지냈으니 더 이상

---

12) 이규보, 같은 책, 141쪽.

의 신성함은 없는 셈이 된다. 그러나, 주몽의 아들 유리가 주몽을 찾아나서는 과정을 통해 주몽의 신성한 행적이 반복됨으로써 신성함이 유지되게 된다.

널리 알려진 대로 유리는 주몽이 부여에 있을 때 생겨난 맏자식이다. 그러나 사소한 실수로 어느 여인네가 이고 가던 물동이를 깨게 되고, 그 순간 아버지가 없는 자식이라는 이유로 박대를 받게 되었고, 이에 그는 분연히 일어난다. 〈동명왕편〉에서는 그 대목을 더욱 극적으로 그려놓고 있다.

> 어머니는 유리가 나이 어리기 때문에 희롱삼아 말하기를, "너는 일정한 아버지가 없다." 하였다. 유리가 울며, "사람이 일정한 아버지가 없으면 장차 무슨 면목으로 남을 보겠습니까?" 하고 드디어 스스로 목을 찌르려 하였다. 어머니가 깜짝 놀라 말리며, "아까 한 말은 희롱삼아 한 말이다. 너의 아버지는 천제의 손자이고 하백의 외손인데 부여의 신하되는 것을 원망하다가 도망하여 남쪽 땅에 가서 국가를 창건하였단다. 네가 가보겠느냐?" 하였다. 대답하기를, "아버지는 임금이 되었는데 아들은 남의 신하가 되었으니 내가 비록 재주 없으나 어찌 부끄럽지 않겠습니까?" 하였다.[13]

이 유리 모자의 대화를 가만 보면, 주몽 모자의 대화와 크게 다르지 않다. 주몽은 해모수의 아들이었으나 아버지가 인간이 아니

---

13) 이규보, 같은 책, 141쪽.

라는 이유로 박대를 받았고, 유리는 주몽의 아들이었으나 현재 아버지가 없다는 이유로 박대를 받았다. 유화는 주몽을 달래서 나라를 세울 수 있게 해주고, 예씨 부인은 유리를 달래서 아버지를 찾아 나서게 돕는다. 주몽은 자기가 하늘의 자손임을 알고 그 힘으로 어려운 시련을 물리치며, 유리는 자기가 주몽의 아들임을 알고 시련을 물리친다. 유리가 주몽이 낸 문제를 풀고 주몽 앞에 갔을 때, 주몽은 부러진 칼조각을 맞추어보고도 다시 한 번 더 아들을 시험한다. 주몽은 "네가 실로 내 자식이라면 무슨 신성함이 있느냐?"고 물었다. 그러자 유리가 몸을 날려 공중에 솟구쳐서 창구멍으로 드는 햇빛을 막아보였고, 주몽은 기뻐하며 유리가 자기 아들임을 인정한다. 주몽은 하늘의 힘을 동원하여 문제를 타개함으로써 자신의 존재를 알렸고, 유리는 그 옛날 해모수가 썼던 변신술을 몸소 보여줌으로써 그 역시 하늘의 자손임을 보였다.

아버지 주몽의 이야기에 비해 다소 약화되었다고는 해도 유리의 신성함은 그로써 충분히 입증되었다. 해모수가 하백과의 대결에서 천제의 아들임을 입증했듯이, 주몽은 금와의 아들들과 경쟁하고 대결하며 해모수의 아들임을 입증했다. 유리는 그런 식으로 자신의 능력을 과시함으로써 주몽의 다른 아들들을 제치고 태자로 서게 된다. 이 점에서, 유리의 이야기는 해모수 이야기의 반복이며 주몽 이야기의 반복이다. 해모수는 이 세상에 잠깐 있다가 하늘로 사라졌고, 주몽은 40년간 있으면서 나라를 만들었고, 유리는 끝까지 이 세상에 있었다는 점에서 그 신화적인 힘은 약화가 되었지만, 자기 정체성을 파악하여 뜻을 이루어낸다는 점에서만큼은 한 치의 차이도 없다.

신화는 일회적인 시간을 허용하지 않는다. 한번 일어난 일은 계속 반복되고, 죽음으로 끝난 것이 삶으로 이어진다. 해모수, 주몽, 유리를 이으면서 '아버지와 아들'이라는 대(代)잇기의 형식으로 드러나는 가운데, 그 창조적 모습이 변주되었을 뿐이다. 그리고 그런 변주된 이야기를 향유하며 그 힘을 믿는 사람들 역시, 그 창조적 능력을 몸으로 받아들이는 가운데 일정부분 신화적인 삶을 살아가게 된다.

제 8 강

〈아기장수 전설〉,
그 불행한 영웅의 이야기

힘이 세다고 다 좋은가?

혹시라도 지금보다 힘이 더 세었으면 했던 적은 없었는지? 물론 웬만한 사람이라면 한번쯤 그런 때가 있었을 것이다. 어렸을 때는 동네의 앙숙을 이기기 위해서, 좀 자라서는 힘자랑하는 반 친구가 얄미워서, 또 어른이 되어서는 돈 좀 있다고 사람을 업신여기는 졸부를 혼내주고 싶어서……. 그런데 이 '힘'이라는 게 참 묘해서, 시간이 갈수록 단순히 알통 자랑이나 해대는 완력만을 의미하지는 않는다. 학교에서는 아는 게 힘이라 하고, 사회에서는 돈이나 권력이 힘이라고 한다. 여하튼 힘만 있으면 뭐든 맘대로 할 수 있으니까, 어떤 힘이든 많으면 좋을 것처럼 느껴진다.

하지만 이상하게도 꼭 그렇지만도 않은 게 세상이다. 모범생이던 친구가 체육관을 다니면서 사고뭉치가 되기도 하고, 복권에 당첨되면서 멀쩡하던 집안에 불화가 생기기도 한다. 그 뿐인가? 어떤 경우에는 아주 힘이 없어서 남의 도움을 받거나 남에게 빌붙어 지내는 것으로 남을 조종하기도 하는 이상한 일이 생기기도 한다. 또 그 반대의 경우 역시 없지 않다. 힘이 많아서 결국은 그 힘 때문에 남의 하수인이 되기도 하고, 힘이 많아서 도리어 약자가 되는 일도 어렵지 않게 찾아볼 수 있다.

문제는 힘이다. 힘이 센 사람을 단순히 천하장사쯤으로 생각하지 않는다면, '힘 력(力)' 자가 들어갈 만한 것은 모두 힘이다. 완력, 체력, 권력, 정치력, 실력, 통솔력, 외교력 등등 온갖 '-력' 자 돌림의 힘들이 세상을 지배한다. 이 강의에서 다루고자 하는 〈아기장수 전설〉의 아기장수야말로 우리가 다 아는 대로 힘이 센 영웅이다. 얼마나 힘이 셌던지 '장수' 앞에 '아기'라는 수식어를 달고 있다. 아기 때부터 장수 소리를 들었다는 말이다. 그런데 이 말은 가만 보면, 그 힘이 아기 때에만 있을 뿐 그 이후는 종적을 찾을 수 없다는 이야기이기도 하다. 아기 때부터 힘이 셌다면 아마도 못하는 일이 하나도 없을 것인데, 왜 그 이후의 행적이 보이지 않는가? 아무리 무거운 것이라도 척척 들어 올릴 수 있고, 아무리 힘센 상대라도 금세 이길 수 있으니 무슨 걱정이 있겠는가 말이다.

그러나 아기장수는 힘이 센, 그 특출한 능력 때문에 엄청난 비극을 맞는다. 왜 그런 비극이 일어났는지, 거기에서 대체 무슨 의미가 담겨 있는지 궁금하지 않을 수 없다. 이야기가 빗나가는 듯하지만, 우리나라 교육은 창의력 있고 개성이 강한 사람을 길러 내기보다 획일화된 보통 사람을 만들어 내는 데 치중하고 있다는 비판을 많이 듣곤 한다. 학교 공부와 관련 없는 분야에서 조금이라도 튀면, 그 능력을 길러 주고 보듬어 주기 전에 먼저 야단부터 치는 것이 우리 교육의 현실이기 때문이다. 이런 문제의 근원을 따지고 들면, 현실의 벽에 부딪혀 미래의 꿈을 접어야만 했던 아기장수로까지 거슬러 올라갈 수 있다. 아니, 이 문제는 어쩌면 인류가 사회를 유지하고 살아가는 한 끝나지 않을 보편성을 지닌 이야기인지도 모른다.

애니메이션 〈아장닷컴〉 (KBS-2TV) 의 아기장수 캐릭터.

그런데 정말 이상한 것은 그런 보편성을 한방에 잠재울 특수한 내용이다. 능력이 있으나 좌절하는 이야기는 굳이 역사나 이야기까지 갈 것도 없이 그냥 주변 사람들 말만 들어보면 된다. 보통 사람이라면 제 능력보다 훨씬 못한 대접을 받고 있다고 느끼는 일이 많고 그런 사실을 받아들이는 데에 익숙하다. 능력이 있다고 다 되는 것이 아님을 모른다면, 그런 사실을 수용할 수 없다면 정말 세상 살기가 어려운 법이니까 말이다. 문제는 〈아기장수 전설〉의 경우, 아기장수에게 위해를 가하는 인물이 다름 아닌 가장 가까운 가족이라는 점이다. 대체로 부모가 나서서 자식을 희생하는 꼴을 취하는 데 문제의 심각성이 있다. 이 문제는 자칫 깊이 있게 이해하지 못하면 아주 엽기적인 만행으로 비춰질 우려가 있으므로 세심하게 살펴볼 필요가 있다. 이 이야기는 사실 현대소설에 이르기까

지 끊임없이 재창작되는 레퍼토리임을 상기한다면, 이야기의 두께
와 깊이가 대단하다 할 수 있다.

미천한 신분, 추락하는 날개

아기장수는 출생부터 특이하다. 아주 미천한 집에
서 날개(또는 비늘)가 달린 채 태어났으니 말이다. 이
른바 개천에서 용 나는 사례라 하겠는데, 사실 이 대목이 바로 불행
의 시작이다. 날개가 달렸다는 것은 날 수 있는 능력을 말하며, 이
런 능력은 이미 사람의 능력을 훨씬 넘어서는 것이다. 비늘이 있다
는 것 역시 물속을 헤엄칠 수 있다는 뜻이니 초인적 능력을 가졌다
는 점에서는 다르지 않다. 그런데 그런 능력이 발현될 터전이 고작
'미천한 집안'임에 유념하자. 신분제 사회가 아닌 요즘 같은 현실
에서도 어려운 가정 형편은 늘 사람의 발목을 잡는 법인데, 엄연한
신분제 사회에서라면 어떻겠는가. 대단한 집에서 태어났더라면 금
상첨화가 되었을 날개가 이제 거추장스러운 짐이 되고 만다.

〈아기장수 전설〉은 현재까지 전해지는 구전자료에 엄청난 양으
로 존재하는 것으로 보아서 상당히 오래 전부터 퍼져있던 이야기
같다. 문헌자료에서 확인할 수 있는 다음 내용 같은 경우는 현재
전해지는 아기장수 이야기와 꼭 같지는 않지만 그 근본 틀은 같다.

흥양읍은 바다 가운데 있어 마치 도서(島嶼)와 같다. 그곳에는 기이한 일들이 많았는데, 혹자는 용이 그렇게 하는 것이라고 말한다. 흥양 고을에 사는 유충서는 나의 친족이다. 집에 있던 한 여종이 낮에 행랑 모퉁이에 앉아 있는데, 갑자기 비바람이 몰아치고 천둥치는 소리가 산악과 집 대들보를 뒤흔들었다. 한참 동안 어두컴컴하더니 여종이 온 데 간 데 없어졌다.

여종 자신도 모르게 어떤 물체가 여종을 끼고 갔는데, 다만 큰 불이 앞으로 가로지르고 검은색이 바다를 갈랐다. 지나쳐 가는 곳의 지붕 꼭대기가 갑자기 끊어졌는데 굽어보니 푸른 파도가 아래에 있었다. 여종은 이미 섬 가운데 떨어져 있어 마치 잠자다 깨어난 것 같았다. 그 후 태기가 있어 아들을 낳았는데, 용모가 빼어나게 아름다웠고 머리에는 두 개의 육각(肉角)이 돋아나 있었다. 아가는 한 달이 되자 걷기 시작했고 두어 달이 지나자 양쪽에 구렛나룻이 자랐다. 그 준수하고 기이함이 범상치 않아 온 집안사람들이 두려워하며 혹 재앙이 가장에게 미칠까 걱정했다. 이웃 친척들이 모여 키우지 않기로 의논했으니, 애석한 일이다.

그해에 용 두 마리가 싸우더니 한 마리가 죽어 바다 섬에 떠올랐다. 유충례가 그 용의 뿔을 얻으니 희기가 옥 같았는데, 대사헌 윤인서가 그곳에 귀양갔다가 빼앗아 가지고 왔다.[1]

이야기의 시작은 '유충서'라는 인물로 되어 있고, 그가 『어우야담』을 지은 유몽인의 일가라고 했다. 그러니 보나마나 양반가에서

---

1) 유몽인, 『어우야담』, 신익철 외 옮김, 돌베개, 2006, 747-748쪽.

일어난 일임에 틀림없는데, 그 다음 내용을 보면 어느 계집종 이야기로 급변한다. 그 계집종이 머리에 두 개의 뿔이 있고, 한 달만에 걸었으며, 수개월만에 구렛나루가 난 아이를 낳았다. 그러나 사람들은 그 아이를 두려워하고, 재앙이 '가장'에게 미칠까 겁내서 아이를 죽였다. 머리에 뿔이 둘 달렸다면 용일 것이며, 실제 이야기에서도 나중에 한 마리의 용이 죽은 것을 애석하다고 했다. 그렇다면 이 이야기는 다음과 같이 정리된다: 첫째, 미천한 집안[혈통]에 뛰어난 능력의 자식이 태어난다. 둘째, 집안사람들은 그 아이가 집안[가장]에 해를 끼칠까 두려워한다. 셋째, 사람들은 아이를 죽인다. 넷째, 사람들은 나중에 그 일을 애석하게 여긴다.

이 이야기에 있는 용의 뿔은 〈아기장수 전설〉에 나타나는 날개나 비늘과 다르지 않다. 어느 것이든 아기에게 드러난 신비로운 징표가 곧 아기를 해하는 요인으로 작용한다. 물론 그런 표지만을 보고 곧바로 죽이는 것은 아니고, 아기가 그 표지에 걸맞은 대단한 행위를 하기 때문에 사람들의 두려움이 극에 달한다.

아, 그 여기 앞날에 나는 보지는 못했는데요. 양나라 양씨(梁氏) 댁에서 그래 얼라(아이)를 낳아서 젖을 믹이 놓고 들에 밭 매러 갔다 왔다고. 아, 그래 와서 젖을 믹일라 한께, 아아(아이)가 없어. 아, 그래 찾아도 없다고. 그래 쳐다본께 아아가 보니 천장에 붙어 있어. 그래서 그때 역시 지금 시절 같으몬 아이 그것을 양육을 해서 잘 길렀을 낀데 그때는 아까 말한 것과 마찬가지로 그런 장수가 나몬 역적 났다고 쿤다 쿰서(고하면서) 그 삼족을 멸한다고 그런 말이 있었다꼬요. 그런 따문에(때문에) 아뿔싸, 우리 집에 이런 장사가 나몬, 아이고, 우리 다 못산다고. 그래서 그 아이를 요 저, 저기 저게 맷돌이네요. [맷돌을 가리키며] 맷돌 저거를, 하나를 지돌라(눌러) 놓은께 달싹딸싹하며 안 죽더라고. 두 개로 포개 놓은께 그래 거품을 내고 죽더라, 그런 말이 있어요.[2]

젖먹이 아이가 천정에 붙어있다고 했으니 날개 달린 장수임에 틀림없다. 그런데 밑줄 친 부분에 유의해보면, 이 이야기의 의미가 무엇인지 분명해진다. 현대 같으면 그런 재주가 있으니 키워볼 여지가 있겠으나, 예전에는 그런 재주가 있다는 사실만으로도 죽임을 당하고 말았다. 그렇게 큰 재주라면 그 쓰임새가 집안의 범위를 넘어 국가까지로 나아가게 되는데, 신분이 낮다 보니 쓰일 데가 없고 필경 도적이 되든 반역을 하여 그나마 유지되던 집안을 망칠 가능성이 있기 때문이다. 어느 이야기든 〈아기장수 전설〉이라면, 주인공 아기장수는 날아서 높은 데를 올라간다거나 지나가는 여인의 물동이 위로 날아오르는 등 희한한 재주를 부린다.

남들과 다르면 언제든 주목을 끄는 법이다. 더구나 남들보다 뛰어날 것이 전혀 없는 처지에서라면 그 주목이 남다르다. 이를테면 위의 이야기의 주인공이 뛰어난 장군 집에서 태어났다고 가정해보자. 그렇다면 사람들은 분명히 그 아이 역시 장군감으로 지목하기 마련이다. "음. 부전자전이야.", "역시 씨도둑은 못 한다더니." 등등의 말을 하면서 그 아이 앞에 펼쳐진 탄탄대로를 의심하지 않는

2) 한국정신문화연구원 편, 『한국구비문학대계』 8-12, 한국정신문화연구원, 18-19쪽.

법이다. 좋은 환경에 뛰어난 능력이란 '금상첨화'가 아니던가. 날개가 있다면 그를 이용하여 하늘로 날아오를 것이고, 비늘이 있다면 대해를 헤엄치며 세상을 호령할 것이고, 뿔이 있다면 바다를 박차고 하늘로 뛰어오르며 용틀임을 해댈 것이다.

그러나 아기장수처럼 미천한 곳에서 태어나고 보면, 타고난 재주가 도리어 짐이 되곤 한다. 날 수 없는 새에게는 날개가 짐인 것처럼, 날개의 존재 자체가 고난과 역경의 상징일 뿐이다. 아기장수는 분명 날개가 있었고 날개 덕에 태어나자마자 하늘로 오를 수 있었다. 그러나 사람들이 그 날개의 존재를 아는 순간, 그 날개는 비상에 소용되지 않는다. 이미 하늘을 오를 수 있는 능력을 가지고 있던 주인공은 그로 인해 거침없이 떨어지고 만다. 사람들이 아기장수의 그 신통한 능력을 어떻게 활용할 것인가를 궁리하기보다, 겁을 먹고 공연한 걱정을 하면서 어떻게 해서든 자신들과 똑같이 평범한 사람으로 만들어 놓으려 하기 때문이다.

아기장수의 비극은 바로 여기서부터 시작된다. '미천한 신분'에서 나온 예상치 못한 날개가 그 비극성을 더욱 높인다. 이는 미천한 집안에서 미천한 사람이 나온 것이 아니라, 미천한 신분에서 고귀한 사람이 나왔기 때문에 생긴 비극이다. 이런 이야기를 고소설 『홍길동전』이나 『유충렬전』 등과 비교해 보면 그 차이점을 분명히 알 수 있다. 홍길동은 비록 서자이지만 용꿈을 꾸고 양반가에서 태어났으며, 유충렬 역시 영웅적 기상을 갖고 대단한 충신 집안에서 태어났다. 이들은 모두 타고난 능력 때문에 그들 앞에 놓인 모든 어려운 문제를 해결할 수 있었다. 신통한 도술이나 남다른 힘을

써, 앞에 나타나는 적들을 모조리 쳐부수어 자신의 영웅성을 만방에 알렸다. 즉 이 소설들에서는 자신들의 문제를 해결하는 데 영웅성이 쓰였다면, 〈아기장수 전설〉에서는 반대로 그 영웅성 때문에 고난을 당한다.

그런데 이러한 영웅의 고난은 사실 신화에서는 아주 익숙한 이야기 틀이기도 하다. 단적인 예로 〈주몽 신화〉에서 주몽의 경우, 그는 우선 하늘의 자손이기 때문에 배척된다. 더구나 그때문에 다른 사람보다 월등한 사냥 능력을 보임으로써 시기심에 불탄 대소 형제들에게 쫓기는 신세가 된다. 외형상 인간이지만 신의 영역에 걸쳐있는 인물이라면 당연히 경계의 대상이다. 마찬가지로 아기장수 역시 인간이라면 갖지 않은 날개와 비늘, 뿔을 가지고 있다는 점에서 당연히 경계의 대상이다. 다만, 그런 견제를 받으며 자기 꿈을 펼치는 이야기가 신화라면, 이 아기장수 이야기는 견제 끝에 맥없이 죽고 만다는 점에서 신화적 속성을 많이 벗어나 있는 점이 크게 다르다.

그렇게 인간에게 없는 날개나 비늘 같은 표지가 있다면 그만큼 신성성이 강하게 드러나지만, 때로는 그런 표지가 없이도 〈아기장수 전설〉에 속할법한 이야기가 있다.

옛날에 그래 저 참 어떤 사람이 그래 아아로 그늘 나무 밑에 눕히 놓고 점도록(저물도록) 모로 심으이까네, 저녁 나절 되이꺼네 어떤 양반이 말로 우레주레 그래 타고 오디마는, "그래 당신 오늘 점도록 모 숨군(심은) 모 피기가(포기가) 맺 피기요.(포긴가요)?" 커더란다. 그래 그라이까네 마 마 어른이 참 대답할 목적([주] '근거'라고 말해야 할 것을 잘못 구술한 것 같다.)이 있나? 점도록 모 숨간 모피기로 우째 아노? 그래 있으이까네, 그래 참 아가, 그늘 나무 밑에 눕었던 알라가 참 그거로 하더라 커데. "당신은 오늘 점도록 걸어온 말 자죽이 몇 자죽이요?" 커더란다. 그래가 이기 마 마 그 사람이 마 말로 몬 하고 돌아서가 가뿌더란다. 그래가 돌아서가 가는 사람이 그 애로 죽일라고 작정을 했어.[청중:그 참 유식하다, 참.] [일동:[웃음]]그래 그래가지고 참 알라가 그래.[3]

　이 이야기의 주인공에게는 날개와 같은 신비한 표지가 없다. 보통 아이로 낳아서 보통 아이로 기르고 있다. 그런데 어떤 '양반'이 아이의 부모에게 공연히 시비를 걸고, 아이는 거기에 당당히 맞선다. 일부러 모 포기를 세지 않는 한, 아무도 하루 종일 옮겨 심은 포기수를 알 수는 없는 법이다. 그런데도 자기의 신분만 믿고 양반은 그에 대해 묻는다. 궁금해서라기보다는 그저 심심한 김에 한 번 물어보았다고 보는 편이 옳겠다. 농부는 쩔쩔맬 수밖에 없다. 알지 못하면 알지 못한다고 하면 그뿐이지만 윗사람의 물음에는 성심성의껏 대답해야 한다는 것이 당대의 윤리이므로 이도저도 못하고 있었을 것이다.

　바로 그때 아이가 나서서 보기 좋게 '되갚기'를 해준다. 여느 민담 같으면 그런 되갚기로 상대는 물러서기 마련이다. 가령, 어느 원님이 이방더러 겨울에 딸기를 구해오라고 하자 이방의 아들이

<hr>

3) 한국정신문화연구원 편, 『한국구비문학대계』8-12, 한국정신문화연구원, 481쪽.

원님에게 가서 자기 아버지는 딸기 구하러 갔다고 독사에 물려서 못 온다고 한다. 그러자 원님이 겨울에 독사가 어디 있느냐고 하고, 아이는 그 틈에 그렇다면 겨울에 딸기가 어디 있느냐고 되물음으로써 못된 원님을 물리친다. 그러나 아기장수 이야기에서는 전혀 다른 결말을 보인다. 이른바 괘씸죄에 걸려서 그 아이를 죽이려 든다. 이 경우 역시, 아이가 죽을 위험에 처하는 이유는 한 가지이다. 미천한 집안에서 뛰어난 능력을 지니고 태어났기 때문이다. 귀한 집 아들이었으면 경의의 대상이 되었을 능력이, 가슴 아프게도, 농부의 아들이기 때문에 도리어 목숨을 위협 받았다.

부모의 배신과 관군의 억압

아기장수가 받는 고난의 처음은 놀랍게도 부모에게서이다. 대개 보통에 훨씬 못 미치는 자식까지도 끌어안는 것이 부모의 마음인데, 아기장수의 부모는 오히려 앞장서서 자식을 해코지한다. 이유는 단 한 가지. 살려 두었다가는 집안과 나라에 큰 변고가 있을 것이라는 생각 때문이다. 하긴 이런 스토리는 우리 눈에 전혀 낯설지가 않다. 가령, 궁예는 태어날 때부터 이빨이 나 있는 등 범상치 않아 나라의 장래를 위태롭게 할 인물이라며 내다 버려졌으며, 홍길동 역시 집안의 평화를 지키기 위해서라는 명분 아래 자객에게 죽음을 당할 뻔한다. 그렇지만 〈아기장수

전설〉에서는 왜 날개를 갖고 태어난 것이 그렇게 부정적인 기능을
하게 되는지에 대해서는 전혀 언급이 없는 채, 아기장수의 부모는
그저 점쟁이의 예언에 따라 날개를 없애고 목숨을 빼앗는다. 이 부
분이 사실 이 이야기의 최고의 미스테리이다.

(가) 그래가 아아로 방에다 눕히 놨는데, 우이 됐는고 싶어가 그래
　　문을 열었단 말이다. 문을 열어 보니, 마 아아가 없어. 어이 되
　　었는가 살펴보이[갑자기 큰소리로] 아아가 저 천장에, 저 천장에
　　가가 떡 붙었어. 그래 마 그 집에서는 어이 되었는가 모르고….
　　이전에는 천장이 그리 높으잖고 한께 아아 로 붙잡아 붙들어 놓
　　고. 그래 낮이 된까네 그래 거 그래서 그 가장(家長) 되는 이가
　　산에 가서 일로 해가지고 집에 오거든.

(나) 그래 가장한테 이약을 했단 말이다. 이전에는 텍이 사람이 잘
　　나가, 그라몬 역적이 된다 그래. [조사자:그렇죠.]와 잘나가 역적
　　되노? 요새는 잘나모 자꾸 승상을 하는데, 이전에는 사람이 잘
　　나몬 나라를 치고 내가 임금질을 할라고 그래 말뜻으로 된다고
　　나라에서는 어데동동(어디든지) 사람났다 카몬 사람을 죽인다.
　　그 사람을 데려다가 양성을 해가지고 나라를 도우라고 이래 훈
　　계를 안하고. 그 사람이 나라를 치고 그란다고 그리 겁을 내 가
　　지고, 나라를 치면 역적이 된다 말이다. 이전에 역적이라 하몬
　　3족을 망우거든. 처가, 외가, 본가, 멸손을 시킨다.

(다) 그래 마 사람이 장군에 났다 카이 겁을 내고 나라에서도 알고 어찌될동 몰라. 그래 마 그 아아로 쥑있다 말이다. 그 아아로 옷에 싸가지고 이전에는 서답돌(다듬이돌) 이라고 돌로 여기 옷을 씻거 미영베(무명베)로다가 [형용을 하면서] 요렇게 놓고 뚜드린다. 뚜디리가지고 그래 옷을 다 안 입혔나? 서답돌 제북 묵직한데, 그 돌로 갖다가 그 아아 우에다 엎어가 마 아아가 죽었다.[4]

아기장수의 죽음에 대해 비교적 소상하게 그려놓고 있는 작품이다. (가)는 아기장수의 신기한 능력, (나)는 아기장수 부모의 의논, (다)는 아기장수의 살해로 이어진다. 신기한 능력을 보이면 가장 먼저 그 능력을 본 사람이 걱정을 하면서 다른 사람과 의논을 한다. 이 이야기처럼 아기장수의 어머니가 아버지와 의논하기도 하고, 좀 더 확장된 형태는 부모가 집안 사람들과 의논한다. 어느 경우든 죽여야 한다는 데에 뜻이 모아지고, (다)와 같은 잔인한 살해 행위가 펼쳐진다. 갓난아이에게 무거운 다듬잇돌을 얹혀 죽이는 것인데, 그 일에 나서는 인물은 부모이다. 기껏 나가봤자 일가친척으로, 피붙이라는 점에서 차이가 없다.

(가) 그러이까, 동리도 모르게, 자꾸 겁이 나가주고, 이래서, "장수 났다!" 이러이께, 동리 사람들이 알게 되면 이거 마 동리 망한다 이래가주고, 자꾸 인제 감직이(감추어) 돌리는데. 결국은 동리에서 알기 됐다 이깁니다.

---

4) 한국정신문화연구원 편, 『한국구비문학대계』 8-12, 한국정신문화연구원, 20-21쪽.

(나) "빨리 없애라.", "동리를 떠나라." 이래싸이께네, 그래 암만 죽

일라도, 이불을 덮어씨이도 죽지 안하고, 일이 안대는기지 인

제. 하도 죽일라 그래싸이, 그 아이가, 나를 기여히 죽일라 하면

내 겨드랑 밑에 이늘(비늘)이 일곱 개쓱 백에 있는데, 고 세째 거

를 잡아띠면 내가 죽는다. 안그래고는 내가 죽지 않니다."

(다) 그 참 겨드랑 밑에 보니깐, 붕어, 잉어 이늘 겉은게 비늘이 박

헤 있다. 그래 씨기는대로 세째 이늘을 주뜯으니까 죽었다 이래

는데.[5]

이 이야기 역시 앞의 이야기와 크게 다르지 않다. 날개 대신 비
늘이라는 점이 다르긴 하지만, 그때문에 장수를 죽이게 된다는 점
은 같다. (가), (나), (다)의 절차 역시 위와 마찬가지이다. 문제는
위의 이야기와는 달리 이 이야기는 아기장수가 죽음을 자초한다는
점이다. 아무리 어린 아이지만 특별한 능력이 있기 때문에 쉽게 죽
일 수 없었는데 스스로 어떻게 하면 죽일 수 있는지 일러준다는 설
정이다. 이 정도면 타살이 아니라 자살에 가까운 느낌이다. 정말
이 설정대로라면, 아기장수가 자신의 약점을 일러주지 않는 한 죽
지 않을 수도 있지 않은가 말이다.

설명이 어렵다. 특별한 능력 탓에 금기시 되어 죽는다 하더라도,
하필이면 부모가 나서서 잔혹한 방법으로 죽여야 하는가? 가만히
있기만 해도 죽지 않을 수 있는데 왜 죽음을 자초하는가? 〈아기장

---

5) 한국정신문화연구원 편, 『한국구비문학대계』 7-4, 704쪽.

수 전설〉에는 그렇게 풀리지 않는 의문이 많다.

먼저, 부모가 나서는 이유부터 살펴보자. 가장 먼저 생각할 수 있는 것은 다른 사람이 아닌 부모가 죽이게 함으로써 그 비극성이 강화된다는 점이다.[6] 촌수 중에서 가장 가깝다는 1촌이라는 부모로부터 죽임을 당하게 되면 비극성은 최고조로 이르고, 아기장수가 죽어나가는 데 좀처럼 몰입하지 못하던 사람까지도 그 죽음을 슬퍼하면서 동조할 수 있게 될 것이다. 요사이 드라마에서도 툭하면 등장하는 것이 알려지지 않은 피붙이 사이의 암투라거나 혹은 이루어질 수 없는 사랑임을 생각한다면, 아기장수의 이 큰 불행은 비극적 서사 맥락에서 상당히 설득력이 있게 된다.

그러나 그렇게만 설명하고 만다면, 이야기를 더욱 슬프게 하기 위해 다소 비현실적인 설정을 했다는 비난을 면하기 어렵다. 이야기가 꼭 슬퍼야 하는 것도 아니며, 슬프게 하기 위해서 실제로는 있을법하지 않은 일들까지 만들어내야 하는 것도 아니기 때문이다. 이를 풀기 위해, 다시 이야기의 시작으로 돌아가 보자. 아기장수에게 '장수'가 붙는 것은 공연한 일이 아니다. 아기이지만 장수 소리를 들을 만큼 대단한 능력이 있기 때문이다. 태어나자마자 날아다니는 아이를 대체 누가 잡을 수 있을 것인가? 그런 능력이 있다면 자신을 죽음으로부터 지켜낼 능력은 당연히 있다고 보아야 한다. 필요하다면 자신의 목숨을 지키기 위해 다른 사람의 목숨까

---

6) 김영희는 아리스토텔레스의 『시학』을 근거로, 비극적 사건이 친근한 사람들 사이에서 발생할수록 그 사건은 더욱 비극적이 된다고 하여, 이런 식의 해석을 시도한 바 있다. — 김영희, 「아기장수이야기의 전승력 연구 — 서사적 특성과 전승 의미를 중심으로 —」, 연세대학교 대학원 석사학위논문, 1999, 40-41쪽 참조.

지라도 빼앗을 수 있을 터이다. 그러나 상대가 부모라면 그렇게 할 수 없다. 예를 들어, 자신을 해친다고 해서 부모를 죽인다면 장수에서 패륜아로 떨어지게 된다.

그러한 점을 이어서 생각하면 둘째 의문이 쉽게 풀린다. 부모는 자신을 세상에 있게 한 사람이다. 그런 사람이 자신을 죽이려 한다면, 이미 세상에는 우군이 없는 셈이다. 세상에서 자기를 도와 무언가를 할 사람이 전혀 없을 때, 아니 자신이 무언가를 성취해서 함께 나눌 사람이 없을 때, 어떤 일도 이룰 수도 없고 이룰 필요도 없다는 절망감이 팽배하다. 이렇게 본다면 〈아기장수 전설〉은 어쩔 수 없는 절망적인 순간을 그려내고 있는 것이다. 부모가 죽이려 할 때, 반항 없이 순순히 응하는 아기장수의 모습에는 그런 절망감과 비애감이 흥건히 적셔져 있다.

실제 이야기를 들어보면, 죽이는 방법도 잔인하기 그지없다. 일반적으로는 돌로 눌러 죽이는 끔찍함이 벌어지는데, 때로는 불로 지져 죽이고, 도끼로 찍어 죽이고, 어깨를 끌로 파고……. 모두 끔찍하다는 점에서는 예외가 없으며, 날개가 달린 겨드랑이나 어깨에 특히 심한 가해를 한다는 점에서도 어느 정도 일치한다. 그러나 그렇게 죽고 만다면 진정한 영웅이 아니다. 다 그런 것은 아니지만, 작품에 따라서 아기장수는 부모의 명에 따르면서 마지막 유언을 한다. 콩과 팥을 같이 묻어 달라는 것이었다. 그것도 콩 닷 섬, 팥 닷 섬 하는 식으로 많은 양을 요구하는데, 이것은 무덤에서 병사와 말을 만들어 큰일을 하려는 계획에 따른 것이다.

이제, 아기장수는 그로써 부활을 꿈꾼다. 부모에게는 대항할 수 없었지만 자신이 믿는 능력이 있는 바, 콩과 팥을 밑천으로 병사를 일으켜 재기하려는 계획을 세웠던 것이다. 그러나 결과는 역시 무참한 패배였다. 이번에는 관군이 들이닥쳐서 아기장수의 뜻을 꺾는다. 그들은 나라의 위태로움을 막는다는 명분으로 부모를 닦달하여 아기장수의 무덤을 찾아간다. 이제 막 군사를 일으키려는 즈음이었던 아기장수는 불행하게도 제 뜻을 펴지 못하고 군사들과 함께 관군에 몰살당하고 만다. 날개를 잃고 그나마 남아있던 희망마저 사라짐으로써, 아기장수는 영원히 죽는다.

용마는 와도 장수는 없다

그러나 대개의 〈아기장수 전설〉은 거기에서 끝나지 않는다. 혹시 '장군 나자 용마(龍馬) 난다.'는 속담을 아는지 모르겠는데, 그 뒷이야기는 이 속담과 관련이 있다. 명장(名將)이 태어나면 그 명장이 타고 다닐 좋은 말이 나와야 하는 법. 아기장수가 났는데 왜 용마가 없겠는가. 아기장수가 그렇게 처참한 죽음을 맞은 뒤, 용마는 뒤늦게 나타나 장수를 찾아다니며 울부짖다가 연못에 빠져 죽는다.

옛날에 저- 소전 부네라 그는 데, 거 살았는데. 그 갱변에서 장수가 났대요. 장수가 났는데, [큰 소리로 빠르게] 아가 나디마는 웃묵에 툭 튀 올라 앉이드라네요, 금방 놔논 게. [본래대로] 웃묵에 올라 갔는 거, 그래 모두 여러이 달겨 들어서 방칫돌을 아 우에 올려놓고, 어마이 아바이 올라가 눌러 잡았다 그래요. 잡으이 고만에 사흘만에 용매(龍馬)가 도골 용소(龍沼)서 났어. 고서 한 5리 되는데, 나가 사흘 우다 죽었는데.

그 부네 갱변에 그 올라 가믄 그 햇고개라 그는데, 거 가본 사람은 모르지만, 돍이 돌 우에 이른 게 큰 함 같은 게 올라 앉았는데 사흘 울었다니더, 갑옷을 입고. 그른 얘기는 우리 크는 데서 어른들이 듣고 그 이얘기를 해. 장수났는데 왜 부모네들이 눌러 잡니껴? 옛날에는 잡아이 돼요. 역적이 되그던요. 장수 나면 역적 되니껴? [큰 소리로] 임금 안되면 역적 된다 소리 못 들었니껴? 예. 그래 그 잡았다 그고, 어른들이 만날 저 바우에(바위에) 장수 갑옷 있다 그던데. 갑옷이 우는데 마 저렁 저렁 그드라 그래요.[7]

이 같은 전설이 전해 내려오는 연못을 '용소(龍沼)'라고 하는데 지금도 전국 각지에 산재해 있다. 용은 본래 물에서 노는 동물이다. 물은 땅에 속하는 것이며, 물에서 놀다가 하늘로 올라간다는 점에서 하늘과 땅의 결합을 상징한다. 그 위에 태우는 장수라면, 하늘의 뜻을 받아 땅에서 큰 일을 해내는 대단한 인물임에 틀림없다. 그러나 애석하게도 장수가 죽은 다음에 용마가 나왔다고 했다. 이는 간발 차이로 용마를 타지 못했다는 안타까움이면서, 거꾸로 아기장수를 죽이지 않고 조금만 기다렸더라면 엄청난 과업을 이루

---

7) 한국정신문화연구원 편, 『한국구비문학대계』 7-10, 한국정신문화연구원, 321-322쪽.

었을 것이라는 비판적인 시선을 담고 있다.

그리고 보면 〈아기장수 전설〉의 비극은 세 단계를 걸쳐서 강화된다.

> 첫째, 자신의 능력을 전혀 펼 수 없는 어려운 여건에서 태어난다.
> 둘째, 가정과 국가의 박해를 받아 뜻을 이룰 수 없다.
> 셋째, 뒤늦게 나타난 용마를 타지 못한다.

이것으로 아기장수에 대한 희망은 아주 사라진다. 따라서 이 이야기는 아무리 뛰어난 능력을 가지고 태어난 사람도 여건에 따라서는 아무것도 이룰 수 없으며, 사람들을 위해서 무언가를 할 수 있는 기회를 놓치고 만다는 메시지를 전해 준다. 어떻게 그런 일이 있을 수 있느냐고 반문하는 독자가 있다면, 그동안 너무도 편하게 지내왔거나 아직 어린 탓이기 쉽다.

사실 세상을 살다보면 그런 일은 아주 흔하다 못해 진부하기까지 하다. 이 이야기가 김덕령(1567~1596) 같은 역사적 실존 인물과 연결되면서 강한 현실성을 부여받게 되는 것은 바로 그런 이유이다. 김덕령 이야기의 줄거리는 대략 이렇다: '김덕령은 겨드랑이 밑에 날개가 달려서 수백 길 높이의 담장도 뛰어넘을 수 있었다. 그는 임진왜란이 일어나자 의병을 일으켜 왜적을 무찌르는 탁월한 능력을 보였는데도 간신들의 무고(誣告, 없는 사실을 거짓으로 꾸며 남을 고발·고소함)로 말미암아 죄인이 되어 한양으로 압송당하게

충장사 : 의병장 김
덕령(임진왜란 때 권
율의 휘하에서 의병장
곽재우와 협력하여 여
러 차례 왜병을 격파
함)을 그를 기리기
위해 세워진 사당.

된다. 그는 마음만 먹으면 쇠사슬도 끊을 수 있는
힘이 있었지만, 불충(不忠)했다는 죄목에 억울해
도망하려 하지 않는다. 결국 참형을 하려 칼을 내
리쳐도 칼날이 들어가지 않았는데, 용린갑(龍鱗甲,
용 비늘 모양으로 된 갑옷)을 스스로 벗자 머리가 베
어졌다'

　　실존 인물 김덕령 역시 혁혁한 무공을 세웠으나
결국은 가혹한 고문을 받고 옥사한 인물이고 보면
이 이야기가 결코 허황된 것만은 아니다. 외적이
침입하여 막상 관군들은 맥을 못 추고 나가떨어지
는 가운데, 백성들의 희망인 아기장수[김덕령]가
나서서 큰 공을 세웠는데도 적합한 대우를 받기는
커녕 옥사하지 않았는가. 더구나 그 역시 아기장

수가 그랬던 것처럼 스스로 죽을 방법을 찾아서 순순히 죽는 길을 택했다. 아기장수는 평범한 백성들의 희망이었지만, 그 희망의 꽃이 피어나기에는 현실이 너무나 척박했다. 날개 달린 장수가 태어나도 알아보는 사람이 없었으며, 설사 나라를 위해 큰 공을 세운다 해도 그 공을 인정하려 하지 않았다. 따라서 용마가 와도 장군이 없는 비극은 계속된다. 이것이 이런 이야기를 만든 사람들의 의도요, 시각이 아닐까 한다.

영화로도 각색되어 널리 알려진, 안정효의 소설 『은마는 오지 않는다』의 은마(銀馬) 역시 〈아기장수 전설〉의 용마와 맥을 같이 한다. 은마는 용마와 마찬가지로 희망의 상징이다. 땅속에서 나와서 하늘을 차고 오르는 '비상의 꿈'을 담은 신비한 영물(靈物)이다. 그러나 아무리 애를 써도 하늘로 오르기는커녕 땅밖으로 빠져나올 수도 없을 것 같을 때, 용마는 더욱 더 간절한 염원을 담게 된다.

전에는 관청을 관가라 안했입니까? 관가에다가 알아 삐리 가 앚고 그래 관청에서 나와서로 아 그렇쟎에 [앞말을 정정하며] 관가에서 알루쟎에(알리지 않고) 저 놈우 할망구, 영감이 저 아아를 쥑이 삐일라고, 안 쥑이몬 즈거가(자기네가) 죽을 판이 되니꺼나, 그 아아 자석을 쥑이고 즈거들이 다 죽어도 자석을 낳아 두었이몬 큰 성공을 하고 말긴데, 아이구, 세상에 그래 갖고 [탄식조로] 멧돌로 갖다가 두 개로 갖다 때리 눌러 낳아도 아아가 안 죽더라데. 힉끈 떠내 삐리고 힉끈 떠 내 삐리고 그래 결국에는 아아로 쥑었 삐렸어.

영화 〈은마는 오지 않는다〉 (1991) 포스터

쥑었삐리 가 성공을 못 하고 이랬는데 그 아아 죽은 사흘만에 저 너머 남방산에 그 지금 그 전에· 개가 무슨 학교가 되있었다고 와 있다고 전에 남방산에, 지금, 그 전에 게가 무신 뭐꼬 핵교가 돼 갖고 안 있었다고. 전에 남방산에서 멘데로 쳐다 보는데 핵교가 돼 갖고 지금 [조사자예, 수산학교] 수산학교 그 뒤 어디서로 큰 용마가, 백마가 나와서 사흘을 울더라 쿠데. 이 건네로 건네다 보고 사흘을 울더마는 그마 물에다 둘러다 빠져 갖고 마 흔적도 없이 죽어삤다 쿠데. 그랬다고 항상 우리 할바시가 그리 이바구를 하데.[8]

밑줄친 부분에 유념해 보자. 지금 이 구연자는 아기장수의 죽음에 대해 '탄식조로' 이야기를 하고 있으며, 백마가 사흘이나 울더니만 물에 빠져 죽었다고 했다. '흔적도 없이' 죽었다고 한 데에서는 비장한 느낌마저 든다. '장군 나자 용마 난다' 는 속담은 이 경우라면 '장군 죽자 용마도 죽는다' 가 될 터이다.

---

8) 한국정신문화연구원 편,『한국구비문학대계』8-2, 한국정신문화연구원, 358쪽.

희망과 좌절, 좌절과 희망

아기장수는 확실히 평범한 백성들의 영웅이다. 유충렬 등을 '귀족 영웅'이라고 해서 이런 아기 장수류의 '민중 영웅'과 구별하는 것도 그런 이유 때문이다. 백성들은 늘 어렵게 살아왔으므로 얼마간의 희망이 필요했고, 그 희망의 상징으로 날개 달린 아기장수를 상정하지만, 야속하게도 아기장수는 꿈을 제대로 일구어 낼 수 없었다. 그래서 좌절한다. 여기에는 아무리 발버둥쳐 보아도 계속되는 박해와 시련은 어찌해 볼 수 없다는, 다소 운명론적인 비극이 깔려 있다. 더욱이 아기장수는 새로운 세계를 만들어 갈 수 있는 능력이 있었지만, 지금 현재의 세계를 계속 유지해 나가려는 세력들에 의해서 그 능력을 발휘할 기회를 잃었다는 데에 좀 더 심각한 의미가 있다.

아기장수가 금기시 된 것이 그 '날개'의 상징에 있다면, 이는 사람이면서 사람이 아니라는 그 경계선상에 선 존재라는 특성에서 기인하는 것으로 보인다. 금기가 되는 대상은 대체로 그렇게 경계에 있다. 이쪽이든 저쪽이든 어느 한쪽에 속하면 불확실성이 제거되고 안정감을 갖는다. 그러나 문지방과 같은 경계에 서게 되면 불확실성의 상태에 놓이게 되고, '불확실성의 상태에서는 역할이 혼돈되고 심지어 역전된다. 따라서 경계선에 놓이며 혼돈된 역할 때문에 통상 터부들에 둘러싸이게 된다.'[9] 그러나 아이러니컬하게도 그런 혼돈된 역할이 사실은 새로운 세상을 여는 추동력이다. 대개의 신

---

9) 최창모, 『금기의 수수께끼』, 한길사, 2003, 30쪽.

화가 터부를 딛고 일어서서 새로운 힘을 분출하는 가운데 이 이야 기는 그 터부에 짓눌러서 압사하면서 아쉬움을 주고 있다.

이는 곧 〈아기장수 전설〉에 일반 백성들의 희망과 좌절이 동시 에 담겨있음을 의미한다. 좀 더 확대하자면 사람들의 희망과 좌절 을 그대로 옮겨 놓은 것이기도 하다. 사람들은 대부분 똑같다. 하 지만 그 똑같은 것만 가지고는 도저히 새로운 것을 만들어 낼 수가 없다. 그래서 새로운 무엇인가가 필요하고, 그 상징으로 등장한 것 이 날개이다. '아, 내게도 날개가 있다면' 하고 염원하는 그 마음 이 날개 달린 아기장수를 만들어 내지 않았을까 한다. 이 점에서 날개 달린 아기장수는 우리 모두의 희망이다. 그러나 아기장수가 제 힘을 발휘하려면 용마를 타야 하는데, 그 기회를 잃어버려 아기 장수는 여전히 '아기'로 남아야만 했다. 더 커서 제대로 된 장수가 되도록 내버려두지를 않았기 때문이다. 따라서 용마조차도 주인을 찾지 못하고 물속에 빠져 버렸다.

그러나 '못에 빠진 용마'는 언제나 그 못에서 다시 나올 수 있 다. 그냥 말이라고 하지 않고 '용마'라고 한 것은 용처럼 물을 박 차고 하늘로 오를 수 있다는 의도이겠고, 물에 들어간 용마는 결코 죽은 것이 아니다. 그러므로 이 이야기를 열심히 옮기는 사람들의 마음은 이런 것이 아닐까 한다. 개천에서 난 용이 하늘로 오를 수 는 없었지만, 언젠가 용마가 다시 온다면 우리의 아기장수도 제 힘 을 발휘할 수 있을 것이다.

아주 비극적인 결말이지만 이상의 소설 〈날개〉 역시 그 꺾인 날 개의 재생을 꿈꾼다.

나는 불현듯이 겨드랑이가 가렵다. 아하, 그것은 내 인공의 날개가 돋았던 자국이다. 오늘은 없는 이 날개. 머릿속에서는 희망과 야심이 말소된 페이지가 딕셔내리 넘어가듯 번뜩였다.

나는 걷던 걸음을 멈추고 그리고 어디 한 번 이렇게 외쳐 보고 싶었다.

날개야 다시 돋아라.

날자. 날자. 한 번만 더 날자꾸나.

한 번만 더 날아 보자꾸나.[10]

그렇다. 이야기의 결말대로만 이야기의 의미가 자리 잡는 것은 결코 아니다. 아기장수가 죽고 용마도 죽었지만, 아기장수를 믿고 용마를 믿는 한 희망이 아주 없지는 않겠다. 없던 날개가 나느라 가려운 겨드랑이를 느끼는 것 역시 마찬가지이다. 〈날개〉만이 아니라, 김유정의 〈두포전〉, 김동리의 〈황토기〉, 김승옥의 〈역사(力士)〉, 황석영의 〈장사의 꿈〉 등 숱한 작품들이 이 아기장수 이야기를 변주하고 있다. 그만큼 이 이야기는 매력적인 것이다.

안쓰럽게도 날개도 없이 떨어지는 행위가 곧 죽음이라 하더라도, 떨어지면서도 날개를 생각하는 그 행위만큼은 숭고하다. 그래서 국내의 어느 철학자는, "날지 못하는 것은 운명이지만, 날지 않으려 하는 것은 타락이다."[11]라고 역설한 바 있다.

〈아기장수 전설〉을 날기를 포기하라고 경고하는 이야기로 읽어

---

10) 김윤식 엮음, 『이상문학전집―소설』, 문학사상사, 1991, 344쪽.
11) 김영민, 『손가락으로, 손가락에서: 글쓰기(와) 철학』, 민음사, 1998, 141쪽.

서는 안 되는 이유가 바로 거기에 있다. 이 이야기를 전하는 구연자들이 한결같이 말하듯이, '예전에' 그런 황당한 일이 있었다고 하지만, 그 이야기를 참조하여 누구나 비상을 꿈꿀 일이다.

[난중일기(亂中日記)]

이순신(李舜臣)이 임진왜란 중에 쓴 7년간의 진중일기로 모두 7책 205장이며 국보 제76호이다. 1592년(선조 25) 5월 1일부터 1598년 10월 7일까지의 기록으로 충청남도 아산 현충사에 보관되어 있다. 본래 일기의 이름이 없던 것을 1795년(정조 19) 『이충무공전서(李忠武公全書)』를 편찬하면서 편찬자가 '난중일기'라고 이름을 붙이면서 이 이름으로 알려지게 되었다.

[징비록(懲毖錄)]

유성룡(柳成龍, 1545-1598)이 임진왜란 동안에 경험한 사실을 기록한 책으로 모두 16권 7책으로 구성되어 있으며, 국보 제132호이다. '징비'란 『시경』 중에 "내가 징계해서 후환을 경계한다(予其懲而毖後患)."라는 구절에서 딴 말로, 이 책의 성격을 잘 말해준다.

저자 이강엽

서울에서 출생하여 연세대 국어국문학과에서 수학하였으며,
한국고전문학을 전공하여 문학박사학위를 취득하였다.
주로 고전산문에 관심을 두고 연구 중이며, 지금까지 쓴 책으로는
『토의문학의 전통과 우리 소설』, 『바보이야기, 그 웃음의 참뜻』,
『강의실 밖 고전여행 1,2,3』, 『신화』, 『맑은 바람이 그대를 깨우거든』 등이 있다.
현재 대구교육대학교 국어교육과 교수로 재직 중이다.

■ 본문 활자본 이미지컷 Copyright * p79, p150, p190
　— 『한국의 딱지본』, 소재영 · 민병삼 · 김호근 엮음, 범우사, 1996

이강엽의 고전문학 이야기

강의실 밖 고전 여행 ④

초판 1쇄 인쇄일	2007년 12월 20일
초판 1쇄 발행일	2007년 12월 27일
지은이	이강엽
펴낸이	이정옥
펴낸곳	평민사
	서울특별시 서대문구 남가좌2동 370-40
	전화　(02)375-8571(代)
	팩스　(02)375-8573

평민사(이메일) 모든 자료를 한눈에 —
http://blog.naver.com/pyung1976

등록번호	제10-328호
값	10,000원

ISBN 978-89-7115-504-2　04810
ISBN 978-89-7115-310-9　(SET)

ⓒ 2007, 이강엽